最美不过诗经

在古诗词里邂逅最美的爱情

吴玲/著

中国出版集团 现代出版社

图书在版编目（CIP）数据

最美不过诗经：在古诗词里邂逅最美的爱情 / 吴玲
著．—北京：现代出版社，2017.4
ISBN 978-7-5143-5561-1

Ⅰ. ①最… Ⅱ. ①吴… Ⅲ. ①《诗经》—诗歌欣赏
Ⅳ. ① I207.222

中国版本图书馆 CIP 数据核字（2017）第 043697 号

最美不过诗经：在古诗词里邂逅最美的爱情

作　　者 吴　玲
责任编辑 张　霆　魏　巍　王志标
出版发行 现代出版社
通信地址 北京市安定门外安华里 504 号
邮政编码 100011
电　　话 010-64267325　64245264（传真）
网　　址 www.1980xd.com
电子邮箱 xiandai@vip.sina.com
印　　刷 三河市国新印装有限公司
开　　本 710mm × 1000mm　1/16
印　　张 18
版　　次 2017 年 5 月第 1 版　2019 年 3 月第 3 次印刷
书　　号 ISBN 978-7-5143-5561-1
定　　价 39.80 元

序：思无邪

最纯粹朴实的爱情，散落在《诗经》中，待有心之人一探究竟。

孔老夫子曰：“诗三百，一言以蔽之，曰：‘思无邪。’”甚至直呼：“不学诗，无以言。”

《诗经》是我国最早的一部诗歌总集，意味着创作了《诗经》的那些人，是中国最早的诗人，他们以诗歌言情，所思所想不加掩饰，质朴纯粹，直抵人心。

从西周初年至春秋中叶，千余年间，先人们以诗歌的形式吐露心声，或悲或喜，或昂扬或低沉，一字一句皆是真情实感，不夹杂半点虚假之意。于后人而言，《诗经》能够流传至今，是一大幸事，透过简短的诗歌洞悉爱情最初的模样，有几分相似，又有几分不同，终归来讲，我们对爱情的向往始终未变，有些情愫埋藏在血液中，任由时光飞逝，都难以抹去。

在那个没有高楼大厦、车水马龙的年代，人们不懂纸醉金迷，有了心事就吟诵成诗歌，毫不隐藏自己的赤诚之心。透过《诗经》，我们才知晓，原来感情真的可以如此纯粹，完全是本能的渴求，不由得羡慕几千年前的人们，天性不曾受到抑制，畅快淋漓地爱我所爱。

读罢一首首《诗经》中的诗歌，也就读了一个又一个的爱情故事，有浓到化不开的相思，也有揉碎心肠的哀怨，诗歌中的痴男怨女以鲜活的生命力出现在眼前，或耳鬓厮磨、如胶似漆，或久经别离、肝肠寸断，即便隔着数千年的光阴，仍能感知他们的情绪受爱情拉扯，我们如此不同，却又如此相同，一时间竟难以辨明古今。说到底，爱人之心是一成不变的。

《诗经》中的男男女女，劳作在郊外田野、乡间山林，或是征战沙场戍边，无论何时何地，都有他们的爱情故事。或明恋、或暗恋、或情投意合、或一厢情愿，当走过爱情的热情和浓烈，步入婚姻的殿堂，有幸福美满的相知相守，有迫不得已的分隔两地，也有移情别恋难续前缘，喜悦和悲伤在《诗经》中交织成一幕幕情景剧。

“青青子衿，悠悠我心”，想他念他，“只缘感君一回顾，使我思君朝与暮”；“投我以木桃，报之以琼瑶。匪报也，永以为好也”，情意深重，不分彼此，“美人赠我金错刀，何以报之英琼瑶”；“桃之夭夭，其叶蓁蓁。之子于归，宜其家人”，有情人终成眷属，“欲作新娘喜欲狂，浓施淡抹巧梳妆。红衣一袭怜娇软，梨靥双涡惜嫩香。半喜半嗔呼不出，如痴如醉拥难将。天公酬得佳人意，嫁个多才好婿郎”。

《诗经》的“乐而不淫，哀而不伤”，统统源于生活，爱情就如同祭祀、狩猎、远行、游玩一样，镶嵌在寻常的每一天之中，原野、山川、河流都可能是爱情的发源地，采摘、砍伐、游乐都有可能邂逅爱情。

每一首诗作都承载着一位痴男怨女，或是甜蜜相拥、或是绝情别离，从相遇相知到相恋相守，最后的结局又有所不同，落得相弃相离的苦恼，或是拥有相伴相生的美满幸福。纯粹无杂质，所以才能穿越千年的迷雾后，仍让后人如痴如醉。《牡丹亭》中的杜丽娘，读罢《关雎》后而渐生情愫，感叹道：“圣人之情，尽见于此矣。今古同怀，岂不然乎？”

如果你爱过一个人，那一定要读一读《诗经》，它囊括了爱情的起承转合，其中滋味你必然会懂；如果你尚未对一个人动心，那也一定要读一读《诗经》，为何说爱情“直教人生死相许”，《诗经》之中自有答案。

目 录

第一章　且以深情共白头

第二章　春风十里不如你

第三章　愿作鸳鸯不羡仙

第四章　长相思兮长相忆

第五章　我守你百岁无忧

第六章　人生自是有情痴

第一章

且以深情共白头

佳人独立相思苦——《周南·关雎》

关关雎鸠，在河之洲。窈窕淑女，君子好逑。

参差荇菜，左右流之。窈窕淑女，寤寐求之。

求之不得，寤寐思服。悠哉悠哉，辗转反侧。

参差荇菜，左右采之。窈窕淑女，琴瑟友之。

参差荇菜，左右芼之。窈窕淑女，钟鼓乐之。

瞧，那河中的小洲上，雎鸠相伴相依，关关和鸣。贤淑貌美的女子，人人渴求拥她入怀，温暖她，宠爱她，与之携手一生。曾有过一面之缘，望着她采集参差不齐的荇菜，勤劳的样子令人着迷。见到她之后，才打消了对一见钟情的猜疑，真的有一个人，能够在不经意间占领了他的心房。

满天繁星的傍晚，四下无声，为她辗转反侧不成眠，翻来覆去终是睡了，梦乡依旧是有关于她。想她、念她，忘不掉她，好比中了相思的毒，无药可解。愿为她弹琴奏乐，为她鸣钟击鼓，只盼她能接纳这一片绝对痴心。

不可控的事情很多，比如时间、命运之类，但唯有爱情能够教人“生死相许”，无怨无尤。爱情这件事，与山河同在，与日月同辉，千年前与千年后，依旧是不变的模样。一首《关雎》，将我们带回历史的最初，望一望那时的爱情，那时的相思。

念着《关雎》，诗里的人仿佛就是我们自己，满腹心事皆因那个人而起，心心念念想着要在一起。那个河中的少女，身材曼妙，面似桃花，她一心采集荇菜，却不知已经有人陷在了她的一颦一笑中，难以自拔。

《国风·周南·关雎》这首诗篇短小精练，但综观中国文学史，它却有着举足轻重的地位。作为中国文学最古老的典籍，《诗经》历经沧桑，而以《关雎》作为开篇，为后世的人们打开了第一道大门。

孔老夫子对《诗经》饱含深情，在《论语》中，反复提及《诗经》，但其中唯有一篇《关雎》让他久久难忘，他谓之“乐而不淫，哀而不伤”。孔老夫子崇尚“中庸”之德，而《关雎》正是一篇典范之作。一首《关雎》，将爱情最本真的面貌描绘得淋漓尽致，简单干脆，没有半点拖泥带水。孔老夫子在编纂《诗经》的时候，怕是也没能抵挡住《关雎》的热切真挚，反复思量之下，严肃地将《关雎》放在开篇，以彰显爱情的纯粹。

爱，让人丧失理智，爱上一个人，基本就丢了大半个自己，余下的心思全在意中人身上。爱情叫人措手不及，还没意识到自己已经深陷其中，就已经回不了神。他甘愿变作那荇菜，被她捧在手中，得到那片刻温存。他岂能想到，有朝一日，竟会羡慕那荇菜。

姑娘发现了他，这个人有些奇怪，呆呆立在那里，目不转睛地注视着她，欲言又止的样子又有些好笑。从他身边走过，原本不想理会这个陌生人，却又忍不住粲然巧笑，随后快步离他而去。不过是几分钟的时间，他却感觉如此漫长，仿佛已经与她度过了漫漫一生。当她匆匆走过，一切定格在她的背影上，渐行渐远，徒留他一个人在这天地间，怅然若失。这段爱情还没开始，却好像已经结束了，甜与苦，原来都是爱情的味道。

读罢《关雎》，我们之中的多数人，怕是又要忆起最初爱着的那个人吧。第一次以爱之名，失了眠、流了泪，体味到爱而不得的滋味。可初恋的悸动美好，叫人如何放得下。那个人就霸占着你的心房，当白天的热闹散去，三五成群的朋友各自归家，只剩你躺在床上，别人的一天即将以睡梦结束，而你却要在想念中开始漫长的黑夜。

时间走了这么久，好多事怕是已经都忘掉了，有些事也只是隐约记得，但无论到了哪个年纪，而立、不惑甚至知天命之年，都对初恋难以忘怀，或许心境大有不同，但彼时的青涩浓烈，大抵是印在心里，抹也抹不掉的。

暗恋，是一颗心全然藏着，努力压抑着肆意生长的秘密，一副事不关己的样子，实则内心已经翻江倒海。爱到最后，全世界只有自己知道始末，但又怎样呢，谁能说你没有爱过。

明恋，是一颗心绽放着，恨不能时时刻刻掏心掏肺，我知道我最爱你，但这还不够，我也要让你知道，让你感受到。当反复酝酿后，终于鼓起勇气，抛开羞涩，说了一句我爱你，一番表白之后，是惶惶不可终日，因为等待着你的答复。

就像《关雎》中的小伙子，想要爱她的心是按捺不住的，又或许是过于直白炙热，让费尽心思的一番告白，以冷场结束。所爱之人不爱己，真叫人苦恼，他细细反思着，或许是因为自己太冲动了，让姑娘误以为他轻佻，所以认为他不值得托付爱情。如此想来，心里仿佛升起一团火，炙烤着他，怪罪自己莽撞，吓跑了心爱的姑娘。身在爱情，人人无一例外，都如此小心翼翼，生怕自己哪一点不周到，伤害了对方。

在爱情面前，终究是要释怀，爱了就是爱了，无伤大雅，把爱大声说出来并没有错。遇到了心仪的人，就是无法自控，就是想要坦诚相对，若是都保持着暗恋，你不说我也不说，那又怎会有两情相悦的爱情。虽然告白就会有失败的风险，但有一点很清楚，如果没有表达过自己的情感，就注定不会收获爱情。

想到这里，也就无须自责，或许告白时的一言一行都有些笨拙，但胸膛中那颗火热的心，是不容许造假的，这一点无须怀疑。

初恋很美，无关成功与否，就是第一次爱上一个人，第一次体会到相思，第一次全心全意望着一个人，都是那么令人陶醉，爱教会人很多东西，第一样便是入骨的相思。

初恋哪，大概就是为了让人来回味的吧，所以十人之中有九人的初恋以失败告终，才会有人说“初恋不会有好结果”。或许是太年轻，不懂得内敛，不善于表达，只顾着将爱说出口，却忽视了对方要的是日久生情。可是，谁也不该去嘲笑那个为情所困的小伙子，爱人之心，人皆有之，只是他爱得更狂热、更张扬。

人海茫茫，众生芸芸，他没有早一点，也没有晚一点，就这样与她相遇，这对于他来说，是偶然之中隐藏着的必然缘分。在不知不觉中，他跌进了爱河，他明明还是自己，却又与之前大不一样了，期待着相知相守，沉寂在有她的美梦中。

人人害怕伤心，怕的是全心付出等来的是万劫不复，可在那个人面前，哪里有足够的理智去算计这些，爱情是人类的本能，由一个特定的人去唤醒，因一个人去经历极致的快乐和悲伤。爱了，就是天不怕地不怕，山崩地裂又如何，也抵挡不住爱人的心。不爱，就是真的不爱，说来也奇怪，爱上一个人好像就是命中注定的事。

其实仔细想来，虽然面对小伙子的表白，姑娘没有欣然接受，而是疾步离开，并不代表她就是完全拒绝了这份爱，毕竟淑女要保持矜持，岂能随便接受别人的示爱。他不能就此放弃，珍贵美好的爱情，岂是唾手可得的。转念一想，这是不是她对他的考验呢？爱情之中，最忌讳的就是不负责任，因一时起兴随便许诺。

汉儒的代表作《毛诗序》有言：“《风》之始也，所以风天下而正夫妇也。故用之乡人焉，用之邦国焉。”在中国古代，所盛行的伦理思想是，人伦以夫妇为始，夫妇之德关乎天下道德。在《毛诗序》的作者看来，《关雎》之所以能够被列为“《风》之始”，正是在于它完美地阐释了夫妇之德，以此感化天下众生，而且不分社会阶层。

《史记·外戚世家》曾经记述说：“《易》基乾坤，《诗》始《关雎》，《书》美釐降……夫妇之际，人道之大伦也。”又《汉书·匡衡传》记载匡衡疏云：“匹配之际，生民之始，万福之原。婚姻之礼正，然后品物遂而天命全。孔子论《诗》，一般都是以《关雎》为始。……此纲纪之首，王教之端也。”

《关雎》所展现的男欢女爱，可谓是我国传统的恋爱观念，男子渴求的是与淑女结为夫妇，它所表现的是一个人追求什么样的婚姻。相传，仲春之月正是古时男女约会的好日子，《周礼·地官·媒氏》云：“媒氏（即媒官）掌万民之判（配合）。……中春（二月）之月，令会男女，于是时也，奔者不禁（不禁止奔）；若无故而不用令者，罚之，司男女之无夫家者而会之。”《关雎》所描绘的场景或许与之并不相同，但爱慕之情并渴望结为夫妻的感情基调是一样的。

人生玄而又玄，爱情更是有过之而无不及，缘分如此奇妙，遇到了某些人，就注定要做出什么样的抉择，就像已经写好结局的故事，没有讨价还价的余地。遇见了，就忘了自我，就会为了那个人奋不顾身，在爱情里，就是毫无道理可言。

满心欢喜的开始，或许换来的是满心伤痕，这不是爱情的错，这只是爱情的一种结果。

情在不能醒——《秦风·蒹葭》

蒹葭苍苍，白露为霜。所谓伊人，在水一方。

溯洄从之，道阻且长。溯游从之，宛在水中央。

蒹葭萋萋，白露未晞。所谓伊人，在水之湄。

溯洄从之，道阻且跻。溯游从之，宛在水中坻。

蒹葭采采，白露未已。所谓伊人，在水之涘。

溯洄从之，道阻且右。溯游从之，宛在水中沚。

芦苇苍茫，在岸边浑然连成一片，滴滴露水凝结成霜。我的意中人，就在河水的那一方。我不顾崎岖坎坷，逆流而上，只为追寻她的足迹。我顺流而下，遥遥相望，仿佛看到她身在水中央。

芦苇丛生，茂密繁盛，清晨的露水尚在，还未在太阳的光芒中消失。我的意中人，她就在河水的那一方。我不顾崎岖不平，逆流而上，只为追寻她的足迹。没有找到，便又顺流而下，她好似就在水中的小岛上。

一样是茂盛的芦苇，可露水即将被阳光蒸干，随即消失不见，可我依旧没能去到意中人的身边。来来回回，反反复复，好似远远望见，却又触摸不到。

深秋的清晨，已有凉意，雾气蒙蒙，微光渐露。一片静谧之中，有一位俊朗的年轻人，一言不发，安静地站在岸边，四顾张望。他并非是在赏景，而是在赏人——他的意中人。河水的另一边，透过迷雾，隐约可以看见一位纯洁美丽的女子在那里浣洗衣裳，一双纤纤玉手，不停忙碌着。在她察觉之前，一种情愫已经在男子心中弥漫开来，这就是被人们称为“爱情”的东西。

他与她之间，隔着一方水，不深不浅，却只能遥遥相望。他逆流而上，试图去往她的身边，向她倾诉爱慕之情。身未动，心却已躁动不安，他不知道该如何是好。如果直抒胸臆，只怕她会认为他是轻浮之人，可如果不直接表白，又该如何让她接受自己的爱意呢？思来想去，无论是被山峦阻隔的上游，还是波涛汹涌的下游，想要成功靠近她，都绝非易事。就在他犹豫不决的时候，心上人已经洗好衣裳，收拾妥当后，渐渐消失在迷雾之中。

想要去爱，却最终没能如愿，求而不得大抵是人生常态，而“溯洄从之，道阻且长”也是人生之中十有八九会遇到的困境，但尽管前途未卜，却仍有“溯游从之，宛在水中央”的希望。历经周折，烦恼也好，惆怅也罢，都不值一提，可最后换来的若是一场空欢喜，这才是最大的打击。爱情正是如此，换言之，人生亦是如此。

在王国维看来，《蒹葭》与晏殊《蝶恋花》中“昨夜西风凋碧树，独上高楼，望尽天涯路”有异曲同工之妙，他说：“《诗·蒹葭》一篇，最得风人深致。晏同叔之‘昨夜西风凋碧树，独上高楼，望尽天涯路’，意颇近之。”王国维读《蒹葭》，读出了超脱尘俗之感，大抵是人生境遇所致。

《蒹葭》广为流传，实属佳作中的精品，诗中情景相互交融，暮秋之际的薄凉与主人公求而不得的惆怅缠绕在一起，寥寥数语，却将情与景深入人心，从而念念不忘，千年的时光过后，仍受到情爱男女的追捧。王夫之在《姜斋诗话》中有言：“关情者景，自与情相为珀芥也。情景虽有在心在物之分。而景生情，情生景，哀乐之触，荣悴之迎，互藏其宅”，而这正是《蒹葭》的绝妙之处，情在景中，景诉说着情话。

人们不畏艰险，知难而上的决心，往往来自于对未来的憧憬，基于自我编织的梦境，而不停地去争取，《蒹葭》中的男子，爱上了一水之隔的姑娘，他不怕艰难险阻，就是因为他向往着与心上人相守相依。爱情的魔力自古便有，不论是千百年前的古人，还是千百年后的我们，都为爱痴守，为一人钟情。日月天地都没有变，人类一代又一代繁衍生息，对爱情的渴求同样不曾有半分更改。

爱情常常让人陷入两难的境地，在追逐爱情的道路上，绝没有坦途，那些尝过爱情滋味的人们，不可避免地留下了遍体鳞伤，在一次又一次的彷徨失措后，一次又一次地坚定选择，有些人最终成功了，收获了美满的爱情，而有些人纵然是全心付出，得到的也不过是数之不尽的伤心。爱情之甜美，叫人忍着疼，藏着伤，义无反顾。我们毕竟都是凡人，了却不了尘缘，只“愿得一人心，白首不分离”。

在白居易《长恨歌》中，描绘了帝王的爱情，与普通百姓无异，都是深情厚谊，无关地位。

《长恨歌》前面的部分，讲述了唐玄宗对杨贵妃的宠爱有加。“汉皇重色思倾国，御宇多年求不得。杨家有女初长成，养在深闺人未识。天生丽质难自弃，一朝选在君王侧。回眸一笑百媚生，六宫粉黛无颜色。春寒赐浴华清池，温泉水滑洗凝脂。侍儿扶起娇无力，始是新承恩泽时。云鬓花颜金步摇，芙蓉帐暖度春宵。春宵苦短日高起，从此君王不早朝。承欢侍宴无闲暇，春从春游夜专夜。后宫佳丽三千人，三千宠爱在一身。金屋妆成娇侍夜，玉楼宴罢醉和春。姊妹弟兄皆列土，可怜光彩生门户。遂令天下父母心，不重生男重生女。骊宫高处入青云，仙乐风飘处处闻。缓歌慢舞凝丝竹，尽日君王看不足。”

总而言之，就是对她爱不够。

中间的部分，则是杨贵妃殒命。“渔阳鼙鼓动地来，惊破霓裳羽衣曲。九重城阙烟尘生，千乘万骑西南行。翠华摇摇行复止，西出都门百余里。六军不发无奈何，宛转蛾眉马前死。花钿委地无人收，翠翘金雀玉搔头。君王掩面救不得，回看血泪相和流。黄埃散漫风萧索，云栈萦纡登剑阁。峨嵋山下少人行，旌旗无光日色薄。蜀江水碧蜀山青，圣主朝朝暮暮情。行宫见月伤心色，夜雨闻铃肠断声。天旋地转回龙驭，到此踌躇不能去。马嵬坡下泥土中，不见玉颜空死处。”

后面的部分，则是讲杨贵妃的死，让唐玄宗备受打击。“君臣相顾尽沾衣，东望都门信马归。归来池苑皆依旧，太液芙蓉未央柳。芙蓉如面柳如眉，对此如何不泪垂？春风桃李花开日，秋雨梧桐叶落时。西宫南内多秋草，落叶满阶红不扫。梨园弟子白发新，椒房阿监青娥老。夕殿萤飞思悄然，孤灯挑尽未成眠。迟迟钟鼓初长夜，耿耿星河欲曙天。鸳鸯瓦冷霜华重，翡翠衾寒谁与共？悠悠生死别经年，魂魄不曾来入梦。”

最后的部分，则是讲唐玄宗不顾一切，上穷碧落下黄泉，费尽周折，千方百计地寻找杨贵妃。“临邛道士鸿都客，能以精诚致魂魄。为感君王辗转思，遂教方士殷勤觅。排空驭气奔如电，升天入地求之遍。上穷碧落下黄泉，两处茫茫皆不见。忽闻海上有仙山，山在虚无缥缈间。楼阁玲珑五云起，其中绰约多仙子。中有一人字太真，雪肤花貌参差是。金阙西厢叩玉扃，转教小玉报双成。闻道汉家天子使，九华帐里梦魂惊。揽衣推枕起徘徊，珠箔银屏迤逦开。云鬓半偏新睡觉，花冠不整下堂来。风吹仙袂飘飖举，犹似霓裳羽衣舞。玉容寂寞泪阑干，梨花一枝春带雨。含情凝睇谢君王，一别音容两渺茫。昭阳殿里恩爱绝，蓬莱宫中日月长。回头下望人寰处，不见长安见尘雾。唯将旧物表深情，钿合金钗寄将去。钗留一股合一扇，钗擘黄金合分钿。但教心似金钿坚，天上人间会相见。临别殷勤重寄词，词中有誓两心知。七月七日长生殿，夜半无人私语时。在天愿作比翼鸟，在地愿为连理枝。天长地久有时尽，此恨绵绵无绝期。”

杨贵妃在马嵬坡丧命后，唐玄宗伤心到不能自已，终日寝食难安，在道士鸿都客的帮助下，不惜“上穷碧落下黄泉”，哪怕“两处茫茫皆不见”，也始终笃信终会重逢。最终，在“虚无缥缈”的海外仙山上，找到了杨贵妃，但此时她已不再是凡人，而是仙人，二人约定在七夕重逢。

爱就是排除万难，也要和你在一起，上天入地，跋山涉水，都在所不辞。《蒹葭》中的男子与唐玄宗亦有相似之处，不论是平民还是帝王，在爱情面前，大抵都是一样的心思。在《蒹葭》的末尾，虽没有表明故事的结局，但真心可贵，愿他能够与心爱的姑娘结为夫妻，如白居易所言“在天愿作比翼鸟，在地愿为连理枝”。

时移物换，古之昨日，已是遥不可及，但今日仍有同男子一样的痴心人。两情相悦最是难得，殊不知，此间种种莫不是充满波折，多少次在深夜痛哭流涕，多少次说了狠话要恩断义绝，又有多少次迟迟不转身，都是为了爱下去。

甜蜜伴着心酸，直到彼此确信无误，今生今世，非彼此不可。爱情路之艰辛，不亚于任何一件事，能够在吵吵闹闹中相互磨合，最终修成正果，并肩白头，是活这一世最美的经历。

仍旧是苍茫的芦苇，晶莹剔透的露珠，在一个秋季的清晨，一个年轻人不顾心中痛苦，痴痴等待着爱人，他们相隔或远或近，他在她看不到的地方以一颗至诚之心，守候着他所爱的姑娘。千年过后，那份执着和热忱，并没有随着时间的转变而转变，相反，而是爱人之心愈加浓烈。

意大利诗人夸西莫多有一首《海涛》，异国风情之中，是永恒不变的相思：

多少个夜晚　我听到大海的轻涛细浪拍打柔和的海滩

抒发出了一阵阵温情的轻声软语

仿佛从消逝的岁月里　传来一个亲切的声音

掠过我记忆的脑海　发出袅袅不断的回音
仿佛海鸥悠长低回的啼声　或许是
鸟儿向平原飞翔　迎接旖旎的春光　婉转的欢唱
你和我　在那难忘的年月
伴随这海涛的悄声碎语　曾是何等地亲密相爱
啊　我多么希望　我的怀念的回音
像这茫茫黑夜里大海的轻波细浪　飘然来到你的身旁

我们的渴望都相同，就是满心期盼着与爱人团聚相拥。

爱一个人，就奔去他（她）的身边吧，大江大河、大风大浪，都不足为惧。

蓦地一相逢，心事眼波难定——《周南·汉广》

南有乔木，不可休息；汉有游女，不可求思。

汉之广矣，不可泳思；江之永矣，不可方思。

翘翘错薪，言刈其楚；之子于归，言秣其马。

汉之广矣，不可泳思；江之永矣，不可方思。

翘翘错薪，言刈其蒌；之子于归，言秣其驹。

汉之广矣，不可泳思；江之永矣，不可方思。

远在南方，有一种参天大树，繁茂高大，但少有人在树下小憩；汉水之中，有秀美的姑娘在此嬉戏，虽然心生爱慕，却无法博得她的芳心。汉江浩浩荡荡，宽阔无边，凭一己之力是无法游到对岸的，有心诉相思，却无能为力，只能独自一人备受惆怅的煎熬。柴草茂盛，最适合烧火；如果心爱的姑娘能够应允嫁我，我会立即去为马匹添满饲料。面对这宽阔无边的汉水，阻隔了我与心爱的姑娘，徒留一人被相思侵蚀。

不可，不可……只剩下想说却不能说，想爱却不能爱的苦恼。

综观《诗经》，歌咏爱情者繁多，但有关单相思的诗却并不多，《周南·汉广》便是其中一首。诗中的男子深爱着一个姑娘，但接连出现的“不可”，完全打破了他们之间的可能。他自知这段感情无果，便竭力保持理性，压抑着翻涌澎湃的感情。

他爱着她，天知地知，她却不知，没能表达对她的爱慕之心，也就在还未开始的时候，早早来到了尾声。他忍着伤心，继续往日的生活，只有他自己知道，外表看起来若无其事，实则早已被相思之苦吞噬。

暗恋之苦，在无声无息间折磨着自己，旁人始终很难察觉得到。面无表情之下，是难以言说的苦闷，谁也无法看穿他的欲言又止，留他一个人静静挨着，不说破就很难释怀。

每一份感情，都伴随着真挚的渴求，即便无人知晓的暗恋，也是如此。在夜深人静的时候，用一整夜来幻想与心爱之人的甜蜜时光，短暂的欢愉换来的是更多的失落，如同饮鸩止渴。内心深处的空洞，如何能够填满，它吸走本该应得的快乐，释放出爱而不得的痛苦。

爱情，可不是一人说了算，一方有心，一方无心，十有八九成不了。爱情之复杂，不是简单的合适与否就能够解释清楚的，大千世界，来往相遇的人多而又多，为何偏偏就将你放在了心尖上。

说起单恋，就不得不提著名的哲学家、逻辑学家金岳霖，他对林徽因的单相思可谓是“三洲人士共惊闻”。林徽因与梁思成是天造地设的一对，虽然坊间也流传着她与徐志摩的感情纠葛，但不可否认的是，她爱着梁思成，而梁思成也爱着她。当时，林徽因夫妇常邀一众好友来家中举办沙龙聚会，金岳霖与林徽因夫妇的志趣相投，所以成为至交。

金岳霖对林徽因带着满满的爱，但他没有强人所难，而是一直默默地追随着她的脚步。林徽因夫妇搬去哪里居住，他便与之毗邻而居，往日做了些可口的面包糕点，便会第一时间送到林徽因家中。对于林徽因，他倍加呵护，但只停留在朋友之上、恋人未满的程度上，他懂得成全，爱她不一定就要占为己有，在她身旁，做个旁观者，看着她幸福也是一种拥有。

对于金岳霖的感情，梁思成不是不知道，但他相信彼此的人品，都是光明磊落之人，若是林徽因有心，他也能够舍弃自己，去成全妻子。金岳霖与林徽因始终保持着真挚的友情，当林徽因和梁思成产生矛盾后，都要请金岳霖来劝架，他们都相信他是理性的、冷静的。

金岳霖对林徽因痴情至深，明明是两个人的事，他独自扮演着合适的角色，不动声色地陪伴着她。林徽因去世时，是金岳霖最难熬的时候，他说："对她的死，我的心情难以描述。对她的评价，可用一句话概括：'极赞欲何词'啊，我的眼泪就从没有停止过……"他送来一副挽联，上联是"一身诗意千寻瀑"，下联是"万古人间四月天"。她走了，但有关于她的种种回忆，都埋藏在他心底。

许多年后，金岳霖在北京饭店宴请宾客，许多熟识的老友纷纷接到邀请，却不清楚他请客的缘由，直到金岳霖揭开谜底"今天是徽因的生日"。这一年，林徽因已经去世多年，但仍有一个人，对她念念不忘。直到去世，金岳霖都没有成家，他的心里已经装不下任何人。

有人说金岳霖懦弱，爱她就该全然拥有她，然后尽己所能，去呵护爱护她，而不是站在不远不近的地方，注视着她的生活。更何况，他的痴情难免会让三个人都尴尬。然而，无论是金岳霖、林徽因还是梁思成，他们都始终保持着对彼此的信任，感情的事谁也左右不了，与其小心提防，倒不如坦诚相待。

著名诗人普希金曾写过一首《我曾经爱过你》："我曾经爱过你，爱情也许在我的心里还没有完全消亡，但愿它不会再打扰你；我也不想再使你难过悲伤。我曾经默默无语地，毫无指望地爱过你，我既忍受着羞怯，又忍受着嫉妒的折磨；我曾经那样真诚，那样温柔地爱过你，但愿上帝保佑你，另一个人也会像我爱你一样。"

整首诗情真意切，诗人对心上人爱得如此执着且热烈，或许她对这一切并不知晓，又或许她已心有所属，正如同他深爱着她一般，也深爱着另一个人。没有结果，也要爱，这就是诗人的态度，爱得“默默无语”，爱得“毫无指望”，可爱她的心却不会因此而停下。

单相思让他饱受折磨，他宁可一个人忍受孤独，也不愿贸然出现在她的面前，叨扰她的生活，更不愿她因为他感到不自在。他虔诚地祈求上帝，保佑她获得真爱，愿她所爱的那个人，能够像他一样爱她至深。毋庸置疑，他一往情深，但他却没有将自己的感情强加于她，对她的眷恋都化作诚挚的祝福。

《我曾经爱过你》是普希金的一首名诗，他将一片痴情描绘得淋漓尽致，尤其是尽管爱而不得却无怨无悔的坚定。半个世纪之后，俄罗斯诗人布罗茨基以同样的心境写下了一首诗：“我曾经爱过您。这爱情（也许，就是痛苦）还在钻痛我的神经。一切都已散成碎片飞去见鬼。我试图射击，但玩枪可不容易。还有，两个太阳穴，向哪个开火？坏事的不是颤抖，而是沉思。见鬼！一切都是非人的！我曾经爱您那样强烈那样地无望，上帝保佑别人爱您——但上帝不会！虽然他无所不能，但是按巴门尼德的学说，他不会再创造血液中的炽热和宽大骨骼的脆裂，不会让嘴巴上的铅封被碰触嘴唇的渴望融化！”

爱让人不能自已，但爱又教人学会忍耐。爱让人欲罢不能，但爱又教人懂得适可而止。爱不是占有，而是成全。

单相思，是一个人的孤独，也是一个人的狂欢。爱着她，是事实，但不求她的怜悯。在她看得见或者看不见的地方，不多言不多语，默默注视着她的一颦一笑，默默尽己所能护她安好，她或许根本不在意这一片痴心，但爱她并不需要得到任何人的批准。

多少痴男怨女，怀揣着无望爱着一个人，明知没有结果，却偏偏执意去爱。相思很苦，尤其是在这场戏剧之中，将两个人的故事演成了独角戏。你是你，我是我，我爱着你，和你有关、又无关。

在《续传灯录·温州龙翔竹庵士珪禅师》中，上堂："见见之时，见非是见。见犹离见，见不能及。落花有意随流水，流水无情恋落花。诸可还者，自然非汝。不汝还者，非汝而谁？长恨春归无觅处，不知转入此中来。"

落花有意，流水无情，恰如那"多情总被无情恼"，叫人唏嘘感叹。

只愿君心似我心——《卫风·木瓜》

投我以木瓜，报之以琼琚。匪报也，永以为好也！

投我以木桃，报之以琼瑶。匪报也，永以为好也！

投我以木李，报之以琼玖。匪报也，永以为好也！

你将木瓜投赠于我，我则将琼琚作为回报。之所以这么做，并非答谢你，而是我珍视这段感情，盼着情意永存，情深如初。

你将木桃投赠于我，我则将琼瑶作为回报。之所以这么做，并非答谢你，而是我珍视这段感情，盼着情意永存，情深如初。

你将木李投赠于我，我则将琼玖作为回报。之所以这么做，并非答谢你，而是我珍视这段感情，盼着情意永存，情深如初。

木瓜也好，琼琚也罢，所代表的都是一颗赤诚之心。

在古代，女子多以采集野果为主要任务，她们辛勤地劳作着，在不经意间，缘分就冒了出来，遇到心仪的男子后，她们往往不会害羞地躲躲闪闪，而是将采摘的果子投赠给心上人，以此表示爱慕之心。多么简单纯真的感情，不用费尽心思地去隐藏什么，直白明了地告诉你，我喜欢你呀。

对于木瓜的意义，小伙子自然是心知肚明，他得到的绝非只是一个木瓜而已，更是收获了一片芳心。她壮着胆子，向他示好，样子可爱极了，他心生欢喜，解下腰间佩戴的玉佩，作为回礼赠予她，大大方方地接受了她的爱意。

你知我深情，我知你厚谊，两情相悦，“有情人终成眷属”是多么完美的结局。

在古代，木瓜虽不起眼，但若是将木瓜作为信物交到一人的手中，那么这个木瓜的价值就不再仅仅局限于本身固有的价值，爱情让它变得弥足珍贵。女子以木瓜为信物，男子以琼瑶作为信物，都寄托着彼此的真情，所以根本无意去计较是木瓜还是玉石，因为在情人眼中，它们的意义是对等的。

真心相爱的两个人，共通的一点就是感情最珍贵，对方最珍贵，你将木瓜赠予我，那我便将玉石赠予你，不是为了感谢木瓜之情，而是交换心意。

女子将木瓜投赠给男子时，断然不会算计着他家中有几处房产，有几匹好马，又有几亩良田，她只是一眼望去，迷了眼，入了心，便打定主意要向他表白。他还什么都没有说，也还什么都没有做，她就一下子忘了矜持，跌进爱河里。这般纯粹坦诚，不知令多少现代人羡慕，爱一个人无关其他，管他有没有房子，有没有车子，有如何，没有又如何，我只是爱着这个人罢了。

你接受了我的木瓜，我接受了你的玉石。从此，你我就可以光明正大地恋爱。在那个没有高楼大厦、红灯绿酒的年代，爱情是如此纯粹，爱是爱，情是情，再没有多余的杂质。

《郑风·溱洧》中，有：“维士与女，伊其相谑，赠之以勺药。”芍药所充当的角色就和木瓜一样，是男女定情之物。不要觉得好笑，木瓜、芍药岂能代表真心，但在现代社会，一颗钻石的确价值连城，但又能承载多少爱呢？没遇到可以真心相托的人，再大的钻石也不过是块石头，还不如木瓜和芍药来得真切。

那是一个没有试探和猜忌的年代，心之所向显露无余。你不嫌弃木瓜，我也并不奢求玉石，一切都是基于爱情。贫穷还是富贵，卑微还是高贵，都不在考虑的范畴之内，只要彼此心意相通，就大胆去爱吧。摒弃了浮华与喧嚣，抛开了世俗的审视和判断，将至纯至真的感情融化在彼此的心里，用不着海誓山盟，也无须轰轰烈烈，就这样细水长流，平淡从容地度过这一生。

在纸醉金迷的时代，物质被称为爱情的基石，若是没有足够的物质保障，都羞于谈论爱情。多少有情人，最终因为物质匮乏而分道扬镳，过去的每一句甜言蜜语，都在离别之后，变成尖刀利刃。多少痴男怨女，败给了现实，输了爱情，丢了当初的义无反顾。

有时候也在纠结，古人言“贫贱夫妻百事哀”，物质基础的重要性不言而喻，也有不少忠贞不渝的爱情，在经历了生活的惨淡后，不得不做出选择，当生活都难以为继的时候，要拿什么来捍卫爱情。如此想来，又实在说不出只要爱情不要物质的话来。但转念一想，贫穷的日子的确是苦的，可是爱不到想要爱的人，不能和自己所爱的人相守一生，即便富足地活着，又有什么意思，物质富足远不如精神富足来得重要。

还有一些人，害怕主动，担心自己会落了下风。可是，爱情不是你我的角逐，本就不分胜负，若是因为你率先表白而被轻视，那只能说明你爱错了人。真正爱你的人，岂会让你受委屈，更不要说以此为“把柄”，处处胁迫你。

要我说，最好的感情都是最好的安排，你遇到了那个人，你想要去爱，就尽管去爱，若是她也有意，便会热诚地回应你，不在意到底是谁向谁表白。她投掷了一个木瓜，得到了意中人的回应，她不需要跨越山高水长，就自然而然地和他在一起了。天底下多的是顺理成章的事，爱情若能如此，真是太完美的事。

宋人尤袤在《全唐诗话·张说》有言：“移公于荆府，积渐至相，由苏得也。今苏屈居益部，公坐庙堂，投木报琼，义将安在？”其中“投木报琼”便与此相仿，而在《诗经·大雅·抑》中，有“投我以桃，报之以李”，后人将此凝练为“投桃报李”，意在友好往来或互相赠送东西。

《卫风·木瓜》流传度极高，是《诗经》之中的经典名篇，根据张树波《国风集说》统计，这首先秦古诗的主旨可有7种不同的解析。《毛诗序》云：“《木瓜》，美齐桓公也。卫国有狄人之败，出处于漕，齐桓公救而封之，遗之车马器物焉。卫人思之，欲厚报之，而作是诗也。”这种解析无关爱情，得到了宋代严粲、清代魏源等人的支持。

从宋代朱熹起，《卫风·木瓜》有了男女定情之说，《诗集传》云：“言人有赠我以微物，我当报之以重宝，而犹未足以为报也，但欲其长以为好而不忘耳。疑亦男女相赠答之词，如《静女》之类。”不过，清代姚际恒却在《诗经通论》直接反驳道：“以（之）为朋友相赠答亦奚不可，何必定是男女耶！”一千个读者有一千个哈姆雷特，仁者见仁，智者见智，故而不必在此较真。

一人以木瓜相赠，一人以美玉回赠，与“投桃报李”多少有些不同，桃子也好，李子也罢，自身的价值相差无几，而木瓜和美玉相比，单从本身而言，却有天壤之别。《卫风·木瓜》之中，最为可贵的便是这种差别，看重的不是所赠之物的价值高低，而是他对于这份情意的认可及珍视，既是出于真心，才一再强调不是为了答谢。爱情如此，友情更是，你给予我一分好，来日方长，我定以十分去还。

汉代张衡在《四愁诗》中有云“美人赠我金错刀，何以报之英琼瑶”，虽是金玉之交，但与“投木报琼”的意思是一致的。

长相思兮长相忆——《召南·摽有梅》

摽有梅，其实七兮。求我庶士，迨其吉兮。

摽有梅，其实三兮。求我庶士，迨其今兮。

摽有梅，顷筐塈之。求我庶士，迨其谓之。

梅子纷纷落地，枝头上还有七成。有心与我交好的人哪，请不要耽误吉时。

梅子纷纷落地，枝头上还有三成。有心与我交好的人哪，请不要再等了，别耽误了今天。

梅子纷纷落地，用簸箕一一将它们收拾起来。有心与我交好的人哪，请不要再犹豫了，就趁现在向我表白吧。

梅子熟透了，争先坠落枝头，一颗两颗三颗……时间悄悄在行走，渴望爱情的心情也愈演愈烈。

天下没有掉馅饼的美事，爱情更是如此，灰姑娘也是主动穿上水晶鞋、坐着南瓜马车去参加舞会，才得以遇到王子。矜持没有错，只是有太多爱情毁就毁在矜持上。一时被动，时时被动，既然动了心，就不要藏着掖着了，以免错过良缘。

《摽有梅》大概是最早的一首表达女子恨嫁的诗了，看着大好青春匆匆逝去，恨不得昭告天下，那个爱我的人啊，快点出现吧。有感染力的感情，多是最平凡的，即便是作为局外人，看到这首《摽有梅》，也能读出姑娘迫不及待地想要谈一场恋爱。

梅子分三个阶段成熟，每一次都是大胆直白的表达，渴望爱、呼唤爱。常言生活在现代的人们拥有更加开放的心态，但在对待爱情这件事上，或许是几千年前的人们更大胆奔放。她渴望什么，就诉说什么，毫不扭捏造作。千百年后的姑娘们，反而多了几分温婉含蓄，明明对他有情有意，却迟迟开不了口，隔着一张纸，在朦胧之间小心翼翼地维持着、试探着。

正是因为过于矜持，才会出现那么多友情之上、恋人未满的状态，没有走出那一步，就永远停留在朋友的关系，不能牵手，不能拥抱，至于你侬我侬的甜蜜，就更是奢望。或许我们都心知肚明，谁都在揣测彼此的心意，只是谁也没能鼓起勇气说一句“我们在一起吧”，直到最后错过了彼此，才知道爱情它曾经来过。

在爱情中，姑娘们讲究的是男方须主动，也常以男方是否足够主动来衡量他有几分真心。殊不知，这样片面的看法，足以在某些时候毁掉了原本属于自己的爱情。喜欢一个人，并不丢人；主动追求，也不丢人，为什么要隐藏自己的心事呢？想要爱，就去爱吧！男未婚、女未嫁，有何不可？

世俗对于爱情也存在偏见，看见哪家姑娘主动示好求爱，就觉得不值得推崇，姑娘家岂能如此厚颜。可是，爱情面前，男女也是平等的，追求幸福的权利是一样的，这在哪都说得通。所以，就不要用那些条条框框束缚自己，勇敢追寻真爱，爱我所爱，自己的感情自己做决定。

盛唐之时，有一位杜秋娘，作为江南女子，掩盖不住自身的秀丽与文采。十五岁时，遇到了镇海节度使李锜，李锜不惜重金将她买下，安置在府中做了一名歌舞姬。在一次表演中，杜秋娘为李锜献上了一首由她亲自谱写的《金缕衣》:“劝君莫惜金缕衣，劝君惜取少年时。花开堪折直须折，莫待无花空折枝。”总而言之，劝人莫负好时光。李锜心悦之，便将杜秋娘纳为侍妾。不得不说，这是杜秋娘自己争取来的爱情，她不再只是单纯献歌献舞的仆人，她也拥有谈情说爱的权利。

之后，唐德宗驾崩，李诵继位为顺宗，八个月后便将皇位传给儿子李纯，即唐宪宗。唐宪宗有意削弱节度使的大权，李锜举兵反叛，乱战之中被杀，失去依靠的杜秋娘只得听天由命，被纳入宫中，又一次回到了歌舞姬的身份。又是一次表演，杜秋娘以一曲《金缕衣》俘获了唐宪宗的欢心，便将她封为秋妃。郎有情妾有意，又是一段姻缘。

爱情是容不得等待的，所以有“花开堪折直须折，莫待无花空折枝”，有“求我庶士，迨其吉兮”，都是姑娘们的心声，爱我就要趁早，切莫误了终身。

温庭筠以一首《南歌子·手里金鹦鹉》，不惜笔墨，不敛才情，直白坦率表露了一位待嫁女子的内心独白。“手里金鹦鹉，胸前绣凤凰。偷眼暗形相，不如从嫁与，作鸳鸯。”她带着心爱的金鹦鹉，穿起绣着凤凰的彩衣，偷偷端详着他的样子，就这样嫁给他吧，就这样和他做一世鸳鸯。

爱情总是有诸多纷扰，外人看不真切，只有自己才最能体会其中的酸甜。想要爱与被爱的心情，也许并不是每个人都能懂，但唱着“求我庶士，迨其今兮”的姑娘，盼着有人能牵起她的手，不问过往，不惧将来，就在今时今刻，共浴爱河。

文人向来儒雅，当他们爱上一个人时，感情同样热烈且持久，对感情的表达也不再委婉含蓄。

朱生豪是我国近代著名的翻译家，文采斐然，他写给爱人宋清如的情书，字里行间布满浓情蜜意：“我是宋清如至上主义者。我爱宋清如，风流天下闻；红颜不爱酒，秀颊易生氛。冷雨孤山路，凄风苏小坟；香车安可即，徒此挹清芬。

我爱宋清如，诗名天下闻；无心谈恋爱，埋首写论文。夜怕贼来又，晓嫌信到频；怜余魂梦阻，旦暮仰孤芳。我爱宋清如，温柔我独云；三生应存约，一笑忆前盟。莫道缘逢偶，信到梦有痕；寸心怀夙好，常艺瓣香芬。”

“我是宋清如至上主义者”一句，直抒胸臆，他爱的是宋清如，他以宋清如至上。炽热的感情，没有半点隐藏。就是要直白地告诉她，对她的爱没有半分迟疑。

朱自清是我国近代的散文家和诗人，19岁时，听从父母之命、媒妁之言，与安静少语的武钟谦结为夫妻，虽是包办婚姻，但夫妻二人的感情却牢不可破。可惜，武钟谦因肺病去世，留下朱自清与六个孩子相依为命。

为了生活能有个伴，朱自清在好友的劝说下应允相亲，与陈竹隐一见如故。她比他小七岁，毕业于北平艺术学校，师从齐白石，学习书画。她活泼开朗，朝气蓬勃，与朱自清的亡妻武钟谦截然不同。陈竹隐没有因为朱自清寒酸老土的扮相而否定他，反而因他的才华而芳心自许。他们像众多情侣那样，一起吃饭，一起看电影，只是因为不在一处，往来有些不便，只好以书信传情。

朱自清写给陈竹隐的情书保存下来的有71封，一字一句都带着浓情，甚至可以称为“肉麻”。1931年6月12日，朱自清写道：“一见你的眼睛，我便清醒起来，我更喜欢看你那晕红的双腮，黄昏时的霞彩似的，谢谢你给我力量。”1931年8月8日，朱自清已经开始称陈竹隐为“亲爱的宝妹”，亲昵之情溢于言表，他俏皮地写道：“我生平没有尝到这种滋味，很害怕真会整个儿变成你的俘虏呢！”

陈竹隐也有过动摇和慌乱，如果接纳这份感情，就意味着要成为六个孩子的母亲，她自己还是个孩子，又该如何去应付未来的家庭生活。摇摆不定间，她刻意疏远朱自清。这让朱自清颇感苦恼，他坦白讲：“竹隐，这个名字几乎费了我这个假期中所有独处的时间。我不能念出，整个看报也迷迷糊糊的！我相信是个能镇定的人，但是天知道我现在是怎样的扰乱啊！”

“世上最美的情书，是你的名字。”说出这句话的人，一定热烈地爱着一个人，可以为之生、为之死。青春有限，爱情无限，若是能趁着正当芳华，无拘无束爱一场，也不枉青春短暂。正如罗丹所说，“真正的青春，贞洁的妙龄的青春，周身充满了新鲜的血液、体态轻盈而不可侵犯的青春，这个时期只有几个月”，如此之短，更应倍加珍惜。所以，她呼唤有情人趁早表白，不要辜负了这大好的年华。

在内心深处，无论是古是今，我们都怀揣着对情感的渴求，盼望着有朝一日，能够得一处感情的寄托，安放相思。只是，能够表露真情的人，却少之又少，大多数人都在等待中度日，等着一个人主动敲开她们的心房，等待着一个人主动将她们揽入怀中，从“摽有梅，其实七兮”到“摽有梅，其实三兮”，再到“摽有梅，倾筐塈之”，盼着念着，压抑着自己的真情实感，无人可爱，却只能叹息着。要知道，叹气声是这个世界上最没用的东西。

渴求爱，是人的天性使然，没有男女之分，也不该有男女之分。大胆去追寻自己的真爱吧，你的良人或许就在不远处，你的爱情或许就差你的一句表白。

在《芈月传》中，黄歇以一首《关雎》向芈月示爱，而芈月落落大方地以一首《摽有梅》回之，其心可表，其意可见。

席慕蓉曾写下《一棵开花的树》，流传至今，读来仍有所触动：“如何让你遇见我在我最美丽的时刻，为这我已在佛前求了五百年，求他让我们结一段尘缘。佛于是把我化作一棵树，长在你必经的路旁，阳光下慎重地开满了花，朵朵都是我前世的盼望。当你走近请你细听，那颤抖的叶是我等待的热情，而当你终于无视地走过，在你身后落了一地的……朋友啊那不是花瓣，是我凋零的心！”是啊，在最美丽的时刻，遇见你，才不算辜负我的美丽。

泰戈尔则以一首《我需要你，只需要你》吐露心声：“我需要你，只需要你——让我的心不停地重述这句话。日夜引诱我的种种欲念，都是透顶的诈伪与空虚。就像黑夜隐藏在祈求光明的朦胧里，在我潜意识的深处也响出呼声——我需要你，只需要你。正如风暴用全力来冲击平静，却寻求终止于平静，我的反抗冲击着你的爱，而它的呼声也还是——我需要你，只需要你。”

我需要你，我只需要你。所以，你在哪里？

听到我的呼唤后，请快点应答好吗？

无情不似多情苦——《邶风·终风》

终风且暴，顾我则笑，谑浪笑敖，中心是悼。

终风且霾，惠然肯来，莫往莫来，悠悠我思。

终风且曀，不日有曀，寤言不寐，愿言则嚏。

曀曀其阴，虺虺其雷，寤言不寐，愿言则怀。

狂风终日不停地吹着，他偶尔会面向我微微一笑，却带着不加掩饰的放荡和傲慢，如此轻浮放荡，令我难掩悲伤。

狂风终日吹着，雨雾蒙蒙，不知他可否心甘情愿回到家来，没有任何联络，没有任何往来，如此绝情负义，让我的思念沉重又悠长。

狂风终日吹着，天色阴沉不定，梦醒时分，一下子清醒起来，便再难入睡，为了他备尝相思之苦。

狂风终日吹着，天色阴沉不定，梦醒时分，一下子清醒起来，便再难入睡，心中的忧愁茫然不知该如何排解，不知该如何释怀。

《终风》里的姑娘，执拗地爱着一个人，执念已深，久久不能抽身。他放荡不羁，她优柔寡断，爱上了他就如同饮下了一杯毒酒，有过暧昧，却只是梦一场。他的一言一行仍旧在她的脑海中清晰可见，但最后是他抛弃了她，曾经的甜言蜜语，都化作一把把尖刀，刺进姑娘的血肉中，疼是真的疼，可也是真的忘不掉。

漫漫长夜，狂风肆虐，在这喧闹的夜晚，最不安的是她的心。狂风吹啊吹啊，直接吹进了她的胸口，冷风呼啸，想起他戏谑的笑，只觉得自己可笑，归根结底，只是娱悦了他一个人。明知自己只是匆匆过客，却还是在意当初的甜蜜有多少认真的成分，她惦念着他，却也只能一个人在深夜不成眠。

姑娘盼着这个负心汉能够回头，不要暧昧，不要半推半就，两个人坦诚相对，好好爱一场。如果这也是奢望的话，那么至少，他能记着某年某月，有一个人爱他至深，爱到画地为牢。

这位姑娘最后有没有等到他回来，在诗中没有下文，大概是没有等到吧。毕竟爱一个人若是没有理由，那么不爱一个人，也用不着找借口，爱或不爱，都是合理的存在。只是，作为局外人，我却固执地希望着，有朝一日，他能够发现，自己真的爱着那个痴痴傻傻的姑娘，他不顾一切赶回来，和她终成眷属，没有辜负谁，也没有伤害谁。

《毛诗序》说："《终风》，卫庄姜伤己也。遭州吁之暴，见侮慢而不能正也。"《毛诗序》认为，《终风》是庄姜因受到庄公宠妾之子州吁的欺辱，遂写下此诗。朱熹《诗集传》中有语："庄公之为人，狂荡暴疾，庄姜盖不忍斥言之。故但以终风且暴为比，言虽其狂暴如此，然亦有顾我而笑之时，但出于戏慢之意，而无爱敬之诚，则又使我不敢言，而心独伤之耳！盖庄公暴慢无常，而庄姜正静自守，所以忤其意而不见答也。"朱熹则认为庄姜是受丈夫卫庄公的欺侮而作。以上两种推断，都没能得到后世学者的支持，他们认为此诗与庄姜并无关系。

不管诗中的姑娘到底何许人也，哀伤之情是不会变的，被心上人抛弃，虽然心中有恨，却又敌不过思念，明明该就此忘了他，却又忍不住念及他的好，一再想他。自知他心意已决，却仍痴痴幻想着他能回来，就这样在无望中徘徊。感情不受控制，迷人又伤人。

暧昧让人难以郑重自持，难以分辨是调情还是示爱，是玩弄还是认真。可以肯定地说，受伤的那个人，必定是投入了太多感情，一往而情深，在明知是空欢喜之后，仍旧脱不了身。他精心为她制造了甜蜜，殊不知只是短暂的假象，她的心碎了，却依旧不肯承认，伴着过去的甜蜜和此时的相思，担忧着将来。

他的一言一行，如同那翻云覆雨的手，拨弄她的心扉，时而无望，时而欢喜，就这样反反复复，直到相思沁骨，心乱如麻。莫非热恋中的姑娘，真的只剩下无知？即便哀怨不断，仍痴心不改，为他丢了魂，怎么也找不回来。

普希金的一首《我曾经爱过你》，与《邶风·终风》的绝望和无望倒有几分相同：

我曾经爱过你
爱情　也许在我的心灵里
还没有完全消亡
但愿它不会再去打扰你
我也不想再让你难过悲伤
我曾经默默无语地
毫无指望地爱过你
我既忍受着羞怯
又忍受着嫉妒的折磨
我曾经那样真诚
那样温柔地爱过你
但愿上帝保佑你
另一个人也会像我一样爱你

对，就是“毫无指望”，爱一场伤一场，曾经的点滴甜蜜，如今想来都成了斑驳的伤口。

司马相如和卓文君的爱情故事尽人皆知，才子与佳人总有许多故事可以说。司马相如来到卓家做客，兴起时弹唱了一首《凤求凰》：“凤兮凤兮归故乡，游遨四海求其凰，有一艳女在此堂，室迩人遐毒我肠，何由交接为鸳鸯。”身在帘后的卓文君一曲倾心，随后便约定私奔，从而私定终身。

卓文君是敢爱敢恨的女子，既是钟情于他，便可以义无反顾地随他浪迹天涯。趁着夜色漆黑，两个人回到临邛老家，为了养家糊口，甘愿开酒肆，当垆卖酒。如此大胆热烈，也难怪道学大儒们称之为“淫奔”，殊不知，多少人为之艳羡不已。

只可惜司马相如多情，移情别恋于他人，卓文君不哭不闹，冷静决然地作了一首《白头吟》，“皑如山上雪，皎若云间月。闻君有两意，故来相决绝。今日斗酒会，明旦沟水头。躞蹀御沟上，沟水东西流。凄凄复凄凄，嫁娶不须啼。愿得一心人，白头不相离。竹竿何袅袅，鱼尾何簁簁！男儿重意气，何用钱刀为！”

随诗附书一封，曰：“春华竞芳，五色凌素，琴尚在御，而新声代故！锦水有鸳，汉宫有水，彼物而新，嗟世之人兮，瞀于淫而不悟！朱弦断，明镜缺，朝露晞，芳时歇，白头吟，伤离别，努力加餐勿念妾，锦水汤汤，与君长诀！”

一诗一书，直戳司马相如的心口，忆及昔日的夫妻恩情，便果断打消了纳妾的念头，并给妻子写了一封十三字的信：“一二三四五六七八九十百千万。”卓文君见信后，不由得泪眼婆娑，原来信中的一行数字唯独缺了一个“亿”字，她思量片刻，回诗一首——《怨郎诗》：“一别之后，二地相悬。只说三四月，谁知五六年。七弦琴无心弹，八行字无可传（八行书无可传），九连环从中折断，十里长亭望眼欲穿。百思念，千系念，万般无奈把郎怨（万般无奈把君怨）。

万语千言说不完，百无聊赖十依栏。九重九登高看孤雁，八月仲秋月圆人不圆。七月半，秉烛烧香问苍天，六月伏天人人摇扇我心寒。五月石榴似火红，偏遇阵阵冷雨浇花端。四月枇杷未黄，我欲对镜心意乱。急匆匆，三月桃花随水转，飘零零，二月风筝线儿断。噫，郎呀郎，巴不得下一世，你为女来我做男。”

元代书法家赵孟頫嫌弃妻子管夫人年老色衰，有意另娶一房，管夫人没有哭闹，而是以一首《我侬词》表达心情：“你侬我侬，忒煞情多。情多处热如火。把一块泥，捻一个你，塑一个我。将咱两个，一齐打破，用水调和。再捻一个你，再塑一个我。我泥中有你，你泥中有我。与你生同一个衾，死同一个椁。”赵孟頫被妻子的忠贞不渝所感动，此后绝口不再提纳妾的事。

不由想起席慕蓉的《送别》，尤其是最后那句“世间种种最后终必成空”，不免忧上心头：

不是所有的梦都来得及实现
不是所有的话都来得及告诉你
内疚和悔恨
总要深深地种植在离别后的心中
尽管他们说　世间种种
最后终必成空
我并不是立意要错过
可是我　一直都在这样做
错过那花满枝丫的昨日
又要错过今朝
今朝　仍要重复那相同的别离
余生将成陌路

一去千里

在暮霭里

向你深深地俯首　请为我珍重

尽管他们说　世间种种

最后终必　终必成空

《终风》里的姑娘，没有卓文君的果敢干脆，她犹犹豫豫，作茧自缚，苦了自己却不自知。

切记，不要将暧昧当作深情，真正爱一个人的表现，与调情还是有所不同的，只要你细心甄别，不要被一时的甜言蜜语冲昏头脑，不要在多情的人身上浪费自己的感情。

斯人不可作，知己更谁怜——《召南·野有死麕》

野有死麕，白茅包之。有女怀春，吉士诱之。

林有朴樕，野有死鹿。白茅纯束，有女如玉。

舒而脱脱兮！无感我帨兮！无使尨也吠！

在郊外，一位小伙子发现了一只已经死掉的小獐子，他找来白茅草，悉心地将小獐子包裹起来。一位清秀可人的姑娘，热切等待着她的心上人，小伙子为讨她的欢心，便将小獐子作为礼物送给了她。

在树林里，有一片小树，郊外的野地上，放着猎物。有心之人找来白茅草，将它们悉心地包裹起来，送给纯真无邪的姑娘，向她大献殷勤。

请你多些温柔，别将我的衣裙弄乱，也别惹得狗儿汪汪大叫。

单是一句“有女怀春，吉士诱之”，就足以惹人浮想联翩，更不要说后面的“舒而脱脱兮，无感我帨兮，无使尨也吠”，堪称香艳，也就难怪后世以“淫奔之诗”点评此诗。然而，爱是人性，是本能，又有何“淫奔”之说。

关于爱情的纯粹,《召南·野有死麕》和《野有蔓草》并没有本质上的区别。

远在春秋时期，白云在蓝天之中慵懒地飘浮着，阳光无拘无束地拥抱着大地，万事万物都如此美妙。在森林之中，有一位身形矫健的年轻人，他密切关注着周围的动静，四处寻觅着猎物。不经意间，眼到之处却发现一位秀美的姑娘，一时间心动不已，便将小獐子包裹好，悄无声息地放在一片空地上，盼着姑娘能够在好奇心的驱使下，引诱她过来。

纯洁的姑娘忍不住好奇，当真小心翼翼地走了过去，当她与小伙子四目相对时，柔波流转，爱情就这样钻进了她的心里。此刻，言语是多余的，眼神已经说明了一切。

歌德在《少年维特之烦恼》中，说“哪个男子不多情，哪个女子不怀春”，两个年纪相仿的年轻人，一见倾心，接下来似乎顺理成章。可爱的姑娘羞红了脸，让人更加欲罢不能，干柴烈火一触即燃。如此直白大胆，即便是放在现代，也足以令人惊愕不已。

在爱情面前，矜持为何物，总比不上直率坦荡来得摄人心魂。纯真烂漫的少女，遇到了一见钟情的情郎，两情相悦之下，才有自然而然的男欢女爱。不用惊讶，也不用怀疑，爱情来了，挡也挡不住，一切都是率性而为。直白之中，不夹杂任何杂质，坦坦荡荡，真真切切。

《召南·野有死麕》一诗和《卫风》与《郑风》一样，在后世的声名都不太好，被斥为“乱世之音”“靡靡之音”。然而，既然是真情流露，就足以证明在当时华夏族的发源地，最初的感情就有这种形态。少了刻板繁多的道德约束，所以爱得自在洒脱，这是最初始的感情，不问其他，爱了就爱了。

先秦之后，儒家得以大一统，讲究诸多礼节，男女婚配需有父母之命、媒妁之言，自由恋爱是不被允许的，在当时而言，也是不道德的，正经人家的子女都是要听从父母的安排，嫁与不嫁，娶与不娶，没有半点说话权利，服从就可以了，谁在意你爱不爱，接受不接受。全然不顾一切约束的“郑卫之风”，无论较之哪个时代，无疑都是特立独行的。庆幸的是，《诗经》得到了孔老夫子的肯定，谓其曰“乐而不淫”，《卫风》才得以流传至今，后世的人们才能够从一首首诗篇之中，再见先人的恋爱是何种模样。

在“新文化运动”中，“郑卫之风”再次得到文人的肯定，顾颉刚、胡适、俞平伯、周作人等大家对《野有死麕》等诗篇发表了诸多赞美之词。“舒而脱脱兮，无感我帨兮，无使尨也吠”几句，肆意快活，这是基于本性所释放出来的愉悦，带着最原始的欲望。

汉代《毛诗序》首先提出：“野有死麕，恶无礼也。天下大乱，强暴相陵，遂成淫风。被文王之化，虽当乱世，犹恶无礼也。”可见，在汉代，《野有死麕》被视为“无礼”之举。

欧阳修在《诗本义》做了解说：“纣时男女淫奔以成风俗，惟周人被文王之化者能知廉耻，而恶其无礼，故见其男女之相诱而淫乱者，恶之曰：‘彼野有死麕之肉，汝尚可以食之，故爱惜而包以白茅之洁，不使为物所污，奈何彼女怀春，吉士遂诱而污以非礼？吉士犹然，强暴之男可知矣。其次言朴樕之木犹可用以为薪，死鹿犹束以白茅而不污，二物微贱者犹然，况有女而如玉乎？岂不可惜而以非礼污之？其卒章遂道其淫奔之状曰：汝无疾走，无动我佩，无惊我狗吠。彼奔未必能动我佩，盖恶而远却之之辞。’”他直截了当地指出，这首诗有违大道，伤风败俗。

王质《诗总闻》曰：“女至春而思有所归，吉士以礼通情，而思有所耦，人道之常。或以怀春为淫，诱为诡；若尔，安得为吉士？吉士所求必贞女，下所谓如玉也。”“寻诗，时亦正，礼亦正，男女俱无可讥者。旧说以为不由媒妁，诱道也。所谓道，即媒妁也，以为不以雁币，虽定礼有成式，亦当随家丰俭，夫礼惟其称而。此即礼也。”

《礼记·祭统》篇：“‘既内自尽，又外求助昏礼是也’，故国君取夫人之辞曰：‘请君之玉女与寡人共有敝邑，事宗庙社稷’，此求助之本也。”

陈奂：“朴樕为小木，犹扶苏为大木。皆叠韵连绵字，小木以喻杀礼，凡汉

《唐风·绸缪》篇：绸缪，束薪。传绸缪犹缠绵也，男女待礼而成，若薪刍待人事而后束也。彼诗以束薪为喻，此诗之上章云：‘野有死麕，白茅包之’谓礼也，昏礼用鹿，杀礼可用麕。云德如玉，言女德如三德也。”

《野有死麕》真的如此不堪入目吗？实则不然，与真正的艳情诗相比，《野有死麕》着实还带有几分纯真。在南朝乐府诗中，有不少咏叹男欢女爱的作品，若说“淫乱”，绝对在《野有死麕》之上。

《碧玉歌》云：“碧玉破瓜时，郎为情颠倒，感郎不羞郎，回身就郎抱。”

《子夜歌》云：“宿夕不梳头，丝发披两肩，婉转郎膝上，何处不可怜？”

《子夜四时歌》云：“开窗秋月光，灭烛解罗裙，含笑帷幌里，举体兰蕙香。”

哪一句不是赤裸裸的春色盎然，《野有死麕》可远不及此露骨。

甚至，唐代大诗人元稹也有诗云：“无力慵移腕，多娇爱敛躬，汗流珠点点，发乱绿葱葱。”他所描绘的美人儿不是别人，正是杨玉环。

唐代诗人牛峤的《菩萨蛮》，在大胆露骨上．也毫不示弱：“玉炉冰簟鸳鸯锦，粉融香汗流山枕。帘外辘轳声，敛眉含笑惊。柳荫烟漠漠，低鬓蝉钗落。须作一生拚，尽君今日欢。”

苏东坡是文人大家，在宋代文坛享誉盛名．他以一首《雨中花慢》，描绘了一幅春香图：“……羞颜易变，傍人先觉，到处被着猜防。谁信道，些儿恩爱。无限凄凉。好事若无间阻，幽欢却是寻常。一般滋味，就中香美，除是偷尝。”

宋徽宗也有诗云：“浅酒人前共，软玉灯边拥，回眸入抱总含情。痛痛痛，轻把郎推，渐闻声颤，微惊红涌。试与更番纵，全没些儿缝，这回风味忒颠犯，动动动，臂儿相兜，唇儿相凑，舌儿相弄。”

可以说，诗句之中藏着生活的影子，点点滴滴都是人之常情。既然是你情我愿，又有何不可。男女欢愉，本就是流淌于血脉中的真性情，生来就有，且人人有之。

元代盛行散曲，刘庭信的代表作多是描写闺情、闺怨，而他有一首《朝天子·赴约》颇有所不同，描写的是男女约会的情景："夜深深静悄，明朗朗月高，小书院无人到。书生今夜且休睡着，有句话低低道：半扇儿窗棂，不须轻敲，我来时将花树儿摇，你可便记着，便休要忘了，影儿动咱来到。"

姑娘与书生约好在夜深人静之时前来见面，为了避免发生声响而被人发觉，姑娘特意嘱咐书生，来了之后，她不会敲窗子，而是轻轻摇动院中的花树，以摆动的树影为暗号。

很明显，是姑娘主动约的书生，就连如何避人耳目，都是姑娘想出来的。若不是思郎心切，又怎会绞尽脑汁，趁着夜色相约。这份大胆多情，与《野有死麕》中的姑娘一模一样，既然心中有意，就只管表露出来，坦诚而率真。

爱是一种本能，听从于内心的呼唤和渴望，要怪就怪人本来就是如此。

第二章

春风十里不如你

深知身在情长在——《郑风·山有扶苏》

山有扶苏，隰有荷华。不见子都，乃见狂且。

山有乔松，隰有游龙。不见子充，乃见狡童。

山上有茂盛的扶苏，池中有娇艳欲滴的荷花。没看到美男子，却偏偏遇到你这个小狂徒。

山上有挺拔的青松，池中有丛生的水荭。没看见好男儿，却偏偏遇到你这个小狡童。

《山有扶苏》出自《诗经·郑风》的第十首，是一位年轻貌美的少女和心上人相会后，打情骂俏的场景。根据《郑风》的一贯风格，《山有扶苏》的感情基调就是男欢女爱，你侬我侬。然而，就是这么简单的一首小情诗，却被挖掘出不少深意。

《毛诗序》说："刺忽也。所美非美然。"郑玄笺说："言忽所美之人实非美人。""扶胥之木生于山，喻忽置不正之人于上位也。荷花生于隰下，喻忽置有美德者于下位。此言其用臣颠倒，失其所也。"郑玄笺直接联系到了君臣关系上，认为《山有扶苏》的立意在于讽刺郑昭公忽，不见情爱，只见不满。

崔述《读风偶识》："昭公为君，未闻有大失道之事。君弱臣强，权臣擅命，虽诚有之，然皆用自庄公之世权重难移，非已之过。厉公欲去祭仲，遂为所逐。文公欲去高克而不能，乃使将兵于河上而不召。为昭公者，岂能一旦而易置之？此固不得以为昭公罪也。如果郑人妄加毁刺，至目君为狡童，悖礼伤教，莫斯为甚。”他与郑玄笺所持观点相同，因此他们的误解也相同。

高亨《诗经今注》则将《山有扶苏》理解为是少女本意是去野外幽会自己的情郎，无奈却遇到一个狂徒对她百般调戏。依我看来，如此解释的人，怕是不太明白男女之间的打情骂俏。

朱熹称《山有扶苏》是“淫女戏其所私者”，“淫女”一词暴露了大儒对《郑风》的偏见，不过一个“戏”字，倒是符合诗的本意，是“俏骂”，而非“责骂”，一字之差，体现了完全不同的两种情绪。后世对朱熹的评价有褒有贬，其中的“贬”多是来自他对《诗经·郑风》的蔑视，“郑卫之乐，皆为淫声”，恕我腹黑，我揣度着朱熹老夫子是故意贬低《诗经》而抬高自己的“四书”。

郑国时，民风开放，鲜有道德观念上的约束，所表现出来的感情皆是最真切、最直白的，没有那么多是是非非，更没有人说三道四。人的本性不受压抑和束缚，天生便是如此。在这样的大环境下，再去欣赏《山有扶苏》，也就可以避开诸多强加的深意。

文字是有生命的，也是有脾气的，单从字面上的意思去理解，怕是会有所偏差，揣测其中的语气很重要。《山有扶苏》中，姑娘半嗔半怪，称男子“狂且”，称他是“狡童”，无非都是在嬉闹调情，就如同今下颇为流行的“折磨人的小妖精”，满满的都是宠溺，哪里有讥讽的味道。

情到浓烈之时，戏谑都充满乐趣，处处藏着真情，你一言我一语，互相调侃，这是相恋的两个人才能懂的快乐。

《情史类略·卷三》记载，北宋大观年间，有一位名叫紫竹的姑娘，与一位名叫方乔的秀才偶遇后，二人以诗传情。有一次，姑娘与秀才约定好要相会，可紫竹到了之后，久久等不到情郎的身影，只得落寞而归。秀才晚些赶到后，也未能见到心上人，怅然若失，也只好独自离开。

他写信给姑娘，对她的失约有所不满，紫竹姑娘便回复一首《菩萨蛮》："约郎共会西厢下，娇羞竟负从前话。不道一睽违，佳期难再期。郎君知我愧，故把书相诋。寄语不赴期，见时须打伊。"她为自己辩解说，"你明知我心中有所愧疚，还成心写信来怪我。你这个不守承诺的家伙，再见面时我一定要打你"。她生气啦？当然没有。她真的要动手打他？当然不会，即便是真的，也不过是小女人式的撒娇罢了。

秀才风趣答道："秋风只疑同衾枕，春归依旧成孤寝。爽约不思量，翻言要打郎。鸳鸯如共耍，玉手何辞打。若再负佳期，还应我打伊。"秀才这一番话，不由得让姑娘脸红心跳，他说，"秋天就该同床共枕，如今春天都来了，我仍旧一人孤枕。原本是你不守信用在先，竟然怪罪我一番。若是你愿意同我鸳鸯戏水、比翼双飞，那我心甘情愿被你打。若是你再失约，我可就要打你了"。

两个人你来我往，浓情蜜意都溢出纸面了。

冯梦龙《挂枝儿·卷二·爱》云："你嗔我时，瞧着你，只当做呵呵笑；你打我时，受着你，只当做把情调；你骂我时，听着你，只当把心肝来叫。爱你骂我的声音儿好，爱你打我的手势儿娇。还爱你宜喜宜嗔也，嗔我时越觉得好。夫妻情深，少不了花前月下，卿卿我我。"

花前月下，卿卿我我，这正是一对恋人最美妙的时光。是嗔、是怪、是打、是骂，都含着一个"情"字。

唐·朱庆馀《近试上张水部》中，"洞房昨夜停红烛，待晓堂前拜舅姑。妆罢低声问夫婿，画眉深浅入时无"，将新婚夫妇的温情与甜蜜描写得淋漓尽致。欧阳修《南歌子》中，便借用了这首诗最后一句："凤髻金泥带，龙纹玉掌梳。走来窗下笑相扶，爱道画眉深浅、入时无？弄笔偎人久，描花试手初。等闲妨了绣工夫，笑问双鸳鸯字、怎生书？”

悉心装扮好的妻子，偎依在丈夫的怀里柔声柔气地撒着娇，她知道自己画也画不好，绣也绣不好，直接赖在丈夫身上，直言是因为和他温存才影响了自己的技艺。“弄笔偎人久，描花试手初”一句，于微妙之处见浓情，细腻再现了妻子假装自己不会写“鸳鸯”二字，偏要丈夫握着她的手教她。

小女人的娇羞，大男人的宠溺，尽数都在文中了。

“江南第一风流才子”唐伯虎，潇洒倜傥，一首《题拈花微笑图》，将佳人与情郎打情骂俏的情景描绘得细腻又传神：“昨夜海棠初着雨，数朵轻盈娇欲语；佳人晓起出闺房，将来对镜比红妆。问郎花好奴颜好，郎道不如花窈窕。佳人见语发娇嗔，不信死花胜活人。将花揉碎掷郎前，请君今夜伴花眠。”佳人很美，却输给了鲜花，这下可不高兴了，便向情郎撒娇。

《山有扶苏》中的姑娘也是如此，在意中人面前，可以蛮不讲理，可以胡搅蛮缠，心中明明认为自己的情郎最英俊，嘴上却故意称他为“狂且”“狡童”，可作为旁观者，我却已然感受到了她心中的欢喜和雀跃。

叹一人、知己难觅——《郑风·子衿》

青青子衿，悠悠我心。纵我不往，子宁不嗣音？

青青子佩，悠悠我思。纵我不往，子宁不来？

挑兮达兮，在城阙兮。一日不见，如三月兮。

青青的是你的衣襟，悠悠的是我的心情。纵然我未曾前去找你，难道你就断了音信？

青青的是你的玉佩，悠悠的是我的思绪。纵然我未曾前去找你，难道你就不知过来？

城阙巍峨，我站在上面，左顾右盼，来来回回走了一遍又一遍。一天不见而已，却如同有三月之久。

满腹心事皆由相思而起，一片痴心的姑娘，陷在思念的旋涡中，备受煎熬。全诗四十余字，朴素淡雅，细腻传神地描绘出一幅相思图。

古代社会有严格的“服制”，即着装的制度，各等级有不同的穿衣规定，西汉的儒学大师董仲舒在其《春秋繁露·服制》中指出：“天子服有文章，夫人不得以燕飨，公以庙；将军大夫不得以燕飨，以庙，将军大夫以朝官吏；以命士止于带缘。散民不敢服杂采，百工商贾不敢服狐貉，刑余戮民不敢服丝玄缥乘马，谓之服制。”

当时，青色的衣服是身份尊贵的象征，但由于读书人地位崇高，不受贫富贵贱的约束，可以随意穿着青色的衣服。“青青子衿”，读来就带着书香之气，“青衿”则成为读书人的泛称，温润如玉，儒雅大方。不停在城阙上来回踱步的姑娘，就是爱着这样的一个人。

她每走一步，每望一眼，都带着沉甸甸的思念，许久未见，忧从中来，担心爱人另有新欢，所以迟迟不来相见，甚至一句问候都没有。思念让她坐立难安，便独自一个人来到城阙上，站在高处远眺，打量着来来往往的行人，盼望着能从中看到自己的爱人。

人群嘈杂，川流不息，她踮着脚四处张望，望了一次又一次，希望的火苗灭了又灭。那舞动的旗子不是他，拂面而来的微风不是他，明媚烂漫的阳光也不是他，目之所及、心之所向，唯他而已。望断天涯路，也没能见到他，姑娘心中的焦灼可想而知，她立于城阙之上，成为每一位对情郎冥思苦恋的人的缩影。时过境迁，又有无数痴情的人儿，染上了相思。

想见却不能见，失望之情溢于言表，她不知道他为什么断了音信，为什么不来找她，莫非是生病了，是有事远行，还是他已经不再在乎她，有了新的情人？她胡乱猜测着，心乱如麻，时而安慰自己不要胡乱猜忌，时而又控制不住情绪。恋爱中的人，难免患得患失，内心不安也就会产生焦躁，内心分分钟上演几百出苦情戏。

大概是不成熟，并非不爱，只是还不懂得如何贴切地表达情意，因为自己一时的疏忽，就有可能让爱人受尽冷风吹。爱情也有脆弱的一面，爱越深越容易产生矛盾，若是不能及时有效地沟通，就会产生不可弥合的间隙，或许不是不爱了，只是爱累了。

爱情让人紧张兮兮，每一个爱过的人必然有胡思乱想的时候，多疑多虑，惶恐不安。爱情最需要的是安全感，这不是说说而已的漂亮话，爱有几分直接决定着爱的坚韧度。不妨直白一些，大胆一些，坦诚一些，既然担着爱情的名义，就不要做些令人伤心的事情。城阙上的姑娘，和万千相思成病的姑娘们一样，因为与情郎失去了联络，就如同天塌了下来，等啊等，盼啊盼，一个人承受着孤独寂寞。

唐代诗人温庭筠有诗云："梳洗罢，独倚望江楼。过尽千帆皆不是，斜晖脉脉水悠悠，肠断白蘋洲。"为了等他，等到肝肠寸断，一筹莫展。可不可以不去想他？可不可以不再受这相思之苦？大概她的回答是不可以。

宋代诗人晏几道在《长相思·长相思》中，描绘了这种相见却不得见的刻骨相思："长相思，长相思。若问相思甚了期，除非相见时。长相思，长相思。欲把相思说似谁，浅情人不知。"一往情深，奈何情深缘浅，爱得浓就要承担沉重的相思之苦，相见之时才是结束之日。

没办法假装不想他，骗过了别人，如何骗过自己？她又恼又气，可对他的一往情深淹没了郁闷，一心想着他，为他的消失找遍了各种理由。

在他看不见的地方，她念了又念，从日出到日落。"多情总被无情恼"，有情总被无情抛，不受控制的思念在胸口乱撞，郁结于心，化作一声声哀叹，无法向人诉说，只能自顾自沉吟着"青青子衿，悠悠我心"，这一声声叹息，透过千年的迷雾，一直淌入后人的心里。

女人本就因心思细腻而多愁善感，她的情绪全然受制于自己的情人，对她而言，爱情就是她人生的意义，情人就是她的天与地，她不要去想宇宙洪荒，她只知道自己爱上了一个人，便以他为生活的重心。

"今夕何夕兮，搴洲（舟）中流。今日何日兮，得与王子同舟。蒙羞被好兮，不訾诟耻。心几烦而不绝兮，得知王子。山有木兮木有枝，心说君兮君不知。"一见倾心，可又无可奈何，他不懂她的心，不知她的情意。

人各有不同，相思却大多雷同，是“天涯地角有穷时，只有相思无尽处”的惆怅；是“相恨不如潮有信，相思始觉海非深”的落寞；也是“春心莫共花争发，一寸相思一寸灰”的心灰意冷。无论我们的境遇如何，当读到《郑风·子衿》这首情诗后，无一例外想到的是自己的“子衿”，是自己排遣不掉的相思。

据《三国志·吴书·周瑜传》记载：“瑜少精意于音乐，虽三爵之后，其有阙误，瑜必知之，知之必顾，故时有人谣曰：‘曲有误，周郎顾。’”周瑜年少时精通音律，即便在饮下三盅酒后，仍能分别出弹奏者细微的差错，每每察觉便会立刻向出错者投以目光。

众所周知，周郎英俊潇洒，微醺之后更是别有风姿，为了能够博得周郎的注视，哪怕只有一眼，弹琴者往往会故意弹错。唐人李端有《听筝》诗云：“鸣筝金粟柱，素手玉房前。欲得周郎顾，时时误拂弦。”为了能得倾慕已久的人一顾，便耍了些小心机，不知周郎可否知晓弹琴女的心思，琴谱上的曲子她早已烂熟于心，可为了博得他的目光，不惜出错。当他的目光扫过她的脸颊时，姑娘的心怕是要开出花来了。

又如李清照的《点绛唇》：“蹴罢秋千，起来慵整纤纤手。露浓花瘦，薄汗轻衣透。见客人来，袜刬金钗溜。和羞走，倚门回首，却把青梅嗅。”多么俏皮可爱的模样，“和羞走”生动形象地刻画出少女的娇羞可爱，令人忍俊不禁。

《画堂春·念谢娘》：“柔风掠水醉芙蓉，一鸟轻破白空。柳疏斜露眸含情，我心似鹿冲。单燕稠鸣枝柳，双影稀语长亭。相望几刻羞还浓，不敢问姓名！”倾慕他许久，不知他的姓名，不知他家住何处，完全是一个陌生人，却猝不及防地钻进了她的心里，让她羞红了脸，却不敢问姓名。

失恋又有何可怕？被一个不爱自己的人抛弃，不该愁容满面。只是说着简单，做起来太难。正如席慕蓉《月桂树的愿望》，一遍一遍反问自己，“我为什么还要爱你呢”，答案是什么，却没有人能作答，只有化成文字，或者化成叹息：

我为什么还要爱你呢

海已经漫上来了

漫过我生命的沙滩

而又退得那样急

把青春一卷而去

把青春一卷而去

洒下满天的星斗

山依旧　树依旧

我脚下已不是昨日的水流

风清　云淡

野百合散开在黄昏的山巅

有谁在月光下变成桂树

可以逃过夜夜的思念

对痴情的姑娘，满是心疼，一日不见，那就再等一日，日复一日，不知是否如愿。傻姑娘，等不到就不要再等了，苦等下去并非良策，可以掏心掏肺地去爱一个人，但别轻易丢了自己的骄傲。

犹恐相逢是梦中——《召南·草虫》

喓喓草虫，趯趯阜螽；未见君子，忧心忡忡。亦既见止，亦既觏止，我心则降。

陟彼南山，言采其蕨；未见君子，忧心惙惙。亦既见止，亦既觏止，我心则说。

陟彼南山，言采其薇；未见君子，我心伤悲。亦既见止，亦既觏止，我心则夷。

草丛中有蝈蝈儿亮开嗓子叫着，时不时还有几只蚱蜢结伴一蹦一跳；因见不到我的爱人，而忧心忡忡。若能见到他，我的心绪自然而然就会平静下来。

徒步登上巍峨的南山，本是要去采摘蕨菜；因见不到我的爱人，而内心苦闷惆怅却无法排解。若能见到他，我的思念才会停止，我的心情才能愉悦。

徒步登上巍峨的南山，本是要去采摘薇菜；因见不到我的爱人，而心中彷徨不安。若能见到他，我的苦闷才能得以纾缓，我才能安心。

春暖花开的季节，处处莺歌燕舞，处处鸟语花香，万物复苏，蝈蝈儿唱着歌，蚱蜢跳着舞，一派生机盎然的景象。暖阳拥抱着大地，一切都是那么温柔宁静，思夫心切的女子身在其中，却没有感受到半点温存。她与丈夫远隔天涯，不知何日才能相见，心中的哀伤将她包裹起来，繁花似锦也与她无关。

他不在，天空湛蓝也是灰色的，唯有他的出现，才能拯救她的心情。夫君离家在外，不知可否照顾好自己的身体。他不在的日子里，她丧失了愉悦的能力，像是木偶人一般，只顾着想他、念他，尤其是不能确定他的归期，更让人惆怅。她能做的就是日复一日地等待，在深不见底的想念中，默默背负着相思前行。她的无助，她的无奈，都凝结成诗篇，堪称中国“思妇诗”的肇端。

“我心则降”“我心则说”“我心则夷”，前提都是“亦既见止，亦既觏止”，夫君是她相思病的解药，他一日不归，她就一日不得舒心。天地为牢笼，囚禁了她的身心，她流泪，她呐喊，她挣扎，都是无用功，这种无可奈何如此深刻入骨。

对于妻子来说，夫君就是她的信仰。如今，他远在千里之外，音信全无，归期遥遥，叫她如何不惆怅。她的世界与夫君相连，痴情到绝望。即便是春光无限，于她而言，也不过是虚妄的假象，是如此无关紧要。

日日思君不见君，这是怎样的折磨，所幸有过往的时光相拥。朝思暮想，岁岁年年，她习惯了等待带来的苦恼，她认定他会回来，就不惧等待。她静静站在一处，无人叨扰，正好可以畅快地去想念他。

爱情岂会没有相思，她不再挣扎，就这样沉沦在无边无涯的思念中，这是她的爱情，苦与乐一并接纳了。

天地空旷，正好容得下她的悲伤。南朝的乐府民歌《西洲曲》中，同是一位备受相思折磨的姑娘。“忆梅下西洲，折梅寄江北。单衫杏子红，双鬓鸦雏色。西洲在何处？西桨桥头渡。日暮伯劳飞，风吹乌臼树。树下即门前，门中露翠钿。开门郎不至，出门采红莲。采莲南塘秋，莲花过人头。低头弄莲子，莲子清如水。置莲怀袖中，莲心彻底红。忆郎郎不至，仰首望飞鸿。鸿飞满西洲，望郎上青楼。楼高望不见，尽日栏杆头。栏杆十二曲，垂手明如玉。卷帘天自高，海水摇空绿。

海水梦悠悠，君愁我亦愁。南风知我意，吹梦到西洲。”

容貌、性格有诸多不同，在思念这件事上，又是如此相同。这位生活在烟雨江南中的姑娘，笃信心上人也正在思念着她，这种安全感让她的思念更加缠绵，她的痴情有人回应，已足够幸福。有人知，有人怜，就不算可怜。

她们的相思之情，延绵至今，孤独的身影徘徊在空旷的野外，拨动着我们的心弦。甚至有时会觉得，她们就是我们的前世，而我们则是她们的今生，重复着一模一样的相思，就连叹息声都如此一致。

李白《子夜吴歌·秋歌》中，诉说了一位妻子的心声：“长安一片月，万户捣衣声。秋风吹不尽，总是玉关情。何日平胡虏，良人罢远征。”她日夜期盼着能够早日平定胡寇，让丈夫的远征生活尽早结束，他们夫妻二人才能得以团聚，不再苦苦守候，不再受这相思之苦。这是一位思妇最真切的渴望，不遮不掩，直抒胸臆。

张仲素《春闺思》中，描写了一位采桑女子的凝思失态：“袅袅城边柳，青青陌上桑。提笼忘采叶，昨夜梦渔阳。”她手提着装桑叶的笼子，望着袅袅垂柳和青青桑叶，不由得忘乎所以，记起昨夜的一场梦，她来到渔阳，前来征戍的丈夫就在这里。周遭静悄悄的，她的思绪却飘得很远很远。

思念夫君的人岂止一人，李白《江夏行》中“眼看帆去远，心逐江水流”的女子，望着丈夫渐行渐远，她的心与江水相连，追逐着小船而去；李益《江南曲》中“早知潮有信，嫁与弄潮儿”的女子，因抱怨丈夫久不归家，一时说了痴话，后悔嫁错了人，其实你我都明白，这不过是她的气话罢了。“妾家临渭北，春梦著辽西”，同样是一位思念夫君的妻子，明明身在渭水，梦境却与辽西相连，心神早就飞到了辽西，与在外服兵役的丈夫相见。

人人皆知李清照是旷世女奇才，她生在南宋，与丈夫赵明诚可谓天造地设的一双人。李清照是吏部员外郎的女儿，赵明诚是吏部侍郎的儿子，门第出身都相对，二人又志趣相投，唱和诗词，收集金石古玩，一起校勘题签，羡煞旁人。

赵明诚喜好古旧书画碑文，每有所得，必然要与妻子一同鉴赏；李清照每写就一首诗作，必然要念与丈夫听，他往往是第一个读者，认真品读评赏，好不快活。如若不是社会动荡不安，他们大可以厮守终身，无奈聚少离多，便以书信稍解相思。

一次，李清照写就《醉花阴·重阳》，随后便寄给了丈夫，赵明诚读罢“薄雾浓云愁永昼，瑞脑销金兽。佳节又重阳，玉枕纱厨，半夜凉初透。东篱把酒黄昏后，有暗香盈袖。莫道不销魂，帘卷西风，人比黄花瘦”，对爱人的思念感同身受，也要提笔作诗一首以表相思。毕竟同是文人，不甘心在才气上输给爱人，便闭门谢客，一心一意给妻子作诗。三天后，成词五十首，随后将妻子的诗作与自己的混杂在一起，特请友人作评，谁知友人称“莫道不销魂，帘卷西风，人比黄花瘦”为最佳。赵明诚自是知晓妻子的才情一绝，败下阵来也心服口服，他倾心爱慕着她，有相思之苦，亦有相爱如蜜。

可惜好景不长，赵明诚因病去世，留下李清照独自面对生活。她流着泪，忍着伤，潜心整理赵明诚未能完成的《金石录》，由她来接替丈夫的遗愿，他不在了，她便成了他。

只是孤苦寂寞时时侵扰着她，她由《点绛唇》“蹴罢秋千，起来慵整纤纤手，露浓花瘦，薄汗轻衣透。见客入来，袜刬金钗溜。和羞走。倚门回首，却把青梅嗅”的欢快纯情，多了《声声慢》“寻寻觅觅，冷冷清清，凄凄惨惨戚戚。乍暖还寒时候，最难将息。三杯两盏淡酒，怎敌他、晚来风急？雁过也，正伤心，却是旧时相识。满地黄花堆积。憔悴损，如今有谁堪摘？守着窗儿，独自怎生得黑？梧桐更兼细雨，到黄昏、点点滴滴。这次第，怎一个、愁字了得”的丝丝哀愁幽怨。

比起李清照，《草虫》中的女子或许要多几分幸运，她还能期许丈夫早日归家，还能有温热的胸口相偎相依，而这些对于李清照来说，全部成了镜花水月，是今生不可得的奢望。所以才有“物是人非事事休，欲语泪先流”的悲恸，才会有“只恐双溪舴艋舟，载不动、许多愁”的忧愁。

英国诗人布朗宁夫人以一首《请再说一遍我爱你》，重复着对爱人的钟情：

说了一遍　请再对我说一遍　说我爱你
即使那样一遍遍地重复
你会把它看成一支布谷鸟的歌曲
记着　在那青山和绿林间　在那山谷和田野中
如果它缺少了那串布谷鸟的音节　纵使清新的春天
披着满身的绿装降临　也不算完美无缺
爱　四周那么黑暗
耳边只听见惊悸的心声
处于那痛苦的不安之中
我嚷道　再说一遍　我爱你
谁会嫌星星太多　每颗星星都在太空中转动
谁会嫌鲜花太多　每朵鲜花都洋溢着春意
说　你爱我　你爱我　一声声敲着银钟
只是要记住　还得用灵魂爱我　在默默里

泰戈尔的诗作中，不无热情洋溢的告白：

你是一朵夜云，在我梦幻中的天空浮泛。
我永远用爱恋的渴想来描画你。

你是我一个人的，我一个人的，我无尽的梦幻中的居住者！

你的双脚被我心切望的热光染得绯红，我的落日之歌的搜集者！

我的痛苦之酒使你的唇儿苦甜。

你是我一个人的，我一个人的，我寂寥的梦幻中的居住者！

我用热情的浓影染黑了你的眼睛；我的凝视深处的崇魂！

我捉住了你，缠住了你，我爱，在我音乐的罗网里。

你是我一个人的，我一个人的，我永生的梦幻中的居住者！

处在不同星空下的女子，都怀揣着同样的渴求，再说一遍我爱你，一遍过后，请再说一遍。如果可以，让思念再短一些，让甜蜜再多一些。

情深不向横陈尽，见面销魂去后思——《郑风·野有蔓草》

野有蔓草，零露漙兮。有美一人，清扬婉兮。邂逅相遇，适我愿兮。

野有蔓草，零露瀼瀼。有美一人，婉如清扬。邂逅相遇，与子偕臧。

野草蔓蔓，露珠停在草上闪着光芒。一位清丽秀美的姑娘，与我相对而行，四目相对，一见倾心。

野草蔓蔓，露珠停在草上晶莹剔透。一位清丽秀美的姑娘，与我相对而行，四目相对，为之倾心。

青草萋萋，蔓蔓连成一片，晨雾还未完全消散，草尖上挺立的露珠晶莹透亮。如此良辰美景，与佳人不期而遇，她一双细眉弯如月，一双圆目饱含深情，顾盼流转间，已俘获了他的心。不多言不多语，两个人携手走向寂静幽深的树林。

朋友易得，知己难求，在清晨的野外，于弥漫的雾气中，他有幸遇到了一生所爱，电光石火间，两个陌生男女，于心底最深处确认了一件事——面前这个人是今生所愿所求。三生石上，或许早就刻下了两个人的名字。缘分可遇不可求，他有幸遇见了她，又有幸得其芳心相许，人生已了无遗憾。

或许有人会觉得光天化日之下，不过是偶然相遇的两个人，在尚未有所了解的情况下，就共赴欢愉，是不是快了点？如此大胆奔放，与艳遇有何区别？这个问题很好解答，一个是为了追求性欲，一个是追求爱情，岂会相同？

痴男痴女享鱼水之欢，有何不可？大可光明正大去亲吻相拥，就让灵魂在灼热的肢体中得以升华，她的脸颊微红，越发妩媚动人，他的臂膀宽厚，包裹着她，融化着她。一见钟情的两个人，以天为屋，以地为床，纵情快活，自此以后，彼此托付，相守一生不负深情。

爱情来得如此自然，相爱就相拥，不啰唆，不遮掩，洒脱得令人羡慕！但凡与爱情无关，都无须计较，只珍惜眼下的时光就好。爱潮汹涌，冥思苦想都是罪恶，辜负了这最美的遇见。冷静、理智都统统失效了，发乎本能的爱欲淹没了一切。若是坐下来从长计议，反而是不解风情，木讷得可笑。

“邂逅”一词，便是最早见于《野有蔓草》，《唐风·绸缪》中，也出现了“邂逅”二字，诗曰：“绸缪束薪，三星在天；今夕何夕，见此良人。绸缪束刍，三星在隅；今夕何夕，见此邂逅。绸缪束楚，三星在户；今夕何夕，见此粲者。子兮子兮，如此粲者何？”妻子对丈夫的爱意如泛滥的江水，天下男子没有一人比他更英俊，而天下女子没有人比她更爱他。

《越人歌》中，也有一段邂逅，稍有不同的是，只是单相思。当鄂公子身着华服登上船后，划船的王子便一见倾心，忍不住唱和着：“今夕何夕兮，搴舟中流。今日何日兮，得与王子同舟。”谁也不知道度过了上一刻的平淡无奇，在下一刻会遇见谁，有什么样的对白，发生什么样的故事。有些人擦肩而过，而有些人则留在生命中，成为最重要的一部分。

《毛传》对“邂逅”的解释简单明了，即“不期而会”。邂逅，妙就妙在不知不觉，一切来得不露痕迹，也不可抗拒。

宋代叶梦得《临江仙》（明日小雨，已而风大作，复晚晴，遂见月，与客再登舟），诗云：“卷地惊风吹雨去，却看香雾轻浮。遥知清影遍南州。万峰横玉立，谁为此山留。邂逅一欢须共惜，年年长记今秋。平生江海恨飘流。元龙真老懒，无意卧高楼。”

宋代朱敦儒《念奴娇·杨子安侍郎寿》，诗云：“腊回春近，正日添宫线，香传梅驿。玉律冰壶此际显，天与奇才英识。贯日孤忠，凌云独志，曾展回天力。功名由命，等闲却铩鸾翮。谁信夫子如今，眠云情意稳，风尘机息。邂逅初心得计处，伊水鸥闲波碧。但恐天教，经纶缘在，未遂紫烟客。君王图旧，看公归觐京国。”

宋代曹勋《山居杂诗九十首》，诗云：“我有旧知识，生来晦踪迹。邂逅不可见，早夜何能觅。忽然积羽处，相逢吐胸臆。临了一句子，会心极得力。”

“邂逅”自《野有蔓草》出现后，就与爱情相关，在最美的年纪，遇见意中人，至于结局如何，都无法影响邂逅本身的奇妙感觉。这一段记忆沉淀下来，无论何时细细品味，都不失甜美。从娇羞到一往情深，只是很短暂的一瞬，心有所属、心有所依，是活在这个世上难得的境遇。

两个人没有伪装，也无须伪装，各自皆是本真示人，更用不着互相试探到底爱了几分，她的眼神已然说明了一切，那么执着，那么热烈，爱到不管天高地厚。一面之缘而已，却仿佛已经和他走过了一生，即便被凄风苦雨裹挟，也能安然躲在他的臂弯中。

有些人恋了数年，分分合合，犹犹豫豫，也没能并肩走到白头。爱情的圆满，起决定作用的并非耗在一起的时间长短，一颗心坚定了，也就不会走不下去。说好要一起看细水长流，却迷失在人性中，丢了爱情的初衷。

感情不怕互相拉扯，至少有来来回回就证明谁都不愿放手，最怕悄无声息地冷漠疏离，那个曾经与你亲密无间的人，却在一次又一次的争吵声中渐行渐远。既然无关时间长短，那么日久生情也好，一见钟情也罢，都是值得信赖的开始。他与她在路上偶遇，他的眼神望过去，她没有躲闪，而是眉目传情，既已认定你，天涯海角也随你去。

某年某月，能遇见一人相守，是何等幸事。辛弃疾《青玉案·元夕》一诗，写了热闹与孤寂，也写了等待与相遇。“东风夜放花千树，更吹落星如雨。宝马雕车香满路，凤箫声动，玉壶光转，一夜鱼龙舞。蛾儿雪柳黄金缕，笑语盈盈暗香去。众里寻他千百度，蓦然回首，那人却在，灯火阑珊处。”不是不期而遇，是翘首以盼，终于相遇。

《古诗十九首》中的一位女子，独处高楼，于静默之中等着自己的良人。“西北有高楼，上与浮云齐。交疏结绮窗，阿阁三重阶。上有弦歌声，音响一何悲！谁能为此曲？无乃杞梁妻。清商随风发，中曲正徘徊。一弹再三叹，慷慨有余哀。愿为双鸿鹄，奋翅起高飞。”她不停地弹奏着，在夜深人静之时，一叹再叹，盼着有一人能听懂她隐藏在琴音中的渴望。

多少人盼着不期而遇，又有多少人的等待落了空，就连仓央嘉措也深感等待的滋味。“那一夜，我听了一宿梵唱，不为参悟，只为寻你的一丝气息。那一月，我转过所有经轮，不为超度，只为触摸你的指纹。那一年，我磕长头拥抱尘埃，不为朝佛，只为贴着了你的温暖。那一世，我翻遍十万大山，不为修来世，只为路中能与你相遇。那一瞬，我飞升成仙，不为长生，只为佑你平安喜乐。”千山万水，只为寻你而来；上天入地，也只为见你一面。

只要能相遇，无论要等多久，都心甘情愿。如若无缘相遇呢？泰戈尔则给出了答案：

如我今生无缘遇到你，
就让我永远感到恨不相逢。
让我念念不忘，
让我在醒时梦中都怀带着这悲哀的苦痛。
当我的日子在世界的闹市中度过，
我的双手捧着每日的盈利的时候，

让我永远觉得我是一无所获——

让我念念不忘，

让我在醒时梦中都怀带着这悲哀的苦痛。

当我坐在路边疲乏喘息，

当我在尘土中铺设卧具，

让我永远记着前面还有悠悠的长路。

让我念念不忘，

让我在醒时梦中都怀带着这悲哀的苦痛。

当我的屋子装饰好了、

箫笛吹起、欢笑声喧的时候，

让我永远觉得我还没有请你光临。

让我念念不忘，

让我在醒时梦中都怀带着这悲哀的苦痛。

念念不忘，必有回响。只是，这声响只存在于我的胸口之中，久久消散不去。你始终没有来，我却始终在等你。

人生能有几多欢愉，那么多人盼都盼不来的缘分，《野有蔓草》有幸相遇，你情我愿，天大地大，情人眼中只剩下彼此，没有是非对错，想爱就爱了，无所顾忌，也无所畏惧。

弱水三千，只取一瓢饮——《郑风·出其东门》

出其东门，有女如云。虽则如云，匪我思存。缟衣綦巾，聊乐我员。

出其闉阇，有女如荼。虽则如荼，匪我思且。缟衣茹藘，聊可与娱。

在城东门漫无目的地走着，秀丽甜美的佳人多如天空中的云朵。虽然多如天空中的云朵，却都并非我所思所想之人。那个身穿白衣绿裙的姑娘，才是我心中的挚爱。

在城东门漫无目的地走着，秀丽甜美的佳人多如茅花白。虽然多如茅花白，却都并非我心中所怀之人。那个身穿白衣绿裙的姑娘，才令我可娱可相爱。

《出其东门》的主旨就是，诱惑很多，却痴情专一于一人，此爱不变，此情不移。一心一意，是一个男人能够给一个女人最大的安全感。茫茫人海，明艳动人的姑娘多如牛毛，她们款款而来，浅浅而笑，可她们再楚楚可人，都敌不过她不经意的一回眸。只有她能够给他欢愉和慰藉，全部思念因她而生，与众不同也就无可替代。

浮生如梦，疏忽又漫长，唯独与她相亲相爱，才能让无聊退散。繁花万朵，都不及她的美，要说道理，根本没有道理可讲。与她相遇，就是他的情劫，为她生、为她死，免她颠沛流离，护她平安喜乐。

甘愿为一个人忘记自己的姓名，也甘愿为一个人舍掉自己的性命，这就是爱，霸道任性，蛮不讲理。他看遍百花，却认定今生只爱一人，她身着素衣的样子，比阳光更明媚，比繁星更璀璨。他不是没有其他的选择，只是一番比较之后，更确信她才是那个能让他相近相亲的人。

《出其东门》没有奔放火热的甜言蜜语，平淡简约，没有诉说相思之情，却处处可见情真意切。扪心自问，面对感情的诱惑时，是否能够坚持初心？有的人迷恋追逐的感觉，但凡拥有了就不再珍惜，要走了她的心，却忘了当初的承诺。轰轰烈烈的爱情很诱人，但细水长流的平淡才最真切。

与其兜兜转转，不如安稳地守护着一个人，没有乱七八糟的感情纠葛，就如同那个见多了娴雅的佳人，却唯独思念着自己心上人的男子，不慌不忙地守着自己的幸福。人人渴求真爱，可真爱从来不是现成的，而是坚定不移的两颗心凑在一起，屏蔽了喧嚣纷扰，多情又专情，苦辣酸甜只与一人分享，世间也就少了许多无可奈何的叹气声。

心若未定，就不要急着谈情说爱，有大把时光去寻觅合适的恋人，何苦三心二意，伤了别人的心。司马相如与卓文君的爱情故事尽人皆知，一曲《凤求凰》扰乱了多少人的心绪，他自顾自弹唱着“有美人兮，见之不忘。一日不见兮，思之如狂。凤飞翱翔兮，四海求凰。无奈佳人兮，不在东墙。将琴代语兮，聊写衷肠。何日见许兮，慰我彷徨。愿言配德兮，携手相将。不得于飞兮，使我沦亡”，不乏花言巧语，也不乏真情实意，所以才让卓文君怦然心动，全然不顾父母之命，一心想要跟他走。

敢不敢义无反顾爱一场，用尽一生钟情一人，“我欲与君相知，长命无绝衰，山无陵，江水为竭，冬雷震震，夏雨雪，天地合，乃敢与君绝”。不可轻易许诺，一旦立下誓言，就别轻易打破，因为随之破碎的何止是感情，还有一颗心也跟着碎了，便再难拼凑成曾经。

仓央嘉措作为六世达赖，原本该了断尘缘一心向佛，却向往世俗，他不守清规，本最不应该拥有爱情，却偏偏怀揣着一颗想要爱人的心。他住在神圣的布达拉宫，是“雪域最大的王”，不愿留在深宫，反而时常在拉萨街头走走停停，他称自己是“世间最美的情郎”，他也在等待着遇见自己心爱的姑娘。

他问佛：为何不给所有女子羞花闭月的容颜？

佛曰：那只是昙花的一现，用来蒙蔽世俗的眼。

他问佛：世间为何有那么多遗憾？

佛曰：这是一个婆娑世界，婆娑即遗憾。

他问佛：如何让人们的心不再感到孤单？

佛曰：每一颗心生来就是孤单而残缺的。

他问佛：如果遇到了可以爱的人，却又怕不能把握该怎么办？

佛曰：留人间多少爱，迎浮世千重变。

他问佛：如何才能如你般睿智？

佛曰：佛是过来人，人是未来佛。

他问佛：为什么总是在我悲伤的时候下雪？

佛曰：冬天就要过去，留点记忆。

他问佛：为什么每次下雪都是我不在意的夜晚？

佛曰：不经意的时候人们总会错过很多真正的美丽。

他问佛：那过几天还下不下雪？

佛曰：不要只盯着这个季节，错过了今冬。

他是他，他又是佛，想了很多，也明白了很多，爱情不可控，却可以控制自己的心。爱与不爱，自己说了算，爱一个人不需要理由。同样，不爱一个人也无须借口，但是爱了却又反悔，是爱情的大忌。

熟知三毛的人，多半是因为她与荷西浪漫的爱情故事。西班牙是三毛和荷西相遇的地方，也是他们定情之地。彼时，三毛正在读大学二年级，荷西则是个高中生，年龄差没有阻隔两个人相伴，他们结伴去看电影，去公园漫步闲逛，手舞足蹈地聊着梦想。

荷西虽说比三毛小了几岁，但这并不妨碍他向心爱的姑娘表白，他注视着她的眼睛，严肃认真地说道："你要等我六年，我有四年大学要读，加两年兵役要服，六年一过，我就娶你。"不是询问，而是约定。后来，他们约好不再联系，随后的六年中，他们各自过活，看风景、游世界，三毛是闲不住的人，她的心向往流浪，去德国、去美国，去见识大千世界。

六年后，三毛回到马德里。一天，有朋友打来电话，语气坚定地说："快来，搭计程车过来。"不明所以的三毛不敢有片刻耽搁，匆忙赶了过去。朋友一副神神秘秘的样子，一再嘱咐她闭上眼睛，三毛只好照做，不多时，她就陷在了一个温暖的怀抱里，竟然是荷西，将她整个人都抱了起来。她难以置信，眼前的荷西长了胡须，比过去高了许多，肩膀也厚实了不少。两个人热烈地亲吻起来，忘了天和地，忘了还在一旁的朋友。

荷西引领着三毛来到自己的卧室，三毛呆呆地望着眼前的一切，满屋子都是她的照片。在她与荷西分别的日子里，荷西却用每时每刻来思念她。一生之中，能有一人爱己如此，便再无所求，三毛对自己说"这一生我还要谁呢"。

婚后的日子并不富裕，但清苦之中，却处处洋溢着温馨甜蜜，相爱的两个人打败了贫寒，将生活过得有滋有味又生机盎然。点点滴滴，都是小情趣，明明爱人就在身边，却更贪恋他的温暖。

遗憾的是，荷西在一次作业中意外丧生，三毛失去爱人后，痛不欲生，好时光戛然而止。她曾不止一次想过自杀，了却了生命，也就不用再承担痛苦。爱情让她丧失理智，亲情却劝服她要忍耐。只是爱人已死，她的世界也就跟着没了光亮，与其活在一片漆黑之中，不如早些解脱。几年后，迟迟走不出来的三毛，自缢而亡。一切都结束了，悲伤却没能就此停下来。

爱一个人爱到天荒地老，是一件很难实现的事吗？并不难啊，“只愿君心似我心，定不负相思意”。

当普希金与19岁的凯恩相遇时，凯恩已经是别人的妻子，他爱上了她，但却来得迟了。千言万语不可说尽，便凝结成诗。“我记得那美妙的一瞬：在我的面前出现了你，有如昙花一现的幻影，有如纯洁之美的精灵。在绝望的忧愁的折磨中，在喧闹的虚幻的困扰中，我的耳边长久地响着你温柔的声音，我还在睡梦中见到你可爱的面容。许多年过去了，狂暴的激情驱散了往日的梦想，于是我忘记了你温柔的声音，还有你那天仙似的倩影。在穷乡僻壤，在囚禁的阴暗生活中，我的岁月就那样静静地消逝，没有神往，没有灵感，没有眼泪，没有生命，也没有爱情。如今灵魂已开始觉醒：于是在我的面前又出现了你，有如昙花一现的幻影，有如纯洁之美的精灵。我的心狂喜地跳跃，为了它一切又重新苏醒，有了神往，有了灵感，有了生命，有了眼泪，也有了爱情。”遇见她只用了一瞬，但想念她却用了一生。

时光并不长，刚好只够一心一意爱一个人。

心似双丝网，中有千千结——《邶风·击鼓》

击鼓其镗，踊跃用兵。土国城漕，我独南行。

从孙子仲，平陈与宋。不我以归，忧心有忡。

爰居爰处？爰丧其马？于以求之？于林之下。

死生契阔，与子成说。执子之手，与子偕老。

于嗟阔兮，不我活兮。于嗟洵兮，不我信兮。

鼓声镗镗，震耳欲聋，兵将奋勇当先，勤勉操练。人们忙着筑漕城，而我却不得不前往南方征战。在孙子仲的带领下，随军前往南方，去平定陈、宋（两国）。接连战事，不许我返乡，不免忧心忡忡。

马跑向山间林下，我要去何处寻它？我曾对你说过，生死不离，要与你牵着手一同老去。可世事无常，我与你相隔千里，不能相会，甚至不知能否生还，我的誓言无法履行。

钱锺书《管锥编》：《笺》："从军之士，与其伍约：'死也、生也，相与处勤苦之中，我与子成相说爱之恩'。志在相存救也；'俱老'者，庶几俱免于难"；《正义》：王肃云："言国人室家之志，欲相与从；'生死契阔'，勤苦而不相离，相与成男女之数，相扶持俱老。"按《笺》甚迂谬，王说是也，而于"契阔"解亦未确。盖征人别室妇之词，恐战死而不能归，故次章曰“不我以归，忧心有忡”。

一句“不我以归，忧心有忡”，情绪起伏看似不大，却暗潮汹涌。他久戍未归，不知归期，甚至不知还能否生还，念及苦守在家的妻子，一时惆怅满怀。不同于柔弱的女儿家，没有眼泪，没有委屈，却同样满是柔情。

烽烟四起的年代，生命如同草芥，爱情如同幻梦，兵役是压在每个家庭、每对恋人身上的枷锁，王昌龄《塞下曲》诗云：“饮马渡秋水，水寒风似刀。平沙日未没，黯黯见临洮。昔日长城战，咸言意气高。黄城足今古，白骨乱蓬蒿。”战争无情，吞噬了不可计数的生命，他们原本都有自己的生活，正是“可怜无定河边骨，犹是深闺梦里人”。他们尸骨无还，就意味着一个又一个家庭支离破碎。这毁掉的不仅是生命，还有更多人的生活。

李白诗《战城南》，将战场荒凉悲惨的气氛描绘得淋漓尽致，无数战士被命运推向死亡的深渊，别无选择。诗云：“去年战，桑干源。今年战，葱河道。洗兵条支海上波，放马天山雪中草。万里长征战，三军尽衰老。匈奴以杀戮为耕作，古来惟见白骨黄沙田。秦家筑城备胡处，汉家还有烽火燃。烽火燃不熄，征战无已时。野战格斗死，败马号鸣向天悲。乌鸢啄人肠，衔飞上挂枯树枝。士卒涂草莽，将军空尔为。乃知兵者是凶器，圣人不得已而用之。”

唱和着《击鼓》的男儿，告别了父母、妻儿，随军远征，他或许也渴望封侯拜将、建功立业，可他也深知前途未卜，战场上弥漫着“古来征战几人回”的惨烈。他不惧怕死亡，只是忧心与妻子阴阳相隔。他满腹心事，无望地四处奔波，漫漫征程，不知道何年何月是归期。

他曾温柔地说，要护她一世安稳，“免她惊，免她苦，免她四下流离，免她无枝可依”。他曾信誓旦旦，却未曾想过一朝分别，就可能是永远。兵役不得不服，将令不得不从，他身不由己，每一日都在接受自己的拷问。遥在家乡的妻子啊，你可知他的浓情和思念，同在明月下，可人隔数重山。

如果没有战争，他就不用为兵役所累，可以与妻子朝夕相处，过平凡安稳的生活，为柴米油盐等琐事忙碌，没有分别也就不用相思。不用风餐露宿，不用胆战心惊。在闲暇的时候，与妻子在林中小憩，看云卷云舒，看日出日落。

他们或许会争吵，为鸡毛蒜皮的小事烦忧，可夫妻没有隔夜仇，转天便和好如初。如果没有战争，他也不会有性命之忧，可是没有如果，已经随军在外的人，也只剩下幻想的权利。一旦遇险，他都来不及和妻子道一声珍重，她的后半生将如何挨过孤苦伶仃。他不敢去细想，只得默默祈求平安，默默许下“死生契阔，与子成说。执子之手，与子偕老”的誓言。

秦观《鹊桥仙》云：“两情若是久长时，又岂在朝朝暮暮。”秦观能如此洒脱，大抵是安慰彼此，或是根本就不懂爱情，何人甘愿与情人分别？《击鼓》中的将士，恨不能朝朝暮暮，他与妻子“别来半岁音书绝”，已是“一寸离肠千万结”。

在苏联卫国战争初期，西蒙诺夫写下了《等着我吧》：

等着我吧——我会回来的。
只是要你苦苦地等待，
等到那愁煞人的阴雨
勾起你的忧伤满怀，
等到那大雪纷飞，
等到那酷暑难挨
等到别人不再把亲人盼望，
往昔的一切，一股脑儿抛开。
等到那遥远的他乡
不再有家书传来，

等到一起等待的人
心灰意懒——都已倦怠。
等着我吧——我会回来的，
不要祝福那些人平安：
他们口口声声地说——
算了吧，等下去也是枉然！
纵然爱子和慈母认为——
我已不在人间
纵然朋友们等得厌倦，
在炉火旁围坐，
啜饮苦酒，把亡魂追荐……
你可要等下去啊！
千万不要同他们一起，
忙着举起酒盏。
等着我吧——我会回来的：
死神一次次被我挫败！
就让那不曾等待我的人
说我侥幸——感到意外！
那没有等下去的人不会理解——
亏了你的苦苦等待，
在炮火连天的战场上，
从死神手中，是你把我拯救出来。
我是怎样在死里逃生的，
只有你和我两个人明白——

只因为你同别人不一样，

你善于苦苦地等待。

一时间，让饱受战争煎熬的战士们，得到了慰藉，有的战士特意将这首诗抄在信中，寄给后方的妻子，还有人在战争结束后，致信西蒙诺夫“您的诗以及您在诗中所表达的对亲人深切的爱，支持我度过战争岁月”。在冰冷的战壕里，苏联士兵浴血奋战，《等着我吧》温暖了他们奔赴死地的绝望。

备受煎熬的人何尝只是身在枪林弹雨中的人，守候在家的人何尝不是胆战心惊，甚至不敢奢望平安。他们的父母、妻儿、朋友，在战战兢兢中度日如年。在被遮住阳光的日子里，这首诗出现得恰是时候。《击鼓》中的男子远不及苏联士兵幸运，他即便有衷肠可诉，却远隔千山万水，只能在心中默念誓言。

古来战争频仍，一旦有战事，便会民不聊生。前有《击鼓》的哀叹，后有“孟姜女哭长城”的凄凉。西汉末年，刘向在《列女传》中将《左传》中杞梁妻的故事再次提及，并续写道：“杞梁之妻无子，内外皆无五属之亲。既无所归，乃就其夫之尸于城下而哭之，内诚动人，道路过者，莫不为之挥涕，十日而城为之崩。既葬，曰：‘我何归矣？’……亦死而已，遂赴淄水而死。”

刘向率先记述了“崩城之事”，杞梁妻没能生育一男半女，而且无亲无故，丈夫死后，一个人孤苦伶仃。她“就其夫之尸于城下而哭之”，路人闻其哀恸之声，感其悲痛。十天后，“城为之崩”。随后到了唐代，记载开始发生变化，杞梁不再是春秋的齐人，而是以秦朝燕人的身份出现，而他的妻子则有了自己的名字——姓孟，名仲姿，或姓孟名姜女，即尽人皆知的孟姜女。杞梁因躲避兵役被抓，随后便被筑于城墙之内，孟姜女痛不欲生，便面向城墙泪流不止，因为城墙之内有不少死尸，为了辨认她的丈夫，孟姜女便滴血认骨。

孟姜女哭长城的背后，是血淋淋的悲剧，战乱迭起时，最受苦的便是无辜的百姓，被奴役，被压迫，妻离子散、家破人亡。显然，唱和着“死生契阔，与子成说。执子之手，与子偕老”的男人，也清楚自己的处境，或许他的生命只能停在今天，但无论他是生是死，他最期盼的是与妻子并肩白头。

有国恨家仇，也有儿女情长，对于一个身份低微的小人物来说，他的情在整个国家所蒙受的灾难面前不值一提，可却是他生命的全部意义，也是他努力活下去的理由。历史的长河中，我们都是渺小的存在，但也正因自知渺小，就更在意自己如何活。豪言壮语留给别人吧，他只想能够活着回到妻子身边，继续兑现自己的承诺，守着自家的一亩三分地，陪着妻子从青丝到白发，慢慢变老。

与敌人兵戎相见时，没有人会去关心他的所思所想，也不会有人在意他活不活，至于他的妻子、他的爱情，都一概被忽略掉了。战场上，只剩下掠夺和残杀，与此联系起来，《击鼓》就更加苍凉。他无力扭转自己的命运，他所向往的终将会被抹去，然而后人会记住他对爱情的坚贞不渝。

“执子之手，与子偕老”，不是蜜语甜言，却远胜蜜语甜言。正是有着感动人心的力量，才得以跨越千年的光阴，传到我们的耳畔，并将此作为爱情是否完美的评判标准。爱一个人，就是要与她走到白头，最好的爱情就是陪伴。

佛法自来空色相，当年何事苦吞针——《卫风·氓》

氓之蚩蚩，抱布贸丝。匪来贸丝，来即我谋。送子涉淇，至于顿丘。匪我愆期，子无良媒。将子无怒，秋以为期。

乘彼垝垣，以望复关。不见复关，泣涕涟涟。既见复关，载笑载言。尔卜尔筮，体无咎言。以尔车来，以我贿迁。

桑之未落，其叶沃若。于嗟鸠兮，无食桑葚！于嗟女兮，无与士耽！士之耽兮，犹可说也。女之耽兮，不可说也。

桑之落矣，其黄而陨。自我徂尔，三岁食贫。淇水汤汤，渐车帷裳。女也不爽，士贰其行。士也罔极，二三其德。

三岁为妇，靡室劳矣；夙兴夜寐，靡有朝矣。言既遂矣，至于暴矣。兄弟不知，咥其笑矣。静言思之，躬自悼矣。

及尔偕老，老使我怨。淇则有岸，隰则有泮。总角之宴，言笑晏晏。信誓旦旦，不思其反。反是不思，亦已焉哉！

憨厚的小伙子，怀抱着布匹来换丝。其实不是真的要换丝，是找个机会谈我们的婚事。送你直到淇水西，到了顿丘依旧恋恋不舍。不是我愿耽误佳期，是你没有请到好的媒人。希望你不要生气，等到秋天再来迎娶我。

爬上破旧的土墙，遥望复关。复关远在千里之外，见不到情郎泪水涟涟。你从复关来，喜笑颜开。你去求神问卜，大吉之兆笑开颜。赶着车子来娶我，为我搬运嫁妆。

桑树叶子未落时，挂满枝头。那些斑鸠儿，别吃桑葚。年轻的姑娘们，别对男人太深情。男人若是爱上你，随时都可以抛弃你。女人若是爱上男子，想解脱却难于上青天。

桑树叶子落下了，枯黄的叶子随风飘落。自从嫁到你家以后，三年来受苦受累。淇水茫茫送我归，水溅车帷湿又潮。作为妻子我没有任何差错，是你太刁钻蛮横。喜怒无常，变心缺德耍花招。

婚后三年我恪守妇道，为家务操劳。起早贪黑，忙里忙外。谁知家业已成后，渐渐对我拳打脚踢。我的兄弟对我的处境一无所知，见到我后反而笑起来没完。静下心来细细琢磨，独自伤神落寞。

当年发誓要与子偕老，如今尚未老去却忧心忡忡。淇水滔滔终有岸，沼泽虽宽有尽头。回想少时多欢乐，谈笑之间露温柔。海誓山盟犹在耳，哪料反目竟成仇。莫再回想背盟事，既已终结便罢休！

改变不可怕，可怕的是移情别恋。《氓》是《诗经》中的长篇叙事诗，以事载情，将一位女子的哀怨与悲愤全然淌于纸上，她爱过、恨过，所有抹不去的情绪都以文字的模样出现在后人的眼前。

她满怀痛苦，站在无望的生活中，追忆这些年来的点点滴滴，他们相恋相爱，随后拜过天地、父母，结为夫妻，本是两心相许，却料不到他人变心。起初是痛不欲生，值得庆幸的是，最后决心“过去时光不留恋，一刀两断不再谈”，天大地大，从此不再执拗于过往，曾经的甜蜜和辛酸，都留在过去吧，以后绝口不提。

诗中的姑娘纯朴善良，甘愿为爱情义无反顾，她爱着氓，所以不顾父母之命嫁给了他。从恋人到妻子，她完美地诠释着自己的角色转换，她自知丈夫贫寒，却丝毫不介意，为了照顾好自己的家庭，她起早贪黑地忙里忙外，一人承担起琐碎的家务，一心想着“与尔偕老”。她勤劳忠贞，但下场却是悲惨的。憨厚老实的氓，在将她娶回家后，全然变了一副面孔，从前的信誓旦旦都抛诸脑后，她原本是受宠爱的人，却变成了被抛弃的人。

明明受到伤害的人是她，可她的兄弟亲朋不但没有来安慰她，谴责氓，反而发出无情的嘲笑声。不得不说，她生活在愚昧的夹缝中，虚伪、粗暴的人为所欲为，专一专情的人却不得善终。封建时代的卫道士，将她的不幸遭遇归罪于“淫”（私奔，不合礼法），然而私奔又岂是她一人所为，为什么要全怪罪于她？她在痛苦中沉沦，也在痛苦中反思，她看透了氓，也看透了这个社会，所以高声疾呼“士之耽兮，犹可说也；女之耽兮，不可说也”。生来为女人，何苦要受到如此对待？

总有人喜欢用“婚姻需要经营”来作为劝慰他人的良言，殊不知婚姻的确需要经营，但“经营”指的不是没有底线的包容和妥协，更不是以残害自己心灵为前提的忍让。千年前，《氓》中的姑娘，在深知爱已覆水难收的情况下，毅然决然地选择结束自己的感情，这是多么大的勇气，又是多么值得后人深思的道理。

爱情和婚姻，最忌讳的就是人格上的不对等，我们可以彼此扶持、互相依赖，可以拥有独立的人格，我们痛快淋漓地去爱，但当爱情消失了，也请洒脱自在地放过彼此。你若有新的归属，那么还请看在曾经相爱一场的情分上，坦诚以对，我也好落落大方地挥手作别。

朱熹《诗集传》云：“此淫妇为人所弃，而自叙其事，以道其悔恨之意也。夫既与之谋，而不遂往，又责无所以难其事，再为之约以坚其志。其计亦狡矣，以御蚩蚩之氓，宜其有作而不免于见弃。盖一失其身，人所贱恶，始虽以欲而迷，后必以时而悟，是以无往而不困耳！士君子立身一败，而万事瓦裂者，何以异此？可不戒哉！”

我可以很爱你，但我更爱自己。好的爱情，从来不是彼此胁迫，更不该有痛苦。

爱到忘了全世界，忘了自己，生活的意义大可以自己去寻觅，如果爱情是你的唯一，也无所谓对错，只是至少确保自己的痴情不受侮辱。

女人善变的是情绪，不善变的是真心，可爱情是两个人的事，一人有变，就会有坍塌。一心一意地付出，到底能换来什么呢，或者说确定能换来什么吗？人人喜新厌旧，向往新鲜感，可不是人人都会在感情上喜新厌旧，“新人笑、旧人哭”常是女人在说，负心的也多是男人。

东汉末年繁钦《定情诗》中的女人，是我欣赏的类型，我爱你痴心绝对，可你若无心我便休。痛哭流涕也好，痛不欲生也好，都是我的事，我自己来承担，但我与你已经不再有关系。

我出东门游，邂逅承清尘。
思君即幽房，侍寝执衣巾。
时无桑中契，迫此路侧人。
我既媚君姿，君亦悦我颜。
何以致拳拳？绾臂双金环。
何以道殷勤？约指一双银。
何以致区区？耳中双明珠。
何以致叩叩？香囊系肘后。
何以致契阔？绕腕双跳脱。
何以结恩情？美玉缀罗缨。

何以结中心？素缕连双针。

何以结相于？金薄画搔头。

何以慰别离？耳后玳瑁钗。

何以答欢忻？纨素三条裙。

何以结愁悲？白绢双中衣。

与我期何所？乃期东山隅。

日旰兮不来，谷风吹我襦。

远望无所见，涕泣起踟蹰。

与我期何所？乃期山南阳。

日中兮不来，飘风吹我裳。

逍遥莫谁睹，望君愁我肠。

与我期何所？乃期西山侧。

日夕兮不来，踯躅长叹息。

远望凉风至，俯仰正衣服。

与我期何所？乃期山北岑。

日暮兮不来，凄风吹我襟。

望君不能坐，悲苦愁我心。

爱身以何为，惜我华色时。

中情既款款，然后克密期。

褰衣蹑茂草，谓君不我欺。

厕此丑陋质，徙倚无所之。

自伤失所欲，泪下如连丝。

古来，女子多柔弱，遭命运驱使，颠沛流离于人世间。

东汉文学家蔡琰，用女子柔弱的肩膀，撑起了东汉历史的一片天空。一首《悲愤诗》，如泣如诉，她的悲愤与哀怨纵横交错，被掠、杖骂、受侮辱、念父母、再嫁、别子、亲人离世……

汉季失权柄，董卓乱天常。志欲图篡弑，先害诸贤良。逼迫迁旧邦，拥主以自疆。

海内兴义师，欲共讨不祥。卓众来东下，金甲耀日光。平土人脆弱，来兵皆胡羌。

猎野围城邑，所向悉破亡。斩截无孑遗，尸骸相撑拒。马边悬男头，马后载妇女。

长驱西入关，迥路险且阻。还顾邈冥冥，肝脾为烂腐。所略有万计，不得令屯聚。

或有骨肉俱，欲言不敢语。失意机微间，辄言毙降虏。要当以亭刃，我曹不活汝。

岂复惜性命，不堪其詈骂。或便加棰杖，毒痛参并下。旦则号泣行，夜则悲吟坐。

欲死不能得，欲生无一可。彼苍者何辜，乃遭此厄祸。边荒与华异，人俗少义理。

处所多霜雪，胡风春夏起。翩翩吹我衣，肃肃入我耳。感时念父母，哀叹无穷已。

有客从外来，闻之常欢喜。迎问其消息，辄复非乡里。邂逅徼时愿，骨肉来迎己。

己得自解免，当复弃儿子。天属缀人心，念别无会期。存亡永乖隔，不忍与之辞。

儿前抱我颈，问母欲何之。人言母当去，岂复有还时。阿母常仁恻，今何更不慈。

我尚未成人，奈何不顾思。见此崩五内，恍惚生狂痴。号泣手抚摩，当发复回疑。

兼有同时辈，相送告离别。慕我独得归，哀叫声摧裂。马为立踟蹰，车为不转辙。

观者皆嘘唏，行路亦呜咽。去去割情恋，遄征日遐迈。悠悠三千里，何时复交会。

念我出腹子，匈臆为摧败。既至家人尽，又复无中外。城廓为山林，庭宇生荆艾。

白骨不知谁，纵横莫覆盖。出门无人声，豺狼号且吠。茕茕对孤景，怛咤糜肝肺。

登高远眺望，魂神忽飞逝。奄若寿命尽，旁人相宽大。为复强视息，虽生何聊赖。

托命于新人，竭心自勖励。流离成鄙贱，常恐复捐废。人生几何时，怀忧终年岁。

鲁迅说："悲剧是将人生有价值的东西毁灭给人看。"

白居易《太行路》中"人生莫作妇人身，百年苦乐由他人"，一语道破现实。

女人哪，悲欢离合都由他人掌控，一生苦乐都不由自主。寥寥几十载，不受尊重，不受礼遇，欢乐少，悲苦多。

真氏《解三酲·奴本是明珠擎掌》："奴本是明珠擎掌，怎生的流落平康。对人前乔做作娇模样，背地里泪千行。三春南国怜飘荡，一事东风没主张，添悲怆。哪里有珍珠十斛，来赎云娘？"字字都是她的血泪，她跌落在命运的泥土里，苦难和哀怨成为她生活的全部。昔日明珠沦落为娼妓，供男人享乐，望不尽命运坎坷。

关盼盼原是徐州名妓，后与徐州守帅张愔一见如故，被他纳为妾室。一年，白居易来徐州游玩，受张愔设宴款待，觥筹交错间，备受宠幸的关盼盼特以歌舞助兴，白居易为之倾倒，称其“醉娇胜不得，风嫋牡丹花”。

两年后，张愔因病离世，往日曾围绕在张愔身边的姬妾们纷纷离开，各寻出路，而关盼盼却惦念往日恩情，不愿离去，便在旧宅燕子楼中住下，甘愿在孤独寂寞中矢志守节，断绝了与外界的联系，十个春夏秋冬依次走过后，白居易惊闻关盼盼仍在守节，便提笔作诗一首：“黄金不惜买蛾眉，拣得如花四五枚。歌舞教成心力尽，一朝身去不相随。”他言简意赅，认为十年之期已经足够漫长，与其继续坚持，不如以死殉情，博得贞节烈妇的名声。

展信后，关盼盼没有多言，顷刻便是一场泪雨，她只觉得委屈。她不畏惧死亡，当爱郎去世的那一刻起，她早就心如死灰，十年之久的光阴中，她苟延残喘，为的是保全他的名声，她不愿让他人以为张愔自私，竟连累爱妾追随他而去。如今，她的全部努力却被白居易如此讥讽，她不知该如何辩解，十天后，便绝食身亡。

人言可畏。

女人总是处在弱势，活着竟然也可以是错。往日对白居易老先生的好感，就被这首多管闲事的诗给削弱了。《氓》中的女子，同样会遭遇这样的窘境，明明是被抛弃，但少不了有人说三道四，丑化被抛弃的人，为负心汉找各种理由。

三生石上注良缘——《召南·鹊巢》

维鹊有巢，维鸠居之。之子于归，百两御之。
维鹊有巢，维鸠方之。之子于归，百两将之。
维鹊有巢，维鸠盈之。之子于归，百两成之。

喜鹊筑成巢，斑鸠住在里面。姑娘要出嫁，浩浩荡荡的车队来迎接她。

喜鹊筑成巢，斑鸠住在里面。姑娘要出嫁，浩浩荡荡的车队来送她。

喜鹊筑成巢，斑鸠住在里面。姑娘要出嫁，浩浩荡荡的车队成全了她的婚事。

时至今日，我们仍需婚姻作为爱情的归宿。《鹊巢》是《诗经·召南》的第一首，展现在我们面前的是一派喜庆祥和的画面，美丽的姑娘要嫁做人妻，与心爱的人一同开始经营自己的生活。

开篇即点明“有巢”，一对新人有了自己的住所，墙壁为他们遮风挡雨，夫妻俩安心度日，过着幸福美满的小日子。千百年来，无论时光走了多久，对爱情和婚姻的渴求始终未变，婚姻是神圣且庄严的，关乎一生所托，能够嫁给一个称心如意的良人，真乃一大幸事。

“居”“方”“盈”分别展现了婚礼的三段进程，新娘乘车来到新郎家中，此时前来贺喜的宾客络绎不绝，站满了整个新房。“御”“将”“成”则表明婚礼经由迎亲和送亲后礼成。

婚姻需要仪式感，明确责任和义务，婚姻不是儿戏，礼成之后就正式结为夫妻，未来的生活要同甘共苦、荣辱与共，除了生死，但愿能够“执子之手，与子偕老”。

《五礼通考》曾说，自后齐以来，天子和庶民的婚礼都讲究“一曰纳采，二曰问名，三曰纳吉，四曰纳徵，五曰请期，六曰亲迎”，即婚礼的六个阶段，俗称“六礼”。

第一阶段为纳采，男方请媒人上门提亲后，经由女方同意后方可议婚，接下来就是求婚，男方需要准备一只活雁作为礼物，之所以会选择雁，是由于雁是候鸟，有“顺乎阴阳”之意，也认为雁失去配偶后，便孤老终生，有忠贞之意。后来，戒指、首饰、彩绸、礼饼、礼香烛甚至羊猪，皆可作为备礼。第二阶段为问名，求婚后，由媒人前往女家询问女方的生辰八字，准备合婚的仪式。第三将阶段为纳吉，即将合婚的喜讯通知女家，又称之为“订盟”。第四阶段为纳徵，订盟后，男家将聘礼送往女家，又俗称完聘或大聘、过大礼等。渐渐地，出现了回礼，一种是退还聘礼中部分或全部食物，一种是女家赠男方的衣帽鞋袜作为回礼。第五阶段为请期，送完聘礼后，选择结婚的良辰吉日。第六阶段为亲迎，新婿亲往女家迎娶的仪式。

婚礼中，有诸多风俗，比如始于西汉的撒帐，以兆得子的习俗始于西汉。宋代《东京梦华录》中说：“凡娶妇，男女对拜毕，就床，男向右，女向左坐。妇以舍钱彩果散掷，谓之撒帐。”《戊辰杂抄》说：“撒帐始于汉武帝。李夫人初至，帝迎入帐中共坐，饮合卺酒。预告官人，遥撒五色同心花果，帝与夫人以衣裾盛之，云得果多，得子多也。”《新知录摘抄》中记载：“汉、京房之女，适翼奉之子。房以其三煞在门，犯之，损尊长，奉以麻豆谷米禳之，则三煞可避。”

新人进房，以麻米撒之，用来避邪煞。

直到如今，仍保留着撒帐的习俗，撒的东西可以是枣、荔枝、栗子、桂圆和花生等，以此表达对一对新人美好的祝愿。

一番忙碌后，有情人才能终成眷属，真正结为夫妻。结婚后，作为刚入门的新妇，依旧要面临诸多考验。据《吕氏春秋》记载：“惠子出，白圭告人曰：‘人有新娶妇者，妇至，宜安矜烟视媚行。’”所谓“安矜烟视媚行”，尚秉和注曰：“安矜烟视媚行，形容新妇之状态，可谓入微矣。然可意会，难以言诠。安者，从容；矜者，谨慎；烟视者，眼波流动不直睨；媚行者，动止羞缩柔媚安徐也。是皆新妇初入门之状态，反是则失身份。”

“挽青丝，双环结；百合鬓边巧装点。白婚纱，如飘烟；红颜新妆比花艳。鞭炮响，彩带舞；大红喜字窗前贴。黑轿车，红玫瑰；接奴直到郎身边。醉婚宴，闹洞房；语笑嫣然化难点。交杯酒，红烛焰；含羞带怯君共眠。”婚宴之上，新娘“红颜新妆比花艳”，浅笑着与夫君喝下交杯酒，今日起，她不再是一个人，有了自己的爱人，也有了自己的家庭，心花怒放。

“欲作新娘喜欲狂，浓施淡抹巧梳妆。红衣一袭怜娇软，梨靥双涡惜嫩香。半喜半嗔呼不出，如痴如醉拥难将。天公酬得佳人意，嫁个多才好婿郎。”你瞧，新娘美若天仙，难怪人们总说新娘是世界上最美的人，相由心生，喜悦全都摆在了脸上。

《折杨柳枝歌》云：“门前一株枣，岁岁不知老。阿婆不嫁女，那得孙儿抱。敕敕何力力，女子临窗织。不闻机杼声，只闻女叹息。问女何所思，问女何所忆。阿婆许嫁女，今年无消息。”尚未出阁的姑娘迫不及待地想要嫁人，她着实期待能够遇到自己的良人，期待自己的婚姻生活，所以抱怨母亲为何不快点把她嫁出去。

婚姻需要守护，要倾尽毕生的心力，绝非简单的事。婚姻可能是天堂，也可能是地狱。每个人对婚姻的理解不同，对幸福的定义也不同，到底何为幸福的婚姻，并没有固定的说辞。但是，美满幸福的婚姻都有相似之处。

夫妻的相处之道，决定了两个人的相处模式，毕竟是两个截然不同的个体，要在同一个屋檐下生活，争吵、矛盾时有发生，这是难以避免的。这时，如何解决矛盾就成了至关重要的一点，之所以有些人越吵越相爱，而有些人则吵着吵着就散了，就是在于出现失和的情况下，两个人能心平气和去解决，而不是一味发泄负面的情绪。

争吵、矛盾，是时间给的考验。当新鲜感退去，走过了疲惫期、倦怠期，彼此之间仍心有所系。

嫁给一个人，就意味着选择了一种生活方式。闭上眼睛想象一下，在外工作劳累了一天之后，拖着疲惫的身体回了家，若是能享受一顿热气腾腾的饭菜，会不会很幸福，如果两个人能为彼此着想，率先回到家的人甘愿洗手做羹汤，为爱人准备一桌可口的饭菜，这就是爱，更关键的是，两个人自愿自发地去做，而不是被胁迫。

“百两御之”“百两将之”“百两成之”，热闹过后，一对有情人结为夫妻。

民国时期，结婚证是手写而成，上面的文字隽秀清雅，颇有韵味：

喜今日赤绳系定，珠联璧合。卜他年白头永偕，桂馥兰馨。此证！

喜今日嘉礼初成，良缘遂缔。诗咏关雎，雅歌麟趾。瑞叶五世其昌，祥开二南之化。同心同德，宜室宜家。相敬如宾，永谐鱼水之欢。互助精诚，共盟鸳鸯之誓。此证！

从兹缔结良缘，订成佳偶，赤绳早系，白首永偕，花好月圆，欣燕尔之，将咏海枯石烂，指鸳侣而先盟，谨订此约。

礼同掌判，合二姓以嘉姻，诗咏宜家，敦百年之静好，此证！

字里行间流露着对婚姻生活的美好祝愿，如今读来，仍令人心驰神往。当皱纹爬满脸庞时，翻开自己的结婚证，望着上面的一笔一画、一字一句，遥想当年的婚礼，该是多么幸福的一件事。婚姻这座“围城”，守护着她的爱情，平日里的鸡毛蒜皮都透着温馨之感，这是多少人梦寐以求的生活。

莎士比亚《十四行诗》的第116首，不吝惜辞藻歌颂爱情：

我绝不承认两颗真心的结合
会有任何障碍；爱算不得真爱，
若是一看见人家改变便转舵，
或者一看见人家转弯便离开。
哦，决不！爱是亘古长明的塔灯，
它定睛望着风暴却兀不为动；
爱又是指引迷舟的一颗恒星，
你可量它多高，它所值却无穷。
爱不受时光的拨弄，尽管红颜
和皓齿难免遭受时光的毒手；
爱并不因瞬息的改变而改变，
它巍然矗立直到末日的尽头。

找一个人义无反顾地爱一场，不计较得失，不评判对错，随心所欲地爱一个人。

第三章

愿作鸳鸯不羡仙

当时共我赏花人——《邶风·燕燕》

燕燕于飞，差池其羽。之子于归，远送于野。瞻望弗及，泣涕如雨。

燕燕于飞，颉之颃之。之子于归，远于将之。瞻望弗及，伫立以泣。

燕燕于飞，下上其音。之子于归，远送于南。瞻望弗及，实劳我心。

仲氏任只，其心塞渊。终温且惠，淑慎其身。先君之思，以勖寡人。

燕子飞向天空，错落舒展翅膀。心爱的姑娘在今日远嫁，来到郊野路旁想送她一程，左顾右盼却不见她的身影，眼泪落如雨下。

燕子飞向天空，忽上忽下，快活肆意。心爱的姑娘在今日远嫁，即便路远也挡不住我想送她一程的心，左顾右盼却不见她的身影，我静默立于一处，只能默默流着眼泪。

燕子飞向天空，呢喃低语着。心爱的姑娘在今日远嫁，相望送她去南方。左顾右盼不见她的身影，悲伤充满心间。

最爱你的人是我，但最终却没能娶你过门，只能望着你远嫁他乡。显然，这是一首为爱而不得所作的歌。男女主人公自幼青梅竹马，男主人公对女主人公爱得情真意切，只可惜女主人公对他并无此意，她心有所属，只是不是他。又或者，男女主人公两情相悦，奈何父母之命不能结合，女主人公被迫远嫁，也是一幕离别。

从古至今，离别都是伤感的话题，友情也是，爱情也是，我们总是很难轻易接受天各一方，情投意合的人难寻，更让这分别多了几分苦涩。

柳永的《雨霖铃》：“寒蝉凄切，对长亭晚。骤雨初歇，都门帐饮无绪，留恋处，兰舟催发。执手相看泪眼，竟无语凝噎。念去去，千里烟波，暮霭沉沉楚天阔。多情自古伤离别，更那堪，冷落清秋节。今宵酒醒何处？杨柳岸，晓风残月。此去经年，应是良辰好景虚设。便纵有千种风情，更与何人说！”是啊，她人已不在，即便良辰美景，该与何人去说！

男主人公忍不住泪流满面，即便如此，我们也找不到理由用“男儿有泪不轻弹”去笑话他的柔情，一定是真的痛了，才会不顾男子汉的形象任情绪释放。人活一世，多的是不顺心、不如意，其中有许多可以轻易看开，还能颇为豁达地感叹一声“这就是人生”，可在爱情上，看不开是常事。

他做不到“你见或者不见我，我就在那里不悲不喜”，只是“你爱或者不爱我，爱就在那里，不增不减”，她无法来到他的怀里与他相拥，他却让她住在自己的心里，一个人痴痴爱着，伴着酸楚。对她的爱不偏不倚，可明明是两个人的事却要一个人担着，即便他不哭，也能体会他的苦。

两个人、两颗心紧紧相依，你知我浓情厚意，我知你意真情切，对爱坦诚，对彼此坦诚。人人如此向往，却又有几人如意？我们盼着、望着、等着有朝一日遇见一个可以互诉衷肠的人，可偏偏遇见了，却是郎有情妾无意，单相思一场。爱与不爱，都不需要理由，爱情里容不下三心二意，更容不下将就勉强。明明爱着，却要装作一副不爱的样子，这个很难；明明不爱，却要装作一副深爱的样子，这个也不容易。与其虚情假意，不如就不要开始。

心爱的姑娘啊，你人已走远，奔赴属于你的爱情，最真挚的祝福送给你。只是，他的思念却无处安放，就连最后的送别都如此落寞，他该落落大方地挥手再见，可他却“瞻望弗及，伫立以泣”，你走向远方，他就一动不动伫立良久，他呆呆地望着你离去的方向，拼命感知着你的气息，几千年后，他的泪都仿佛没有停过。

《长相思》云：“山一程，水一程，柳外楼高空断魂。马萧萧，车辚辚，落花和泥碾作尘。风轻轻，水盈盈，人生聚散如浮萍。梦难寻，梦难平，但见长亭连短亭。山无凭，水无凭，萋萋芳草别王孙。云淡淡，柳青青，杜鹃声声不忍闻。歌声在，酒杯倾，往事犹有笑语频。迎彩霞，送黄昏，且记西湖月一轮。山一程，水一程，柳外楼高空断魂。迎彩霞，送黄昏，且记西湖月一轮。”

离别害人相思苦，感情愈是浓烈，这相思就愈是苦涩，让人不堪忍受。可命运如此强悍，容不下世人的反抗，曾经的朝夕相伴，如今的天各一方，怎能不叫人惆怅。更何况，他是以爱的名义去面对分别，他曾对爱情抱有期望，曾相信两个人会长相厮守，所以她的出嫁深深割裂了他的感情。

心爱的姑娘属于另外一个人了，他能做的不过是来送她一程，再最后望一望她的身影，今生恐怕再难相见了。就是这样渺小的心愿，也没能实现，自此以后，就是真的“再见”了。

我们无法去揣测他与心爱的姑娘到底因何相别，是他本就是单相思，还是因为其他不可抗拒的因素，事实已定，他扭转不了一切。如今，早已没有“父母之命，媒妁之言”一说，男男女女大可以无拘无束地去寻觅爱人，可事实上，爱人并不难寻，可总有人找到了，却没能珍惜，或者说，是没有勇气珍惜。

我们修炼爱情，同时也在爱情中修炼自我，多少人因为物质而背弃了爱情，又有多少人因敌不过距离而放弃了那个人，此类种种有说不尽的故事。当时光过去许久后，再回想起曾经的放弃，会不会悔不当初？还是会庆幸自己的选择？人生际遇各有不同，因果也就由此千差万别，不是命运在安排我们，而是我们自己选择了自己的命运。

徐志摩恋过林徽因，可结局不过是化作了一首《偶然》：“我是天空里的一片云，偶尔投影在你的波心——你不必讶异，更无须欢喜——在转瞬间消灭了踪影。你我相逢在黑夜的海上，你有你的，我有我的，方向；你记得也好，最好你忘掉，在这交会时互放的光亮。”

杨牧的《赠别》，浅浅淡淡的语调中，却堆积着厚重的情感：

人生有多少别离
唯天山下，这多急切
我骑着马
你也骑着马
我要去追赶我的马群
你要去赶最后一班车
送你什么？
冰雪太冷
炽沙太热
野草带走容易凋萎
小溪给你容易枯竭
残阳不错，诗意很多
但那过分得有些像血
人总是要离别的
阴晴圆缺，天山月
唯有心，像这草原
一岁一荣，消了残雪
地球没出都是中心

随便哪里都可辞行

别就别在这马背上吧

在同一张鼓面

敲出鼓点

为了连接往后的思念

赠一个背景给你看

有情人为何要别离？说好天长地久，怎么能在一朝一夕间变了主意？

屠格涅夫曾爱恋着好朋友巴枯宁的三妹塔杰亚娜·亚历山德罗夫娜·巴枯宁娜，1841 年，屠格涅夫回国后，在拜访巴枯宁的庄园普列木辛诺时，与巴枯宁娜相遇，并一见钟情。

1842 年 3 月，他不得不离开，也就必然要面临与巴库宁娜的分别。屠格涅夫曾在 3 月 20 日写信给她："在离开莫斯科时，我不能不留给你几句倾心的话……我想忘掉一切，一切，包括你的目光，可是我现在却这样生动地，这样清楚地看见你的目光。我从没有比爱你这样更爱过一个女人……"

1843 年，他为爱人写下：

当我和你离别时——

我不想把话隐藏在心上，

那时我是多么爱你啊，

尽我所能地爱得发狂。

但是我们的相会我并不愉快，

我倔强地一声不响——

我也不想了解你的

深沉的、悲伤的目光。
你尽是同我讲起
那亲爱的家乡。
但是那种幸福，我的天哪，
现在对我已成为异乡！
相信吧：从那时起，我生活了很多时光，
忍受了很多的悲伤……
我也把很多的欢乐，
还有很多愚蠢的眼泪都一概遗忘！

可以忘记一切，却唯独不会忘记你。

当我忘了周遭的一切，忘了自己的好友，甚至忘了自己的姓名，可我绝对不会忘记你。哪怕你的心属于别人，你的手交由别人牵着，我依旧爱你，默默无语，深沉无声。

衔恨愿为天上月，年年犹得向郎圆——《邶风·日月》

日居月诸，照临下土。乃如之人兮，逝不古处？胡能有定？宁不我顾。

日居月诸，下土是冒。乃如之人兮，逝不相好。胡能有定？宁不我报。

日居月诸，出自东方。乃如之人兮，德音无良。胡能有定？俾也可忘。

日居月诸，东方自出。父兮母兮，畜我不卒。胡能有定？报我不述。

太阳和月亮啊，互相交替，倾心照耀着大地。我嫁给的人，却不再同过去那般待我。事情如何变成如今这样？不再顾念我半分。

太阳和月亮啊，互相交替，倾心照耀着大地。我嫁给的人，却不再同过去那般爱我。事情如何变成如今这样？是我不懂用心珍惜吗？

太阳和月亮啊，互相交替，倾心照耀着大地。我嫁给的人，却不再柔声细语地安慰我。事情如何变成如今这样？就把那些不好的回忆都忘掉吧。

太阳和月亮啊，每日从东方升起。父亲和母亲啊，全心全意养育着我，不曾有过放弃的念头。感恩的话我就不多说了。

一位被丈夫抛弃的妻子，以日月为题，控诉丈夫的忘恩负义。面对朝三暮四的丈夫，她不愿忍气吞声，她要以日月的名义，将他阴暗邪恶的暴行公之于众。慷慨陈词，掷地有声，不畏缩，不妥协，言明一切是非，为自己讨回公道。

苍天在上，日月可鉴，她要光明正大地揭露他的罪行。日月当空，虽有时会隐于乌云之后，却始终高悬于空中，以光辉照耀大地，以明亮驱赶污秽。

昔日的恩爱，敌不过感情的变化，她还深深爱着这个男人，可这个男人却忘了要给她温柔。她曾被他呵护宠爱，如今却成了他的受害者，她不甘愿忍受卑微屈辱的日子，所以她落落大方地站了起来，不再处于被动的一方，生活是她自己的，人生也是要由她自己做出选择，所以将一切说明白，就斩断这段遭到抛弃的情思，告别那个曾经的爱人，告别那个懦弱忍让的自己，重新开始生活。

当她察觉到彼此之间有了嫌隙，也曾试图用心挽回，试着去靠近他，讨好他，想要舍弃自己的尊严去换取爱情。可惜，时光不等人，爱情也一去不复返，昔日的浓情蜜意早就停在了过去的某个时刻，任谁也回不到过去了。从甜言蜜语到冷言冷语，无非相隔几个春秋，她控制不了感情的走向，却能收回自己的深情。

哪怕他低下头，恳求我回心转意，但时过境迁，变了味的感情不值得留恋。的确相信过天长地久，但往事只是回忆，如今的她对他早已不抱任何希望，她的心意也变了。如今再来挽回，为时已晚，即便已有悔意，也再难换回她的坚定不移。

《毛诗序》认为："《日月》，卫庄姜伤己也。遭州吁之难，伤己不见答于先君，以至困穷之诗也。"朱熹老夫子也在《诗集传》说："庄姜不见答于庄公，故呼日月而诉之。言日月之照临下土久矣，今乃有如是之人，而不以古道相处，是其心志回惑，亦何能有定哉？"二者都认为《日月》所讲的是卫庄姜被卫庄公抛弃的故事，但以《诗经》的风格而言，如今多将《日月》视作一首怨妇诗。

《日月》中虽有埋怨，却没有苦大仇深，她看清了丈夫的真面目，受够了敷衍的爱情，所以斩钉截铁地将丈夫的劣行一一诉说。她不认为被抛弃是可耻的，相反，她将矛头指向那个负心汉，始乱终弃才是最该受到批判的。

她的字里行间，不见半点惋惜，决绝地做个了断。她敢爱敢恨，曾为爱不知天高地厚，一心只想去爱人，纵情享受爱情带来的甜蜜，她无怨无悔。如今，她成了“旧人”，往日的恩爱不复存在，她也不会委曲求全，与其硬抓着不放，倒不如把话讲明，从此一别两宽。

古来，女子多矜持，为了爱可以放低自己的身段，没有底线地去迁就那个人，纵使最终成了弃妇，也只是流着泪将苦果往肚子里咽。《日月》中的女子不同，她就是要无所顾忌地说出他的罪行。放眼当代，也不失豪情，我们常说女人要独立、要坚强，似乎真的能够成为刀枪不入的女金刚。可是，在爱情里受尽折磨的人，往往多是这些叫嚣着独立坚强的女人。

其实我们都明白，越是一副天不怕地不怕的样子，内心越是惶恐不安，我们可以骗得过别人，树立起独立坚强的高大形象，可夜深人静独处一室时，也不过是自己舔舐伤口。或许被伤得很深，却依旧学不会放手，更学不会设防。

如胶似漆的过去，她都还记得，那时他们爱得炽热，可却没能持久。当热情逐渐冷却下来，她本想依靠余温维持这段感情，她还笃信海誓山盟，她对他仍旧怀有期望，或许他只是累了，过一段时日便会重新念起她的好，两个人还可以回到过去的欢愉之中。冷冰冰的现实打碎了她的美梦，她岂能寄希望于一个不再爱她的人，与她重拾过往的甜蜜。

我们反复在思量爱情这件事，是因为爱情之于我们每个人，都好似一桩美梦，我们甘愿沉溺其中，或许这正是我们活着的一大理由。只是，越来越多的人也逐渐明白，爱情的确重要，但归根结底还不是人生的全部意义。但在《日月》中，爱情之于她，就是堪比日月星辰，甚至是宇宙洪荒，所以她以日月的名义诉说着自己的委屈。

恍惚间，忽然分不清到底该如何看待爱情。是有分寸地取舍，还是义无反顾地全心投入？在爱情里，看重自己自然天经地义，但太过以自我为中心，以自我的意识去定义爱情，是不是也值得深思？我们降低了爱情的分量，这本身或许就是一种倒退。

他的话还在耳边回荡着，一生一世唯她是从，一颗心全部交给她保管，用他一辈子的时光来呵护她。只是到头来，说过的话还记得，心却早就变了。天长地久不过是一场自我欺骗的美梦，她信了他的话，他却违背了誓言，欺骗了一颗真心。爱情就是不能容许三心二意，这就是一条铁律，没有可以商量的余地，也不容许讨价还价。

她不敢相信爱人的心说变就变，爱情不该是这样的模样，她反复思量，却不知该如何宽慰自己。她的爱情未曾变过，就如同高悬的太阳和月亮，亘古不变，这就是她的信仰，坚如磐石、持之以恒。即便惨遭抛弃，可她依旧相信爱情，一个人的改变并非爱情的本真，负心人会遭到日月的谴责，而爱情会在天地间永恒不灭。

受过伤、吃过苦，却不改变对爱情的认知，这对一位遭到抛弃的女人而言，是最难得的礼物，她还有勇气去爱与被爱，曾经的感情不会将她打倒，她会记住那段过往，铭记自己曾一心一意地爱过一个人，可她不会执迷不悟，她清楚爱情应该是什么样子。

回味着《日月》所带来的感动，是她的不忘初心，是她的坦荡忠贞，更是她对爱情的执着信仰。即便遭遇过坎坷，但爱人之心不死，好的爱情就不会迷路，它迟早会来，轻轻敲开她的心扉。

古来，有数不尽的痴情女人被无情地抛弃，她们爱得轰轰烈烈，也就伤得铭心刻骨。

唐朝，有一位歌舞伎名为霍小玉，十六岁，情窦初开的年纪，她倾心于李益的诗。当时，李益进士及第，尚未安排官职，他与霍小玉在长安城邂逅，爱情的火花融化了两颗心，二人耳鬓厮磨，缱绻缠绵。

可惜爱情也有终期，李益率先丢下这段感情，霍小玉悲痛欲绝，生命垂危，一时间闹得满城风雨，人人皆知霍小玉为情所困，危在旦夕。有一人为霍小玉挺身而出，找到李益，拽到霍小玉家门前，她勉强撑着病体起身，在李益面前泼酒为誓，“我死之后，必成厉鬼，使君妻妾，终日不安”，至此恩断义绝。

因爱生恨，错的是负心之人，怜的是那个至死都没能消解恨意的有情人。她的决绝令人动容，她爱上了一个不专一的人，她在爱情中受了伤，就不再对他抱有不该有的期待和幻想，他既然走了，那就不要再回来，她无法原谅他的背叛和无情，不想听他的解释，也不去为他寻些冠冕堂皇的理由。她豁上了性命，对无情绝情之人绝不善罢甘休，即便是成为厉鬼，也要扰得他不得安宁，这是对他的报复。

有些事可以原谅，可以一笑了之，不再计较；有些事则不可以原谅，没办法轻易得过且过，比如被伤过的爱情。令人欣慰的是，霍小玉没有因为情郎的出现而忘掉之前的苦楚，她爱得清楚，恨得明白。与《日月》中的女主人公有相通之处，敢爱敢恨，没有苦了自己，让负心汉得以释怀，而是为自己争夺话语权，为自己的爱情高声疾呼。

不为曾经爱过而心生悔意，爱得坦荡，恨得也坦荡。

欲把相思说似谁，浅情人不知——《召南·江有汜》

江有汜，之子归，不我以。不我以，其后也悔。

江有渚，之子归，不我与。不我与，其后也处。

江有沱，之子归，不我过。不我过，其啸也歌。

大江有分流水，这个人启程返回家乡，却不肯带我一路同去。不肯带我一路同去，将来必会悔不当初。

大江有洲边水，这个人启程返回家乡，不肯与我相聚便悄声离去。不肯与我相聚便悄声离去，将来必会忧伤忧郁。

大江有分叉水，这个人启程返回家乡，不肯与我相见便独自离开。不肯与我相见便独自离开，将来必会伤心落泪。

一个被抛弃的姑娘，诉说着对情郎的埋怨，与此同时，也断定有朝一日他必当有所悔意。作为一位弃妇，她自是伤心不已，却仍坚信自己的重要性，她料定他日后会念及她的好，从而对自己的所作所为后悔不已，或许，她也在期盼着他在回心转意之后，能够回到她身边。

纵然被抛弃，她仍爱着自己的丈夫，幻想着他能够迷途知返，她会在原地等着他回来。但事实上，她的信心未免有些勉强，她的丈夫多半已经移情别恋，将她抛诸脑后，再没有想要重归于好的心思，她却在这里傻傻等着。

以我的原则，我更愿意她决然放弃这段感情，已经不再是他的心上人，何苦以他的过错折磨自己，还要对他保留着期许。他明明已经不爱了，可她却不愿接受这个事实，与痛苦哀伤为伍，却憧憬着他在良心的谴责下，知错能改。

她在哀怨中沉沦，却又揣着十足的自信，不得不说，她的感情是复杂的，她怨恨着他，想要他将来备受悔意折磨，却也深爱着他，盼着他回来。既软弱，又坚强，所有缠绵哀怨都在诗中反复唱和着。

情郎薄情，让她备受寂寞的困扰，她本该彻彻底底忘了他，可却忍不住反复思量，痛斥他的话没少说，但无论怎么看，都似乎带着祈求和好的心情。她值得同情和感动，在她的洒脱之中，藏着浓厚的真情，怪他也爱他，无法中和，就注定无法解脱。

感情中要是有一方背叛，就意味着有一方受伤，《诗经》中不乏哀怨不幸遭遇的女人，她们楚楚可怜，将一颗真心放在他人手中，换来的是肆无忌惮的蹂躏，比如《邶风·谷风》，场景历历在目，忧从中来："习习谷风，以阴以雨。黾勉同心，不宜有怒。采葑采菲，无以下体？德音莫违，及尔同死。行道迟迟，中心有违。不远伊迩，薄送我畿。谁谓荼苦，其甘如荠。宴尔新昏，如兄如弟。泾以渭浊，湜湜其沚。宴尔新昏，不我屑以。毋逝我梁，毋发我笱。我躬不阅，遑恤我后。就其深矣，方之舟之。就其浅矣，泳之游之。何有何亡，黾勉求之。凡民有丧，匍匐救之。不我能慉，反以我为雠。既阻我德，贾用不售。昔育恐育鞫，及尔颠覆。既生既育，比予于毒。我有旨蓄，亦以御冬。宴尔新昏，以我御穷。有洸有溃，既诒我肄。不念昔者，伊余来塈。"

她闹过，劝过，细数过往，声泪俱下，可未能打动这个决心要走的男人。

《江有汜》中，她左右摇摆不定，时而恨之入骨，时而又相思入骨，缠绵悱恻间，哀伤流露得更加明显。作为千年后的旁观者，我忍不住一读再读，去体味她的爱恨交加。或许，越是悲剧越能引发共鸣，圆满的结局让我们相信爱情，凄苦的结局让我们去深思人性。

爱情就是容许不长久，就是会出现移情别恋，这是避免不了的。那么，就要试着去接受爱情中的瑕疵，一旦遇到薄情之人，该学会自我拯救。倾心投入之前，先别忙着掏心掏肺，山盟海誓本就不可轻信，况且真正坚贞不渝的爱情，不是靠誓言和承诺维系的。不要被表面的痴情所蒙蔽，想要断定一个人是否真的爱你，单单依靠眼睛是不够的，还要用心去判断。

可是，过分小心谨慎也并不可取，要克服对爱情的恐惧，或许认真爱一场到头来也是满身伤，但如果没有迈出那一步，自是不会有伤心，可连同爱情的甜蜜和长久，也就一并都失去了。没有人注定是孤家寡人，也没有人注定就能收获圆满的爱情，所以不用怕，也不用悔。

芸娘，被林语堂称作中国文学中最可爱的女人，可他口中的“可爱”，其实在我看来，多少有些奇怪，我不敢妄加评判她的爱情，只是惊叹爱情之中怎会有如此大度之人。

芸娘姓陈，夫君名沈复，字三白。幼年时，便失去了父亲，她生来一双巧手，擅长女红，凭借自己的手艺维持着一家人的生计。她爱好诗文，“秋侵人影瘦，霜染菊花肥”便出自她之口。在沈复看来，她“瘦不露骨”，牙齿虽有微瑕，却“更有缠绵之态”，爱人眼中，总是多了几分魅力。沈复出身贫寒，他做过幕僚，也做过商人，与妻子趣味相投。

二人完婚后，夫妻感情笃定。一日，芸娘因女扮男装与丈夫一道外出游玩，一下子惹恼了公婆，竟然要求分家，夫妻俩只好自立门户，日子过得清贫，却难得恩爱有加。芸娘最令人称道的，不是她的勤俭持家、温柔贤惠，而是她费尽心思要张罗着给丈夫纳妾。

夫妻二人的生活并不富裕，只是能维持温饱而已，芸娘却体谅丈夫的需要，主动请缨，为他寻一个佳人相伴。沈复婉言谢绝了妻子的美意，可挡不住她的认真。温冷香是一位名妓，芸娘听闻她才貌双全后，便和沈复一起去会见佳人。芸娘认为温冷香年纪比较大，她的女儿憨园却被她相中了，特意将翡翠钏作为礼物送给了憨园，奈何憨园被一户有权势的人率先抢了去，芸娘没能如愿，甚至卧病在床，最终郁郁而终。

实在想不到，世上竟有一位妻子，心甘情愿为夫君纳妾。可这就是芸娘的故事，她诚心诚意在促成这件事，不禁要问，她的初衷到底是什么。

房玄龄的夫人宁死不同意他纳妾，司马相如的妻子卓文君同样如此，横竖反正不许自己的丈夫有贰心。她们的态度强硬，直截了当阐明自己的观点：不许纳妾。反观芸娘，督促着丈夫三心二意，或许她是爱极了沈复，恨不得在自己力所能及的范围内，让他过更好的生活。

我倒是觉得，如果是爱极了，就不可能甘愿与他人分享自己的爱人，爱情就是如此霸道，就是要彼此占有。转念一想，是不是芸娘以此来考验丈夫的真心呢？

晚唐女诗人不多，鱼玄机就是其中一位，她的故事说来也有些凄惨。她出身卑微，家境贫寒，十六岁时，被李亿纳为妾室，李亿的发妻是个狠角色，坚决不能容忍丈夫纳妾，鱼玄机只得在咸宜观修行。后来，李亿携家眷前往扬州任职，唯独留下鱼玄机自生自灭。自他走后，她便张贴了一纸公告，称“诗文候教”，言外之意，是以诗文会友，实则与娼妓无异。温庭筠、李郢等人皆是她的宾客，与她有来有往。

一日，她对自己的情夫陈韪起了疑心，认为他与侍婢绿翘有染，在没有确凿证据的前提下，她鞭打绿翘至死，随后便将绿翘的尸体埋在了后院的紫藤花下。直到有人发现，暗中找来官衙勘查，这才真相大白。这一年，鱼玄机只有二十四岁，却因杀人而被处死。

她的狠心决然，绝非本性如此，自幼过着贫困的生活，后又以妾的身份进了李亿的家门，可在原配的压迫下，未曾有一日正常人的生活。她放纵情欲，不顾及自己的名声，与各色人等来往周旋，看似随意快活，但实际上，又有谁与她真心相待，无非是以色诱之。一天接着一天的隐忍，造成了她残忍、狂暴的性格，绿翘有错无错，都不该被她杀死。

可怜之人必有可恨之处，同理，可恨之人也必有可怜之处，这个被爱情、生活所抛弃的女人，最终走上了不归路。

爱情无罪，女人无罪，爱人之心无罪，有罪的是轻易许诺却又轻易食言的薄情郎、负心汉。

一泓情泪，种成两世相思——《邶风·绿衣》

绿兮衣兮，绿衣黄里。心之忧矣，曷维其已！

绿兮衣兮，绿衣黄裳。心之忧矣，曷维其亡！

绿兮丝兮，女所治兮。我思古人，俾无訧兮。

絺兮绤兮，凄其以风。我思古人，实获我心！

绿衣啊绿衣，绿色的面，黄色的里。心中忧伤，何时才能停止。

绿衣啊绿衣，绿色的上衣黄色的下裳。心中忧伤，何时才能忘。

绿丝啊绿丝，是你亲手缝制。我思念亡妻，是你让我少犯错。

细葛布啊粗葛布，冷风透过衣襟钻进来。我思念亡妻，只有你最让我中意。

一针一线，密密麻麻，都是妻子对丈夫丝丝缕缕的呵护。如今阴阳相隔，只留下无法断绝的思念。她走了，带着对丈夫的不舍，为他亲手缝制的绿衣静静放在案头，月光于静默之中洒满大地，他睹物思人，绿衣啊绿衣，是妻子没有言明的情意。

纵然悲痛可以随着时间的流失而有所缓解，但与她生前有关的每一样物件，都在无时无刻提醒着他，心爱的人已经去世了，所以悲伤哀痛又重新来过。无处言说的痛苦，只能堆积在胸口，闷声隐忍着，只有自己最清楚痛彻心扉的感觉。

《绿衣》是古来最早的一首悼亡诗，痛失至亲至爱的人们，以诗歌的形式祭奠逝者。忆及过去，对承受失去的丈夫来说，既幸福又残忍，幸福的是从回忆中重新感知她的温暖，她的一颦一笑，都还那么清晰，可残忍的是她却再也不能出现在他的生活中。那个对他体贴入微的人，那个对他嘘寒问暖的人，就提前离开了他。

不过寥寥几十字，诗人将曲折沉郁的感情融入其中，欢喜与悲伤反复。那些平淡无常的生活琐事，如今想来，都值得珍视。在她生前，他以为生活就会一成不变地继续下去，他们会有皱纹爬满脸颊的一天，腿脚变得越发不利索，两个人相互扶持着度过为数不多的余生。谁料到，他们还未老，却已经走到了分别。

最视若平常的小事，其实最值得用心收藏，不厌其烦的唠叨关乎爱，翻来覆去的叮咛也关乎爱。每一处不易察觉的细节，都被冠以平庸之名，可往往是这些琐碎的点滴，成就了我们平凡的人生。我们理所应当地接受着关怀备至，习以为常也就更容易忽略，可死亡最大的功劳就是教会我们在最恰当的时机学会珍惜。

点点星光，落在桌案上，落在灶台上，光芒流转间，拼凑出妻子的音容笑貌，离愁别绪在无声无息间肆意生长，曲曲折折，弯弯绕绕，他的心隐隐作痛，空气似乎都开始变得稀薄了。在将女人视为所有物的封建社会，让诗人痛心的是这份感情，哀而不伤，悼念之中带着深深浅浅的怀念。

张爱玲说过："我想表达出爱情的万转千回，完全幻灭了之后也还有点什么东西在。"人终归肉眼凡胎，难以与日月星辰比肩，所以再深厚的感情，也无非是停在生命的尽头。怕的是，我们总有一方要先走一步，留下一个人继续生活，一个人吃饭、看风景以及缅怀过去。人死后会化作腐肉直至与泥土无异，可生前所留下的印记却难以磨灭，或在明或在暗，成为爱情的纪念品。

古来悼亡诗不在少数,《诗经》中的《唐风·葛生》，便是一位女子思念亡夫的诗作，在荒凉的墓地中，她对着丈夫的坟冢自言自语，诉说着对他的思念：“葛生蒙楚，蔹蔓于野。予美亡此。谁与？独处！葛生蒙棘，蔹蔓于域。予美亡此。谁与？独息！角枕粲兮，锦衾烂兮。予美亡此。谁与？独旦！夏之日，冬之夜。百岁之后，归于其居！冬之夜，夏之日。百岁之后，归于其室！”

她这漫漫一生，爱过的唯一一个人就是自己的丈夫，心中的每一寸空隙都被回忆填满，曾经鲜活的生命如今却长眠于地下，她一个人要如何度过没有他的日子，只盼着自己的生命结束后，“生同衾，死同穴”，能够与他守候在一起。

无论是柔情似水的女人，还是顶天立地的男人，虽说在表达感情时有所差别，但面对深爱之人的去世时，所流露的悲怆与哀伤，并没有分别。19 世纪法国伟大作家巴尔扎克说：“我们都是红尘中人，一定承受着尘世之苦。”是啊，生在纷扰的世间，就注定要承受世间的苦，而庆幸的是，也不单单只有苦可以受，除此之外，还有欢喜、甜蜜，支撑着我们去对抗苦辛。

时间是治愈伤痛的良药，时间走过的时候，就是抚平伤口的时候。然而，时间的治愈也常常无效，有些人宁愿在悲痛中沉沦，也不愿忘却过往，至少心疼的时候还能在回忆里与逝去的人相见。她留在世间的点滴，都被他悉心保管着，就如那件绿衣，由她亲手缝制，甚至还带着她掌心的温度，所以叫他如何能够忘掉？

生死无法超越，哀痛不能让她死而复生，可她的生命结束了，他们的感情却没有停止。她的话语还那么清晰可闻，足以让他刻骨铭心，他可以接受残酷的现实，但他却做不到洒脱地忘记。

纳兰性德钟爱妻子卢氏，如漆似胶的恩爱生活还未持续多久，在康熙十六年暮春，爱妻因病离世，这让纳兰性德近乎绝望，本就多愁善感的人，沉浸在哀伤中难以自拔。

在妻子去世半月后，写下了《青衫湿遍·悼亡》，追忆缅怀爱妻："青衫湿遍，凭伊慰我，忍便相忘。半月前头扶病，剪刀声、犹在银釭。忆生来、小胆怯空房。到而今、独伴梨花影，冷冥冥、尽意凄凉。愿指魂兮识路，教寻梦也回廊。咫尺玉钩斜路，一般消受，蔓草残阳。判把长眠滴醒，和清泪、搅入椒浆。怕幽泉、还为我神伤。道书生薄命宜将息，再休耽、怨粉愁香。料得重圆密誓，难禁寸裂柔肠。"

又有《金缕曲·亡妇忌日有感》一首："此恨何时已。滴空阶、寒更雨歇，葬花天气。三载悠悠魂梦杳，是梦久应醒矣。料也觉、人间无味。不及夜台尘土隔，冷清清、一片埋愁地。钗钿约，竟抛弃。重泉若有双鱼寄。好知他、年来苦乐，与谁相倚。我自中宵成转侧，忍听湘弦重理。待结个、他生知己。还怕两人俱薄命，再缘悭、剩月零风里。清泪尽，纸灰起。"

纳兰性德对妻子的柔情和眷恋，一股脑儿都寄托在诗文之中，那些不轻易与外人诉说的苦楚，毫不遮掩地写进了诗中。哀婉凄楚，有说不尽相思之情，爱妻故去，怅然若失的心绪难平，读来令人肝肠寸断。

苏轼乃一代文豪，同样遭遇了妻子故去的人生剧变。为了悼念亡妻王弗，他提笔写下《江城子》："十年生死两茫茫，不思量，自难忘。千里孤坟，无处话凄凉。纵使相逢应不识，尘满面，鬓如霜。夜来幽梦忽还乡，小轩窗，正梳妆。相顾无言，惟有泪千行。料得年年肠断处，明月夜，短松冈。"

贺铸悼念亡妻，写下了《半死桐·鹧鸪天》："重过阊门万事非。同来何事不同归。梧桐半死清霜后，头白鸳鸯失伴飞。原上草，露初晞。旧栖新垅两依依。空床卧听南窗雨，谁复挑灯夜补衣。"

元稹的悼亡诗，《遣悲怀三首》，其一："谢公最小偏怜女，自嫁黔娄百事乖。顾我无衣搜荩箧，泥他沽酒拔金钗。野蔬充膳甘长藿，落叶添薪仰古槐。今日俸钱过十万，与君营奠复营斋。”其二：“昔日戏言身后意，今朝都到眼前来。衣裳已施行看尽，针线犹存未忍开。尚想旧情怜婢仆，也曾因梦送钱财。诚知此恨人人有，贫贱夫妻百事哀。”其三：“闲坐悲君亦自悲，百年都是几多时。邓攸无子寻知命，潘岳悼亡犹费词。同穴窅冥何所望，他生缘会更难期。惟将终夜长开眼，报答平生未展眉。”

李商隐《锦瑟》:“锦瑟无端五十弦，一弦一柱思华年。庄生晓梦迷蝴蝶，望帝春心托杜鹃。沧海月明珠有泪，蓝田日暖玉生烟。此情可待成追忆，只是当时已惘然。”

以我看来，最令人动容的悼亡诗句则是明代散文家归有光《项脊轩志》中写下的“庭有枇杷树，吾妻死之年所手植也，今已亭亭如盖矣”。爱人离去的痛，在时光中不灭不散，获得了永恒的力量。

死别、难忘，这是悼亡诗最核心的情调，寥寥数语道不尽所爱之人的痛苦和绝望，后世的诗人大家，文采奕奕，绝不逊色于《绿衣》，他们对故人的怀念也同样浓厚，正如王士禛的“陌上莺啼细草薰，鱼鳞风皱水成纹。江南红豆相思苦，岁岁花开一忆君”，年年岁岁，是绵延不绝的相思之苦。

冒辟疆与董小宛的故事，想必知晓的人并不多，一个为爱奋不顾身的女人，一个爱得有些迟疑的男人，她为了心上人吃尽苦头，在她去世后，冒辟疆才惊觉他曾获得怎样深厚的爱。为了怀念董小宛，他执笔写下《影梅庵忆语》，将他与她的点点回忆落在纸上。

他夸赞她“爱生于昵，昵则无所不饰。缘饰着爱，天下鲜有真可爱者矣”，他认可她对一家老小的付出“凡九年，上下内外大小，无忤无间。其佐余著书肥遁，佐余妇精女红，亲操井臼，以及蒙难遘疾，莫不履险如夷，茹苦若饴，合为一人”，他怀念她的浅笑以及一切“面晕浅春，缬眼流视，香姿五色，神韵天然，懒慢不交一语。余惊爱之，惜其倦，遂别归，此良晤之始也。时姬年十六”。

“我思故人”，是这世间无法逆转的哀伤，九泉之下的人们，若是知晓自己的爱人备受相思之苦而彻夜难眠，她们会感到欣慰，更会感到心痛吧。当她们弥留之际，最放心不下的就是“执子之手”的男人，说好要“与子偕老”，可她们却失约了，闭上眼睛的那一刻，该是有多么不舍。

珍惜眼前人，莫辜负相依相守的大好时光。

天地忽如寄，人生多苦辛——《鄘风·桑中》

爰采唐矣？沬之乡矣。云谁之思？美孟姜矣。期我乎桑中，要我乎上宫，送我乎淇之上矣。

爰采麦矣？沬之北矣。云谁之思？美孟弋矣。期我乎桑中，要我乎上宫，送我乎淇之上矣。

爰采葑矣？沬之东矣。云谁之思？美孟庸矣。期我乎桑中，要我乎上宫，送我乎淇之上矣。

在何处采摘女萝？在卫国沬邑乡。心中思念着何人？是窈窕淑女孟姜。约我来到桑林中，邀我参加欢会的祠庙，一路相送直至淇水旁。

在何处采摘麦子？在沬邑北边地。心中思念着何人？是楚楚动人的孟弋。约我来到桑林中，邀我参加欢会的祠庙，一路相送直至淇水旁。

在何处采摘芜菁？在卫国沬邑东。心中思念着何人？是亭亭玉立的孟庸。约我来到桑林中，邀我参加欢会的祠庙上，一路相送直至淇水旁。

《毛诗序》云："《桑中》，刺奔也。卫之公室淫乱，男女相奔，至于世族在位，相窃妻妾，期于幽远，政散民流而不可止。"朱熹等大家所持观点与《毛诗序》一致，皆认为是贵族男女淫乱之作。然而，抛开纷扰复杂的历史背景，单从诗的本意去欣赏，《桑中》流露出一对有情人相约嬉戏的欢愉雀跃。

因为相约之人正是朝思暮想之人，所以心绪飞扬，手舞足蹈。看似一件小事，可对于有情人来说，足以让人心神荡漾。儿女情长，本身就是最美的诗篇，心思简单，心意单纯，但凡与恋人相关，都变得与众不同起来。七情六欲虽惹人烦忧，制造了无穷无尽的麻烦与困扰，但漫漫人生也多亏有此才如此鲜活。

爱是人类与生俱来的天赋，与后天习得的技能不同，人类生来就懂得“爱”这个字眼，与有缘人注定相逢，只需一眼就坠入情网，这并非偶然。大千世界，芸芸众生，总有一个人的眼神如同一把钥匙，在你未知未觉之时，打开了你的心扉，当你回过神来，才发现自己已经陷入她的柔波中难以自拔。

贝多芬在《致其永恒的爱人》之二中写道：“你给过我一分快乐，一分极大的快乐，没有任何东西更值得我这样怀念……我以无限柔情感谢你，并将永远以无限柔情爱你。”一分钟的快乐被无限放大，超越其他任何喜悦的情感。人人向往一份独属于自己的爱情，没有乱七八糟的第三者，只有两个人发自肺腑地爱着对方，或许有意见相左的时候，甚至会有观念上的分歧，但是爱教会两个人包容、体谅，试着去接受矛盾。

青年心心念念着相约的姑娘，明眸皓齿，明艳动人，自此在他的心中挥之不去。他们在林间牵手散步，第一次约会难免有些羞涩和紧张，她的脸颊红似桃花，他用宽厚的手掌牵着她的纤纤玉手，恨不得就这样一直走下去。

爱情说来也颇为简单，一次眼神交会，就于茫茫人海中锁定了一个人。不用翻山越岭，踏遍千山万水，那个人就在偶然间与你相遇，你追随自己的心意，去靠近他、了解他，寻求他对这份感情的认同。更简单的，是一见钟情且两情相悦，没有复杂的过往，就这么稀里糊涂地爱了。

爱情说来也颇为复杂，“众里寻他千百度”，蓦然回首依旧无人守候。不知过了多久，久到已经忘了怦然心动是什么样的感觉，为一人义无反顾的冲动也许久没有过了。想好好爱一场，难度越发升级，是越来越挑剔，还是爱情本就越来越稀有？

世人祈求纯粹的爱情，可残酷的现实让人们清醒，“贫贱夫妻百事哀”，这话是古人说的，但在古人之前的古人，对这样的“金玉良言”并不认可。在小路相遇，若是倾心对方的话，大可以光明正大地手牵手，去亲吻拥抱，谁也不会去问家有几口人、几亩良田、几间房屋，他们渴求的是爱情，与其他没有半点关系。

可惜，现在的我们做不到。在舍命爱一场之前，已经存在诸多条条框框，限制着我们的选择。即便一眼望过去，找到了意中人，可我们不敢轻易去爱，因为在付出真心之前，要打探好对方的情况。说到底，我们都自私，也都更爱自己，懂得一颗心覆水难收，所以不舍得自己受苦，也不愿爱到最后委屈自己。

初恋之所以可贵，就在于它毫无杂质，情窦初开的年纪尚且不懂世事险恶，全凭最单纯的好感去相处，那时最天真、最真诚，也最敢爱。如同《桑中》的男子，一次简单的约会，一次短暂的出游，就能反复回味许久，一念再念。

南唐后主李煜《菩萨蛮》:“花明月暗笼轻雾，今宵好向郎边去。刬袜步香阶，手提金缕鞋。画堂南畔见，一向偎人颤。奴为出来难，教郎恣意怜。”一心想要与情郎约会的姑娘，“手提金缕鞋”，轻手轻脚地走出家门，不顾一切地奔向他。李煜笔下的这位姑娘，便是与他相约的小周后，也是昭惠后的胞妹。

公元954年（后周显德元年），李煜十八岁，娶昭惠为妻，称为大周后。十年后，大周后病重。一日，与小周后在宫中偶遇，陆游《南唐书·昭惠传》描写了二人相遇的场景:“惊曰:‘汝何日来？’小周后尚幼，未知嫌疑，对曰:‘既数日矣。’后恚怒，至死，面不外向。”

公元967年（北宋乾德五年），距大周后去世已过三年，小周后被立为国后；马令《南唐书·昭惠后传》载，小周后“警敏有才思，神采端静”，文静淑雅的姑娘，想到即将与情郎见面，早已顾不上矜持。

欧阳修《南乡子》：“好个人人，深点唇儿淡抹腮。花下相逢、忙走怕人猜。遗下弓弓小绣鞋。刬袜重来。半弹乌云金凤钗。行笑行行连抱得，相挨。一向娇痴不下怀。”前来幽会的姑娘，特意为自己装扮一番，嘴唇上搽了淡淡的唇彩，脸上抹了淡淡的胭脂，和情郎约好在花丛中见面，正要赴约，突然来了陌生人，羞得赶忙跑开，情急之下，连绣花鞋都跑丢了，不多时，又回来赴约，只穿着袜子的姑娘娇滴滴地投入情郎的怀抱。柔情似水，佳期如梦，“金风玉露一相逢，便胜却人间无数”。

欧阳修《生查子》：“去年元夜时，花市灯如昼，月上柳梢头，人约黄昏后。”上片回忆去年元宵佳节的幽会，在皎洁的月光下，柳影下浮动，一对恋人两情依依、情话绵绵；下片则是“不见去年人”，而“泪湿春衫袖”，旧情难再续的哀伤。

《庄子・盗跖》：“尾生与女子期于梁（桥）下，女子不来，水至不去，抱梁柱而死。”这个故事有关爱情，但凄婉悲凉，以喜悦开始，却以哀伤结束。尾生是一个痴心绝对的青年，他与恋人约好在桥下相会，他左等右等，仍不见恋人的身影。这时，大水上涨，水位不断上升，如此险情之下，尾生执意坚守约定，宁愿让自己处在危险之中也不肯离开。最终，溺亡在大水之中，直至生命的最后一刻，仍在执迷不悟地等着那个人。

尾生或许有些傻，生命和爱情，他选择了后者，可他不懂的是，爱情需要以生命为依托，命都没能保住，谈何挚爱情深？但作为旁观者，并没有说三道四的权利。我们可以说他傻，却不能随意评判他对约定的信守，对恋人的钟情。

洛夫，原名莫运端、莫洛夫，衡阳人，世界华语诗坛泰斗、诺贝尔文学奖提名者、台湾地区最著名的现代诗人，被诗歌界誉为“诗魔”，在国际享誉盛名。他根据尾生的故事，写下《爱的辩证》两首，以更为明朗、深挚的文字，阐述了尾生的心声，《爱的辩证》就如同尾生的内心独白。

诗一：我在水中等你

水深及膝

淹腹

一寸寸漫至喉咙

浮在河面上的两只眼睛

仍炯炯然

望向一条青石小径

两耳倾听裙带抚过蓟草的窸窣

日日

月月

千百次升降于我胀大的体内

石柱上苍苔历历

臂上长满了牡蛎

发，在激流中盘缠如一窝水蛇

紧抱桥墩

我在千呼之下等你

水来

我在水中等你

火来

我在灰烬中等你

诗二：我在桥下等你

风狂，雨点急如过桥的鞋声

是你仓促赴约的脚步

撑着那把
你我共过微雨黄昏的小伞
装满一口袋的
云彩，以及小铜钱似的
叮当的誓言
我在桥下等你
等你从雨中奔来
河水暴涨
汹涌至脚，及腰，而将浸入惊呼的嘴
漩涡正逐渐扩大为死者的脸
我开始有了临流的怯意
好冷，孤独而空虚
如一尾产卵后的鱼
笃定你是不会来了
所谓在天愿为比翼鸟
我黯然拔下一根白色的羽毛
然后登岸而去
非我无情
只怪水来得比你更快
一束玫瑰被浪卷走
总有一天会漂到你的手中

风里、雨里，我都等你，不慌不忙，无怨无尤。

有情人终成眷属——《郑风·女曰鸡鸣》

女曰鸡鸣，士曰昧旦。子兴视夜，明星有烂。将翱将翔，弋凫与雁。

弋言加之，与子宜之。宜言饮酒，与子偕老。琴瑟在御，莫不静好。

知子之来之，杂佩以赠之。知子之顺之，杂佩以问之。知子之好之，杂佩以报之。

妻子说："公鸡开始打鸣了。"丈夫说："天还黑着呢。"妻子说："你起床看看，启明星都闪闪亮了。"丈夫说："我出门给你打野味吃。"妻子说："打回来我给你做成佳肴。边吃边呷酒，你弹琴我唱歌，岁月静好，一起到白头岂不是很美。"丈夫不由得颇为心动，应允道："我知道你爱我，你贤淑，心灵手巧，我把我的玉佩赠给你吧。"

杜拉斯说："爱之于我，不是肌肤之亲，不是一蔬一饭，它是一种不死的欲望，是疲惫生活中的英雄梦想。"要我说，爱之于平凡人，是肌肤之亲，是一蔬一饭，是不死的欲望，是英雄梦想。

一对小夫妻，在夜色还未全然消退的清晨，揉着惺忪的眼睛，聊着皎洁月光和璀璨繁星，惬意悠闲，温馨浪漫。他们耳鬓厮磨，说着悄悄话，立誓要相伴到老。就在一言一语中，一片岁月静好之态，是夫妻二人发自肺腑的告白。

三毛认为："爱情，如果不落实到穿衣、吃饭、数钱、睡觉这些实实在在的生活里去，是不容易天长地久的。"一时的激情尚不足以长久地维持爱情，相反，是朝夕相伴的日日夜夜，是穿衣、吃饭等诸多琐碎繁杂的小事，构筑了爱情最坚不可摧的模样。

清晨，慵懒地躺在被窝里，枕边人软声细语地催促着起床，他不但不恼，反而格外珍惜妻子的心意，许诺送她一块玉佩。本就是寻常的一个清晨，看似平淡无奇的对话，却展现了夫妻生活的摇曳多姿。这就是生活，于细微之处可窥探大观。

步入婚姻后，两个人朝夕相对，比起热恋时"一日不见如隔三秋"的寂寞难耐，少了些许激情，但一饭一蔬所累积起的感情，却更深厚。与其说婚姻中的爱情会消退，不如说是爱情的浓烈化为生活的点滴，融入生命血脉之中，混合着爱情、友情和亲情，是恋人、朋友更是亲人，彼此是世间唯一不存在血缘关系的至爱至亲。

平淡检验着爱情，岁月走过，润物细无声，夫妻二人成为不可或缺的存在，这种爱情才是无坚不摧的。纵然外界有诸多诱惑，但我们要坚信，爱情和婚姻只要经营得当，地久天长并不是天方夜谭，无数人用白头偕老证明了这一点。

坦诚相待，没有隐瞒，也就无须猜忌，"结发为夫妻，恩爱两不疑"。夫妻之间，最了解彼此的弱点，将软肋露给对方，就代表彼此信任，我信你不会伤我。两个人以真心相托，将彼此放在心尖上，全心全意去守护彼此，身体相依、灵魂相伴，明明是两个人，却不分彼此，你中有我、我中有你，别人猜不透的，彼此一个眼神就都已明了。

南朝梁代萧统《古诗十九首·孟冬寒气至》："有情饮水饱，知足菜根香。以胶投漆中，谁能别离此。"有情人饮水都能填饱肚子，知足才可常乐，吃菜根都会觉得是美味佳肴，如胶似漆的夫妻生活，让多少人羡慕不已。

人类生来肉眼凡胎，甚至有时愚钝却不自知，所以误将平淡视为感情的流失，殊不知，平淡才是真，这是感情历经岁月的洗礼后的升华。

巴金一生著作颇丰，在文学上的造诣受世人敬仰，但他对妻子萧珊严肃专一的爱，更令人佩服。穷其一生，都在爱着一个叫萧珊的女人，真挚热烈，忠贞持久。28年的婚姻生活，就连小吵小闹都极为罕见，之所以能够做到相濡以沫，在于一颗真心全然爱着彼此。

萧珊曾对巴金说："你永远是我的神，跟我的心同在。我的目光永远地跟随着你。我的心里永远有你。在艰苦中我会叫着你的名字。你知道我陪你走这一段路程有多么幸福吗？"

巴金则对萧珊说："她是我的生命的一部分，她的骨灰里有我的血和泪。她永远不会离开我也从未离开我。以后我的骨灰将同她的骨灰搅拌在一起撒在园中给花树做肥料。"

28年的岁月，从青年到中年，遍历周折，尝尽冷暖，好的坏的都一并经历过，所以更珍视脉脉温情。就如诗中的小夫妻，"宜言饮酒，与子偕老。琴瑟在御，莫不静好"，让人感动得一塌糊涂。不慌不忙，不急不躁，慢慢相伴到老，这样的感情才最安稳。

轰轰烈烈的爱情有波澜壮阔的美，细水长流的爱情则有波澜不惊的美，二者相较，我更倾向于后者。那对小夫妻，没有宏大的伟愿，就是守护好彼此，朴实无华却格外令人向往。

《闲居乐》诗云："倚山靠水房数间，一犋犁牛半顷田。收亦在天，荒亦在天。数间茅屋低低檐。风也遮严，雨也遮严。粗茶淡饭饱三餐，早也香甜，晚也香甜。粗布衣裳胜丝棉。冬也不寒，春也不寒。忽见桃鲜，又见梅鲜，四时佳景任我观。鱼在一边，酒在一边。日高三丈我独眠。夜归儿女话灯前。今也言言，古也言言，不是神仙，也似神仙。"如此生活，乐哉、快哉。

朱生豪自称“宋清如至上主义者”，他说：“我爱你也许并不为什么理由，虽然可以有理由，例如你聪明、你纯洁、你可爱、你是好人等，但主要的原因大概是你全然适合我的趣味。因此你仍知道我是自私的，故不用感激我。”他说：“我们都是世上多余的人，但至少我们对于彼此都是世界上最重要的人。”世界很大，可我们内在的世界很小，容纳下两个相爱的人，刚刚好。

《圣经》说：“有的时候，人和人的缘分，一面就足够了。因为，他就是你前世的人。”钱锺书与杨绛这对伉俪便完美地诠释了这句话。

1932 年，在清华大学古月堂门口，两个年轻人见了第一面，从此，他们走进彼此的生命中，直至死亡将他们分开。他们是天造地设的一对，胡河清曾赞叹：“钱锺书、杨绛伉俪，可说是当代文学中的一双名剑。钱锺书如英气流动之雄剑，常常出匣自鸣，语惊天下；杨绛则如青光含藏之雌剑，大智若愚，不显刀刃。”一个沉稳，一个欢快，成就了最合适的“我们”。

1935 年，杨绛随钱锺书漂洋过海来到英国，开始了在牛津的求学岁月，也是两个人相依相靠的家庭生活。异国他乡的日子并不容易，杨绛思乡心切，难免低落。一天，杨绛的美梦还未醒，钱锺书已经开始忙碌了，他煮了鸡蛋，烤了面包，热了牛奶，做了红茶。他轻轻叫醒杨绛，随后在床上支起一张小桌，为妻子端来精心准备的早餐。杨绛称赞道：“这是我吃过的最香的早饭。”钱锺书收到的赞美不计其数，但这一句却格外重要且有意义。

1942 年底，杨绛创作的话剧《称心如意》大受欢迎，钱锺书忍不住提笔开始撰写长篇小说《围城》。对于丈夫的决定，杨绛全力支持，为了能让他有更多的创作时间，特意让他减少授课；为了节省开支，她辞退了女佣，独自一个人承担起家务琐事。她甘愿劈柴烧火，洗手做羹汤，成为他身后的“灶下婢”。正值上海沦陷的动荡时期，夫妻二人相互扶持，在平淡的生活中寻得感情的安稳。

1944 年，《围城》与读者见面。钱锺书在《围城》序中说：“这本书整整写了两年。两年里忧世伤生，屡想中止。由于杨绛女士不断地督促，替我挡了许多事，省出时间来，得以锱铢积累地写完。照例这本书该献给她。”

钱锺书在《围城》中说道：“围在城里的想逃出来，城外的人想冲进去。对婚姻也罢，职业也罢。人生的愿望大都如此。”这段话对婚姻的解析颇为精辟，颇有现代人的影子，但他与杨绛的婚姻却绝非如此，他们一心一意想生活在二人的围城中。

木心《从前慢》：“卖豆浆的小店冒着热气，从前的日色变得慢，车、马、邮件都慢，一生只够爱一个人。”慢节奏的恋爱、生活，一生倏忽而过，全部用来爱一个人。

怕相思，已相思——《郑风·有女同车》

有女同车，颜如舜华。将翱将翔，佩玉琼琚。彼美孟姜，洵美且都。

有女同行，颜如舜英。将翱将翔，佩玉将将。彼美孟姜，德音不忘。

有一位姑娘与我同乘一辆车，她美如开放的木槿花。步态轻盈如小鸟般轻快，佩戴着晶莹透亮的美玉。姜家的姑娘与众不同，真的是美丽又端庄。

有一位姑娘与我同乘一辆车，她美如开放的木槿花。步态轻盈如小鸟般轻快，佩戴着晶莹透亮的美玉。姜家的姑娘与众不同，德行高尚人难忘。

字里行间满是仰慕之情，若是倾心于一个人，哪怕用尽天下赞美之词都不为过。韦庄的“垆边人似月，皓腕凝霜雪”；庾信的“钗朵多而讶重，髻鬟高而畏风。眉将柳而争绿，面共桃而竞红。影来池里，花落衫中”；杜甫的“态浓意远淑且真，肌理细腻骨肉匀”，还有《红楼梦》中描写林黛玉“两弯似蹙非蹙罥烟眉，一双似喜非喜含情目。态生两靥之愁，娇袭一身之病。泪光点点，娇喘微微。娴静时如姣花照水，行动时似弱柳扶风。心较比干多一窍，病如西子胜三分”，任哪一位都是佳人，哪一位都受人倾慕。

青年有幸与倾国倾城的美娇娘同车而行，自是喜不自胜。他的眼神注视着她，不舍得偏移半刻，能够与她一道出游已是莫大的荣耀。有她在，就是良辰美景，她静默不说话，美如一幅画，秀丽的风景也败下阵来，与她相比不值一提。

爱情因欢喜而生，无非是受内在或外在的吸引，无论是风度娴雅，德行溢露，还是明眸皓齿、蛾眉螓首，都悦心悦目。

外在求形，内在求神，何种形式都有可能给人以愉悦和欢喜，有人说偏爱外在是肤浅的，但俗话说“爱美之心人皆有之”，所以“以貌取人”有何不可？况且，“翩若惊鸿，婉若游龙。荣曜秋菊，华茂春松”的女子，也有“逸气凌云，神仙益志。慧心青眼，雅态芳思”的风采。

有时候，爱一个人的理由说不清道不明，仔细想来也并没有寻根问底的必要，那个人能让你心动，就证明他值得你的爱。归根到底，与其说我们爱上的是一个人，不如说是迷恋上那个人带给我们怦然心动的感觉。绞尽脑汁去寻觅他的蛛丝马迹，想方设法打探他的喜好，为他甚至可以改变自己的习惯。一句晚安，都可以当作一句情话。

陷入恋爱中的人，瞬间就拥有了敏锐的洞察力，好似一名侦探，时时探察她的一举一动、一言一行，随后独自揣摩她的所思所想，恨不得做她肚子里的蛔虫，知晓她的一切，陪着她遍历人生的平坦和曲折。天高海阔，都不在他眼中，她才是万事万物的焦点，爱情的魔力大抵如此，如同给心上了锁，除她之外，任由谁都无法再走进他的心中，甘愿为她画地为牢。

青年坐在姑娘一侧，眼中只剩下她一个人的身影，大千世界都早已不在他眼中。他欣赏着她的美，呼吸着她的呼吸，她在看风景，而他在望着她。海因里希·海涅《你就像一朵鲜花》歌颂道：“你就像一朵鲜花，温柔、纯洁而美丽；我一看到你，哀伤就钻进我的心里。我觉得，似乎应该用手抚摩你的头，愿上帝保持你永远纯洁、美丽、温柔。”情人眼中的情人，总是有着无与伦比的美丽。

拜伦的《她走在美的光彩中》，向世人展示了何为“情人眼里出西施”：

她走在美的光彩中，像夜晚
皎洁无云而且繁星漫天；
明与暗的最美妙的色泽
在她的仪容和秋波里呈现：
耀目的白天只嫌光太强，
它比那光亮柔和而幽暗。
增加或减少一分明与暗
就会损害这难言的美。
美波动在她乌黑的发上，
或者散布淡淡的光辉
在那脸庞，恬静的思绪
指明它的来处纯洁而珍贵。
啊，那额际，那鲜艳的面颊，
如此温和，平静，而又脉脉含情，
那迷人的微笑，那容颜的光彩，
都在说明一个善良的生命：
她的头脑安于世间的一切，
她的心充溢着真纯的爱情！

好山好水好风光，都比不上和心仪的人结伴出游。刘禹锡《望洞庭》“湖光秋月两相和，潭面无风镜未磨。遥望洞庭山水翠，白银盘里一青螺”，湖光秋色美不胜收；李白《望庐山瀑布》“日照香炉生紫烟，遥看瀑布挂前川。飞流直下三千尺，疑是银河落九天”，飞流直下的瀑布壮阔瑰丽；杜甫《望岳》“岱宗夫如何？齐鲁青未了。造化钟神秀，阴阳割昏晓。荡胸生层云，决眦入归鸟。会当凌绝顶，一览众山小”，巍峨高山的伟岸。踏遍大江南北，纵览山川河流，都比不上与你简单随意的野外郊游。

爱上了一个人，那个人就变得特别起来，他的一言一行都牵扯着我们的神经，他的喜怒哀乐操控着我们的情绪，无论是欢愉喜悦还是烦闷忧愁，一下子全都在他那里找到了归宿。爱情如此复杂，谁也说不清当爱情降临时，是什么促使着我们放下其他杂念，心无旁骛地搜索着他的动向。

爱情让人变得盲目，他到底是不是一表人才，当然是；他到底是不是玉树临风，当然是……所有的赞美之词，都变成了当然。爱情也让人变得聪明，学会了投其所好，揣测人心的功力也日渐深厚。你看，陷入爱情中的人，又傻又可爱。

被爱着的那个人，是幸福的，他注定拥有优越感，因为爱情的另一个同义词是仰慕。他如此高大伟岸，我们便低到尘埃中，仰望着他，偷偷生出无限欢喜。《有女同车》中，青年大赞心爱的姑娘外有美貌、内有德行，可谓内外兼修。

按照上帝的理论，男人和女人的结合存在必然的因果关系。当初，上帝创造的第一个人是男人，为他取名为亚当。在伊甸园中，亚当一个人自由自在地生活着。毕竟形单影只，上帝觉得亚当有些孤单，便趁着他睡熟之时，悄悄从他身上拿下来一根肋骨，随后用这根肋骨创造了第一个女人，为她取名为夏娃。

亚当爱着夏娃，完全是出于本能，她是他身体中的一根肋骨，爱她与爱自己无异。所以，大千世界的痴男怨女，总在寻觅着一个人，其实也是在找寻自己的那根肋骨。其实即便是走到白首的爱情，过程中也难免会有互不相让和争吵不休，这也是爱情的一部分，单有甜蜜也不足以说明爱情的多姿多彩。

是一见钟情，还是日久生情，情到深处都逃不开“痴心”二字。威廉·莎士比亚的《致爱人》，则是对爱人的呢喃低语，带着脉脉温情：

在那风化了的时代的纪年，
我看到对绝代佳人的描述，
古老的韵律因美丽而变得绝妙，
赞颂着薄命的红颜，多情的骑士；
在这倾国倾城的描绘中，
那手脚、嘴唇、眼眸及眉额，
这古老笔下的描画都让我感觉，
这一切的美貌，如今皆为你所有。
于是，他们所有的赞颂不过预言
我们的时代，一切都将你预示；
而他们所见无非用那推测的眼，
竭尽才华也无法将你尽致赞颂，
而有幸得见今日时光的我们，
只用那眼惊叹，却无法开口歌颂。

爱情是何种模样？希望你能切身去体会，然后再来作答。

乔治·拜伦在写给爱人泰丽莎的情书中，毫不吝惜言语去表达爱意：“你不会明白‘我的爱人’这几个英语单词的意思，别人也不会明白，这正是我不用意大利文去写的原因。但是，你能认出你那炽热的爱人的笔迹，而且你一定能够猜到，他在读一本属于你的书时，心中想的只能是爱情。这个词在所有的语言中都很美，尤其是在你的语言中——Amor Mio（意大利语‘我的爱’）它涵盖着我的今生和我的余生。”

爱是一种奇妙的感觉，正如拜伦所感觉到的“我能感觉到我现在生命的跳动，也感觉到我今后的生命将会延续下去——是你，来决定我生命延续的意义”“我爱你，你也爱着我，至少我听见了你这么告诉我，而且你的行动也表明了你爱我的心。不管是在何种情况下，我一想到这里，心中都是莫大的安慰”。

生命是一段旅程，我们每个人都是行人，若是有幸在独行的道路上遇到今生所爱，为她生、为她死，生命也就多了一重更为厚重的意义。

罗带同心结未成——《郑风·狡童》

彼狡童兮，不与我言兮。维子之故，使我不能餐兮。

彼狡童兮，不与我食兮。维子之故，使我不能息兮。

那个英俊倜傥的男子啊，不愿与我多说话。因为你的缘故，我茶饭不思。

那个英俊倜傥的男子啊，不愿与我一同吃饭。因为你的缘故，我夜不能寐。

茶饭不思、夜不能寐，一切都是因为思念一个人。法国女作家斯达尔夫人说："爱情对于男子只是生活中的一段插曲，而对于女人则是生命的全部。"《狡童》中患了相思病的姑娘，正是如此。

姑娘已对他爱慕许久，他的一举一动都牵扯着她的神经，因他喜而喜，因他悲而悲，所有的情绪和表情，都与他有关系。他绝非木讷寡言之人，却不愿与她说话，她有千言万语想要说给他听，可他却始终不给她机会。在她小小的世界中，他就是大大的主宰者，可即便如此，他对此并不感兴趣。

如果可以有如果，他能够与她有再多些的相处，或许会发现她其实是个不错的姑娘，秀雅端庄，温柔聪慧，足以与之般配。可感情的事说来无奈，一厢情愿的结局就是伤了自己的心。

他有意或无意间，总会让她浮想联翩，他偶然对她端起笑脸，她就会胡思乱想一通，揣测他是不是在暗示些什么，或许他对她也有情有意。可是，他有时又是面无表情，冷若冰霜，或许他已经开始讨厌她了吧？不知不觉间，她的内心已掀起波澜，反复细细思量，越想越伤神，越爱越难过。

只要他一个眼神的肯定，她就甘愿为他赴汤蹈火，如果能够得到他的垂爱，那么她此生就了无遗憾了。可是，她的心里、眼里全都是他，他的心里、眼里却从来没有她的身影。一个人默默承受着落寞，相思即便让人有苦难言，她还是不愿放弃。他可以不爱她，这是他的权利，而她也可以继续爱他，这也是她的权利，明明难以产生交集，她却在硬撑着。

“但曾相见便相知，相见何如不见时。安得与君相决绝，免教生死作相思。”爱他却不能与他在一起，没有比这更悲伤的了。

顾城有一首精致的小诗——《小巷》，只有五行而已，意味却深长。他写道：

小巷子，
又长又弯，
没有门也没有窗。
我拿着旧钥匙，
敲着厚厚的墙。

在一条静谧的小巷中，诗人出现在那里，怀揣着与一个人的故事，美丽而哀伤，多年以后，时过境迁，仍让诗人念念不忘，或许已经释怀，但久久不能忘怀。这条小巷没有门窗，可他仍不甘心，揣着一把旧钥匙，默默无语地敲着厚厚的墙壁，一下、两下、三下……时间在流逝，绝望在累加，一把钥匙无论新旧，永远无法打开没有门窗的墙壁，注定是悲剧，正如同他的爱情。

余光中的《永远，我等》，读来也颇为唯美，却同样充满感伤：

如果早晨听见你倾吐，最美的
那动词，如果当晚就死去
我又何惧？当我爱时
必爱得凄楚，若不能爱得华丽
你的美无端地将我劈伤，今夏
只要伸臂，便有奇迹降落
在摊开的手掌，便有你的降落
在我的掌心，莲的掌心
例如夏末的黄昏，面对满池清芬
面对静静自燃的灵魂
究竟哪一朵，哪一朵会答应我
如果呼你的小名？
只要池中还有，只要夏日还有
一瓣红艳，又何必和你见面？
莲是甄甄的小名，莲即甄甄
一念甄甄，见莲即见人
只要心中还有，只要梦中还有
还有一瓣清馨，即夏已弥留
即满地残梗，即漫天残星，不死的
仍是莲的灵魂
永远，我等你分唇，启齿，吐那动词
凡爱过的，远不遗忘。凡受过伤的
永远有创伤。我的伤痕
红得惊心，烙莲花形

或许，姑娘并非是因为单相思而喊痛，也有可能只是和情郎一时闹了别扭，他在生闷气，所以对她不理不睬，失去了往日的热情。她也许知道是自己错了，可他不该如此狠心地冷落她，他的冷漠让她吃不下、睡不着，孤单单直到天明。

爱情绝非只有甜蜜，相处至某一个节点，彼此的脾气禀性逐一显露，势必会发生冲突，产生矛盾，争吵在所难免，那个平日里体贴周到的人，一转眼就可能变得暴躁，彼此亮出自己的尖牙利齿，互相撕咬，一场唇枪舌剑之后，爱情进入冷却期。

“不与我言兮”“不与我食兮”，直接导致她“不能餐兮”“不能息兮”，逞一时之快，说狠话、发脾气，闹得双方都不愉快，冷静下来之后，是长久的失落，食不下咽、昼夜难眠。但凡有过恋爱经历的人，想必对这样的情景并不陌生，和恋人吵架后，意志消沉，仿佛全世界都失去了色彩，整个人无精打采，尤其是到了夜深人静的时候，自己一个人躺在床上，一会儿想着曾经甜蜜的时刻，一会儿又想起争吵时的互不相让，心中五味杂陈，躲在被窝里，任由眼泪直流。

暗恋也好，失恋也罢，悲伤之情溢于言表，她渴望能够博得他的钟爱，她想摆脱痛苦的煎熬，可失望拖着她，一直往深谷坠。

《诗经》中的任何一首诗，都是发自肺腑之作，没有华丽的辞藻堆砌，也没故弄玄虚，夸大其词，一往情深是真，痛不欲生也是真，用最朴实的话语表达最真挚的心情，所以相隔千年之后，细细读来，仍能产生强烈的共鸣。

其中的悲欢离合，在几千年的时光中，反复上演，人换了一代又一代，感情却始终如一。可以为了爱情原谅一切，比如张爱玲《小团圆》中，将近三十岁的九莉在笔记本上写道：“雨声潺潺，像住在溪边。宁愿天天下雨，以为你是因为下雨不来。”他不来，明明是不愿来，却要为他找个顺理成章的理由，是因为下雨耽搁了他的脚步，而不是他不愿来。

漫长的生命之中，人们惧怕孤独，一个人面对晨昏、四季，该是多么无聊且无奈的事情，人活一世，岂能没有一个爱人。终归要独自前行一段时日，可大千世界、茫茫人海，来来往往的人群中，总会有一个人出现，让你心甘情愿为之效犬马之劳。遇到即是幸运，终是有一个人可以与你谈天说地，你们无所不谈，是朋友亦是恋人，是武器也是盔甲，自然，是蜜糖也是砒霜，结局如何，全凭个人造化。

三毛在《说给自已听》中写道：“如果有来生，要做一棵树，站成永恒。没有悲欢的姿势，一半在尘土里安详，一半在风里飞扬；一半洒落荫凉，一半沐浴阳光。非常沉默、非常骄傲。从不依靠、从不寻找。如果有来生，要化成一阵风，一瞬间也能成为永恒。没有善感的情怀，没有多情的眼睛。一半在雨里洒脱，一半在春光里旅行；寂寞了，孤自去远行，把淡淡的思念统统带走，从不思念、从不爱恋；如果有来生，要做一只鸟，飞越永恒，没有迷途的苦恼。东方有火红的希望，南方有温暖的巢床，向西逐退残阳，向北唤醒芬芳。如果有来生，希望每次相遇，都能化为永恒。”

岂能不思念，岂能不爱恋？一棵树、一阵风、一只鸟都好，可若是不去尝尝爱恋的滋味，来世间走这一遭有什么意思呢。

第四章

长相思兮长相忆

不眠犹待伊——《王风·采葛》

彼采葛兮，一日不见，如三月兮。

彼采萧兮，一日不见，如三秋兮。

彼采艾兮，一日不见，如三岁兮。

采摘葛草的人哪，我与你一日未见，却感觉已经过去了三个月之久。

采摘青蒿的人哪，我与你一日未见，却感觉已经过去了三个季度之久。

采摘艾草的人哪，我与你一日未见，却感觉已经过去了三个春秋之久。

我亲爱的姑娘，我在想你呀，你知不知道。

原本只是寻常的一天时光，只因与你未见而变得漫长起来。念上心头，就直白来讲，不躲闪、不隐藏。

古时候，全凭太阳的东升西落来判断时间，可这一天，诗人的时间观念忽然出了错，他的一天变得越发漫长，究其原因，原来是因为心绪被思念填满，所以将时光无限拉长。有情人最惧怕分别，长久也好，短暂也罢，都会生成离愁。

宋代朱熹《诗集传》："赋也。采葛所以为絺绤，盖淫奔者托以行也。故因以指其人，而言思念之深，未久而似久也。"相思之情让时间慢了下来。

清代姚际恒《诗经通论》："'葛''月'，'萧''秋'，'艾''岁'，本取协韵。

而后人解之，谓葛生于初夏，采于盛夏，故言‘三月’；萧采于秋，故言‘三秋’；艾必三年方可治病，故言‘三岁’。虽诗人之意未必如此，然亦巧合，大有思致。‘岁’‘月’，一定字样，四时而独言秋，秋风萧瑟，最易怀人，亦见诗人之善言也。”

一首简约的《采葛》，以寥寥几句道出了世人共通的感情，延续至今，人们仍以“一日不见如隔三秋”来表达思念。司马相如与卓文君一见倾心，正是因《凤求凰》以表相思，诗云：“有美一人兮，见之不忘。一日不见兮，思之如狂。凤飞翱翔兮，四海求凰。无奈佳人兮，不在东墙。将琴代语兮，聊写衷肠。何日见许兮，慰我彷徨。愿言配德兮，携手相将。不得于飞兮，使我沦亡。”一个是“一日不见，如三月兮”，一个是“一日不见兮，思之如狂”，果然是难舍难分。他们生活在相隔久远的时代，可遇上爱情之后，口吻都变得一致。

世间多的是痴情人，吟诵着“玲珑骰子安红豆，入骨相思知不知”的温庭筠，唱和着“怕相思，已相思，轮到相思没处辞，眉间露一丝”的俞彦；“平生不会相思，才会相思，便害相思”的徐再思；“他生莫作有情痴，人间无地著相思”的况周颐；“天涯地角有穷时，只有相思无尽处”的晏殊；“相思相见知何日？此时此夜难为情”的李白；“相思一夜情多少，地角天涯未是长”的张仲素……

朱自清思考过一个问题，时间为何匆匆而过，在他的散文《匆匆》中，他写道：“去的尽管去了，来的尽管来着，去来的中间，又怎样的匆匆呢？早上我起来的时候，小屋里射进两三方斜斜的太阳。太阳他有脚啊，轻轻悄悄地挪移了；我也茫茫然跟着旋转。于是——洗手的时候，日子从水盆里过去；吃饭的时候，日子从饭碗里过去；默默时，便从凝然的双眼前过去。我觉察他去的匆匆了，伸出手遮挽时，他又从遮挽着的手边过去，天黑时，我躺在床上，他便伶伶俐俐地从我身边跨过，从我脚边飞去了。等我睁开眼和太阳再见，这算又溜走了一日。我掩着面叹息。但是新来的日子的影儿又开始在叹息里闪过了。”

诗人的一天光阴，就散落在对爱人无穷无尽的思念中了。

不能及时抵达的思念，正因车马很慢，多了几分缠绵。纵然相隔千里，思念却值得等待。如今，随时随地可以将思念传达至远方，可却变了方式，书信距离我们的生活越发遥远。

徐志摩仪表堂堂，又有渊博的学识，论谈吐、文采，皆是人中之龙。他热恋着陆小曼，一本《爱眉小札》，写满“我爱你”。

“眉，今晚我只是‘爽然’！‘如此星辰非昨夜，为谁风露立终宵。’多凄凉的情调呀！北海月色荷香，再会了！织女与牛郎，清浅一水隔，相对两无言，盈盈复脉脉。”

“啊我的龙，这时候你睡熟了没有？你的呼吸调匀了没有？你的灵魂暂时平安了没有？你知不知道你的爱正在含着两眼热泪在这深夜里和你说话，想你，疼你，安慰你，爱你？我好恨呀，这一层的隔膜，真的全是隔膜，这仿佛是你淹在水里挣扎着要命，他们却掷下瓦片石块来算是救渡你，我好恨呀！这酒的力量还不够大，方才我站在旁边我是完全准备了的，我知道我的龙儿的心坎儿只嚷着：‘我冷呀，我要他的热胸膛偎着我，我痛呀，我要我的他搂着我，我倦呀，我要在他的手臂内得到我最想望的安息与舒服！’——但是实际上我只能在旁边站着看，我稍微地一帮助就受人干涉，意思说‘不劳费心，这不关你的事，请你早去休息吧，她不用你管！’”

甜腻腻的爱称之后，紧跟着不可抑止的思念，他的感情带着化不开的浓烈，亲吻还是拥抱，都只是小小的点缀，说不清填满胸口炽烈火热的思恋。他的情感落在纸上化作文字，成为挥之不去的永恒。

朱湘，这位民国诗人，熟悉或不熟的人，都称他孤高绝傲。他的诗简练却意境深远，多庄肃严峻，宁静致远。然而，谁能想得到，给妻子刘霓君写起情书来，一腔热火势不可挡。他的妻子原名刘彩云，朱湘为她取了新的名字——

霓君，如烟如梦，梦幻缥缈。

朱湘与刘霓君的婚姻是由“父母之命、媒妁之言”促成的，朱湘在清华读书时，还十分排斥这段不情不愿的婚姻，当他被清华除名后，孤身前往上海投身文学创作。不久后，刘霓君也来到上海，丧父之痛、兄长夺财，让她身无可依。为了维持生计，她来到纱厂谋生，朱湘得知她的遭遇后，原本的厌恶消失了，取而代之的是同情和怜悯，久而久之，情愫渐生，原来是爱情。

1927 年 9 月至 1929 年 9 月，朱湘远赴美国求学，妻儿则留在国内。异国他乡的生活，让他倍感彷徨，陌生的街头和面庞更让他感到孤独。所幸，他还有彼岸的妻儿可以惦念，相思之苦熬成文字，喃喃低语，诉说着苦闷和孤寂，更多的则是对妻子的叮咛和思念。

他时而会后悔，“我写到这里，就忽地想起你当时又黄又瘦的面貌来，眼眶里又酸了一下。只要在中国活得了命，我又何至于抛了妻子儿女来外国受这种活牢的罪呢”。

求得妻子的谅解和宽恕，“霓君，我的好妹妹，我从前的脾气实在不好，我知道有许多次是我得罪了你，你千忍万忍忍不住了，才同我吵闹的。不过我的情形你应该也明白。我实在是在外面受了许多的气，并且那时一屁股的欠债，又要筹款出洋，我实在是不知怎样办法是好。我想你总可以饶恕我罢”。

他是个严肃的人，但面对妻子，甜言蜜语也信手拈来，“我又想到你的温柔，你对我的千情万意，分开了，不能见面，不能立刻见面，说一句知心话，彼此温存一下，像从前在京城旅馆内初见面时那样温存一下。你还记得当时你是怎样吗？我靠在你身旁坐下，你身上面上的一股热气直扑到我的脸上（我想我当时的热气也一定扑到了你的脸上）。我当时心里说不出的痒痒。后来我要摸你的手，我偷偷地握住，你羞怯怯的好像新娘子一样，我当时真是说不出的快活。天哪，天哪，但望两三年后，夫妻都好，再能尝尝那种爱情的美味罢”。

他们对爱情的纯粹，撩拨着我们的心弦。大千世界，有幸遇到一个情投意合之人，他将自己的真心拱手献上，相见时不分彼此，分开时热切想念。你确定他的真心，确认他会想念，这就足以叫人安心。

谁念秋风独自凉——《邶风·简兮》

简兮简兮，方将万舞。日之方中，在前上处。

硕人俣俣，公庭万舞。有力如虎，执辔如组。

左手执籥，右手秉翟。赫如渥赭，公言锡爵。

山有榛，隰有苓。云谁之思？西方美人。彼美人兮，西方之人兮。

鼓声咚咚，即将要上演一场万人舞蹈，太阳正当空。领舞之人高大魁梧，在众人面前起舞。他左手拿着三孔笛，右手拿着雉尾毛，面色如褐土，国君赐他一杯酒。榛树生长在山上，苦苓生长在低湿地。心里念念不忘的人是谁？正是来自西方的美人。西方的美人英俊神武，她从西方而来。

一位女子作为旁观者，被魁梧健硕的舞者所吸引，她痴迷地注视着他，他的每一个动作都落在她的眼中，让她不由自主地去赞叹他的英明神武之姿。他在台上，受万人瞩目；她在台下，夹杂在人群之中，就这样，产生了一段单相思。

男欢女爱中，虽说不完全是审美占据主导地位，但在很大程度上，第一眼的眼缘决定了后续的发展。有“始于颜值，陷于才华，忠于人品”一说，我们常因一个人的样貌而产生好感，当我们越发靠近他的时候，就越发了解这个人，他的才华和人品才是最终值得奋不顾身的理由。

公庭万舞如此盛大，前来观舞的人摩肩接踵，她也是其中之一，随着涌动的人流停在一个不起眼的角落，翘首以待。艳阳当空，英俊魁梧的男子傲然立于台上，孔武有力，执辔的动作收放自如，散发着男性的阳刚之气。他能武能文，手执三孔笛，随着他手指的摆动，混着他的气息，悠扬轻快的音乐随之弥漫于空气中。

女子看得如痴如醉，他宛如天神一般，不动声色地俘获了她的芳心。她的目光追逐着他的身影，不舍得将视线离开片刻，他的眼神是那么深邃，他的脸庞是那么英俊，他的身材是那么健硕，他的动作是那么利落，他的笛声是那么悠扬……总之，他样样都好。你瞧，活脱脱一副痴恋的样子，简直傻得可爱。

自古有“英雄难过美人关”，从妲己、西施、貂蝉，到后来的杨贵妃、武媚娘，无一不是万千宠爱集于一身。不论中外，皆有不惜为美人舍弃王位，将江山拱手相让的男人。

1936 年 1 月 20 日，是爱德华八世即位的日子，举国上下一片欢腾，他们纷纷为这位年轻英俊的新国王而欢呼呐喊，可惜爱德华八世爱美人多过爱江山。爱德华八世与辛普森夫人感情笃定，他向王室宣布要娶辛普森夫人为妻，由于辛普森夫人在此前已经有过两次婚姻，英国王室对此表示不满，无论爱德华八世如何周旋，他们始终不愿接纳这个女人。

12 月 11 日，为了与自己的爱人——美国妇女沃利斯·辛普森终成眷属，向臣民宣布放弃王位，逊位而成为温莎公爵，安心和爱人过寻常的夫妻生活。江山和美人，他无怨无悔地选择了后者，从此和爱人厮守一生。

温莎公爵不但失去了王位，还将在有生之年不得回到自己的国家，他坦然接受了这一切，并对爱人表白道：“你可别后悔，我丝毫也不。我只知道幸福永远维系在你的身上……”

谈及她的爱情，辛普森夫人坦言：“唯一能说明他对我感兴趣的原因也许在于我那美国人的独立精神、我那直率、我那自以为具有的幽默感，以及我对他和与他有关的每件事的乐观或好奇……他是孤独的，也许我是第一个洞察他内心深处孤独感的人。”

温斯顿·丘吉尔评价道：“他喜欢同她在一起，并且从她的品质中获得他要的幸福，就像她需要呼吸新鲜空气一样。”

男人可以为了心爱的女人放弃至高无上的权力，而《简兮》中的姑娘也已经被台上的男子迷得神魂颠倒，她炽热的眼神、桃红色的脸颊以及小鹿乱撞的心跳，已经表明了她的心意。看似平静的表象之下，已然波涛汹涌，她成了他的俘虏，成了他的囚徒，一颗心儿全部交给他了。

俊男靓女，谁能无动于衷？我们本就被神赋予了一双发现美的眼睛，况且姑娘爱上的何止是他俊朗的外表，他执辔时的飒爽，吹笛时的动情，无不打动了她的心。即便只是迷恋他的样貌，也无可厚非，毕竟人就是这样的动物。

姑娘没有半分忸怩，遇到钟情的男子，没有躲躲闪闪，而是落落大方地表达自己的情感，她发出由衷的赞美，真诚地欣赏他。比起这位姑娘的直爽，如今的姑娘反而显得比较矜持，有了心上人之后，故作镇定，暗中悄悄地打量，明明喜欢却不敢多言，全世界都知道她在暗恋，可唯独她暗恋的当事人无知无觉。

多少傻姑娘，正在以普通朋友的身份去默默关心着一个他，不多言、不多语，固然心中有千言万语、千头万绪，可到了嘴边又生生咽了下去，从朋友到恋人似乎相隔并不远，但真正想要实现跨越，却是要经历一番波折。或许有人会想，与其捅破了那层窗户纸后，被断然拒绝，最后落得尴尬的境地，连朋友都没得做，不如就始终坚守这道底线，无拘无束地聊天、打趣，也可以不露声色地关心着他。

不免有些惭愧，生在现代的姑娘，竟比不上千年前的姑娘勇敢。她遇到了心仪的男子，没有装出一副若无其事的样子来隐藏自己的小心思，而是坦诚地赞美他，就是对他有不一样的感觉，就是要大声说出来，爱得坦坦荡荡，如此直率可爱。大概是我们过于看重自己的感受，怕被拒绝，怕被冠以主动倒贴的“恶名”，怕自己太积极反而被轻视……太多太多的顾虑，虽然不能一概否定，值得肯定的地方也确实少之又少。

如果很想爱他，不妨大胆一些，表白了或许会被拒绝，但不表白的话，被接受的机会也一样没有。

元朝时，有一位才女名叫萧淑兰，爱慕着借住在自己家的张生，便以一首诗词向意中人表达爱意。可惜，女有意而郎无意，在知晓她的心思后，张生不辞而别。鼓起勇气表白已经是颇为不易的事，他不但不回应，还一走了之。

萧淑兰爱也不是，恨也不是，又写诗一首：“有情潮落西陵浦，无情人向西陵去。去也不教知，怕人留恋伊。忆了千千万，恨了千千万。毕竟忆时多，恨时无奈何。”他若是不依，大可以婉拒，驳了这份心意，走得无声无息确实不够男人。

宋代李之仪有一首《卜算子》，诗云：“我住长江头，君住长江尾；日日思君不见君，共饮长江水。此水几时休？此恨何时已？只愿君心似我心，定不负相思意。”同在一方水土上生活，与朝思暮想的情人却难得见面，“只愿君心似我心，定不负相思意”，这也是想爱却不能爱的萧淑兰的心里话。

晚唐著名诗人韦庄有一首《思帝乡》，示爱更为直截了当：“春日游，杏花吹满头，陌上谁家年少，足风流。妾拟将身嫁与，一生休。纵被无情弃，不能羞。”

冯梦龙《山歌》中，写道：“不写情词不写诗，一方素帕寄心知：心知接了颠倒看，横也丝来竖也丝，这般心事有谁知？”

魏夫人是北宋卓越的女词人，一首《系裙腰》云：“灯花耿耿漏迟迟，人别后，夜凉时，西风潇洒梦初回。谁念我，就单枕，皱双眉？锦屏绣幌与秋期，肠欲断，泪偷垂，月明还到小楼西。我恨你，我忆你，你争知？”

古乐府民歌《西洲曲》，道出了女子对情人的怀恋：

忆梅下西洲，折梅寄江北。单衫杏子红，双鬓鸦雏色。
西洲在何处？两桨桥头渡。日暮伯劳飞，风吹乌臼树。
树下即门前，门中露翠钿。开门郎不至，出门采红莲。
采莲南塘秋，莲花过人头。低头弄莲子，莲子青如水。
置莲怀袖中，莲心彻底红。忆郎郎不至，仰首望飞鸿。
鸿飞满西洲，望郎上青楼。楼高望不见，尽日栏杆头。
栏杆十二曲，垂手明如玉。卷帘天自高，海水摇空绿。
海水梦悠悠，君愁我亦愁。南风知我意，吹梦到西洲。

爱情，是人生中最需要自己做主的事情。可以畏惧高耸的山峰，可以畏惧湍急的河流，也可以畏惧凶险的猛兽，但最不可以畏惧的便是想要爱人的心。

相思始觉海非深——《鄘风·柏舟》

泛彼柏舟，在彼中河。髧彼两髦，实维我仪。

之死矢靡它。母也天只！不谅人只！

泛彼柏舟，在彼河侧。髧彼两髦，实维我特。

之死矢靡慝。母也天只！不谅人只！

有一条柏木船漂荡在河中间，头发分成两鬓的少年，着实让我心花怒放。我发誓对他的情意绝不改变。可我的母亲啊，却怎么也不相信我的选择。

有一条柏木船漂荡在大河旁，头发分成两鬓的少年，着实是我的如意郎君。我发誓对他的心意永生不改。可我的母亲啊，却怎么也不相信我的选择。

简单来说，姑娘爱上了一个不被父母认可的人。爱情本是两个人的事，你情我愿即可，至于走到谈婚论嫁的地步，则偏偏多了父母这道难关。

不得不说，时代发展到此时，婚恋的自由度有所降低，先前大可以率性而为，此时尚且没有完备的封建礼教所束缚，但已有《齐风·南山》所说的“取妻如之何？必告父母”“取妻如之何？非媒不得”，虽不严厉，但已经开始影响人们的生活。可以自由选择意中人，但父母开始有了话语权，甚至慢慢在主导婚配。

《柏舟》中的姑娘高呼“之死矢靡它”“之死矢靡慝”，面对母亲的阻拦，她立誓要为心上人抗争到底，这是她的感情，她要自己做主。可以说，此时的年轻男女在婚恋受到阻挠时，反抗的意识非常强烈，随历史车轮的碾轧，在后来的时光中，多少痴男怨女早已丧失了反抗的勇气，“父母之命、媒妁之言”完全占据支配地位，指腹为婚代替了自由恋爱。

自由度在降低，就引发了女儿与母亲的矛盾和战争，姑娘是为了爱人而与母亲站在了对立面上，母亲则是为了姑娘的终身幸福而横加干涉。姑娘没有错，爱情岂能轻易放弃？她敢于发声，何错之有？母亲也没有错，心爱的女儿岂能随便托付终身？她宁愿与母亲反目，也要阻止她的一时糊涂，何错之有？

十月怀胎、一朝分娩，历经裂骨的疼痛生下女儿，无微不至地照顾她，将她养大成人，女儿就是母亲的心头肉。如今，女儿大了，有了自己的意中人，可她只看到了他的百般好，母亲却看到了他的百般不好。女儿想和情郎终成眷属，是为了自己的幸福；母亲阻止她，更是为了她幸福。女儿有女儿的难处，母亲有母亲的苦衷，为了各自的坚持而互不相让。

不是母亲不懂风情，她也曾是貌美如花的姑娘，遇到心仪的人也会怦然心动，或许也曾为了情郎而与父母起过争执，如今她有了女儿，终于体会到作为母亲的心情。不是不想让她去爱，只是婚姻不是儿戏，有柴米油盐的烦琐，她希望女儿能够嫁得如意郎君，体贴她、呵护她，不让她受半点委屈，所以她才会如此严苛。

母亲深知“贫贱夫妻百事哀”，所以才会注重男方的家庭条件，他是否富足直接决定了女儿未来的生活质量，她岂能让自己的心肝宝贝嫁给一个一贫如洗的人，想到女儿会受苦受累，这是她绝对无法接受的。女儿认为母亲势利，只知道物质要富足，却不懂感情的纯粹和可贵。母亲的确多了几分世故，自是因为她的阅历时刻提醒她物质的重要性。比起甜言蜜语、花前月下，她更看重衣食住行。可怜天下父母心，他们对儿女爱得愈是深沉，也就愈是固执。可惜做儿女的，鲜有人能够体谅他们的苦心。

古今中外，为了爱情奋不顾身的故事比比皆是，一对又一对有情人，在父母的逼迫下走上了死路，他们至死都不明白，父母为何会如此狠心。因为他们至死都不明白，父母对他们的舐犊情深，他们只在意自己的一往情深，却忽略了年老的父母只是希望他们能够拥有一个好的归宿。分歧在所难免，甚至争论不休，最后两败俱伤。

难道就没有两全的办法吗？如果女儿一直不放弃抵抗，母亲也誓不妥协，最后又该如何收场？拽着心上人私奔和母亲一刀两断？为什么要选择伤了母亲的心呢？为了爱情，和母亲势若水火，值得吗？

值得或者不值得，全凭个人裁决，关键在于解决问题的良方。母亲横加干涉的原因，不外乎重要的两点：一是物质方面，母亲认为男方没有能力让女儿过上无忧无虑的生活；二是感情方面，母亲认为男方不够体贴细心，不能照顾好自己的女儿。基于这两点，女儿完全可以对症下药，她只需与心上人一起向母亲证明，她嫁给他是可以幸福的，让母亲放心即可。

爱情是两个人的事，姑娘无须一个人来扛，这也是对于爱情的考验，需要两个人一起应对。比起日后的大风大浪，与母亲的对抗实在算不上多大的坎坷，只要用心去解决，就会避免许多悲剧的发生。

孙中山与宋庆龄是志同道合的一对夫妻，彼此扶持、爱护，携手走过十几年的风风雨雨，他们的爱情也曾受到来自父母的压力，但最终还是获得了家人的祝福。

孙中山作为革命先驱，积极投身于革命，宋庆龄的父亲对其大力支持。1914 年 9 月起，宋庆龄正式成为孙中山的英文秘书，革命在风雨飘摇中惨遭失败，他们患难与共，在动荡不安中摩擦出爱情的光火。流亡海外的岁月里，孙中山与宋庆龄依靠彼此的温暖渡过难关，宋庆龄直言“我的快乐，我唯一的快乐是与孙先生在一起”。

爱情故而美好，但孙中山与宋庆龄相差二十八岁，宋庆龄的父母自然是竭力反对，试问哪家的父母甘愿将自己的宝贝女儿嫁给一个年长自己将近三十岁的男人，纵然他多么优秀，年龄却是不可逾越的鸿沟。

宋庆龄不去管年龄的差距，她只确信一件事，她爱他，要和他在一起。1915 年 10 月，宋庆龄听闻孙中山与前妻离婚后，时年二十二岁的宋庆龄，想方设法从父母的看管下突围成功，奔赴东京与孙中山完婚。如果爱情的代价是抛弃一切，那么她也愿意跟他走。

1922 年 6 月 16 日，广州发生陈炯明兵变，性命攸关之际，宋庆龄选择舍弃自己的性命保全爱人，她掷地有声地说道：“中国可以没有我，但不可以没有你！”1925年3月11日，孙中山撑着虚弱的身体，一再嘱咐儿子和女婿，切记“善待孙夫人”，他怕的是在他身后，无人能护她安好，她是他最放心不下的。十年的光阴，孙中山与宋庆龄相濡以沫，如此笃定的感情，足可证明宋庆龄当初的选择没有错，她爱对了人。

宋庆龄是幸运的，她违背了父母的意愿，却获得了美满的爱情。与陆游相爱的唐琬，却没能守护好自己的爱情。

陆游的一首《钗头凤》，让多少人肝肠寸断：“红酥手，黄縢酒。满城春色宫墙柳。东风恶，欢情薄。一怀愁绪，几年离索。错，错，错。

春如旧，人空瘦。泪痕红浥鲛绡透。桃花落，闲池阁。山盟虽在，锦书难托。莫，莫，莫。”

唐琬的一首《钗头凤》，让多少离人哭碎了心肠：“世情薄，人情恶。雨送黄昏花易落。晓风干，泪痕残。欲笺心事，独语斜栏。难，难，难。

人成各，今非昨。病魂常似秋千索。角声寒，夜阑珊。怕人寻问，咽泪装欢。

瞒，瞒，瞒。”

陆游和唐琬，一位才子，一位佳人，实乃天作之合，可终究没能逃过陆游母亲的棒打鸳鸯。本就是两小无猜，拜过天地、父母后，结为连理，圆了长久以来的梦。好景不长，原本赞成这段婚姻的陆母，却开始想方设法拆散这对小夫妻。

南宋刘克庄的《后村诗话》记载，陆母“恐其惰于学也，数谴妇”，意为陆母是出于儿子的学业考虑，担心他被儿女情长耽误了前程，所以一再要求他休妻。这就有些莫名其妙了，多少父母日夜担心的是儿女的婚姻不顺、感情不和，竟有陆母这般担心儿子与儿媳的感情过于亲密，所以为了学业就要离婚。唐琬温柔贤惠，即便是与丈夫卿卿我我，也懂得分寸，陆母的担忧完全是多余的。

还有一种说法，是唐琬始终未能怀有身孕，封建社会中有“不孝有三，无后为大”的观念，所以唐琬遭到陆母的驱逐。陆游架不住母亲的施压，不得不听命于母亲，但他也不忍心与爱人相离，便另筑别院将唐琬好生安置。可不久便被陆母察觉，这一次，她强势地命陆游另娶王氏为妻。这一次，陆游没能再守住他们的爱情。

唐琬归家后，家人为其做主，嫁给了皇家后裔同郡士人赵士程。从此以后，他们过着没有彼此的生活。曾经亲昵相拥的两个人，转眼各有新的怀抱。残忍的是，云淡风轻的日子里，他们各自过活，隐忍下曾经的痴心绝对，重归不属于彼此的人生轨迹。

公元 1155 年（绍兴二十年），陆游参加礼部会试失利，为了散心，便来到沈园游玩。或许是命中注定，他与唐琬在沈园偶遇，那些不能言说的痛苦，就肆无忌惮地弥漫在空气中，避而不见，便是心口的绞痛。既已分开，木已成舟，世间容不下他们的两情相悦，他们只好认命。

陆游在墙上题了一首《钗头凤》，对于过去，他始终未能释怀，这种痛隐匿于他的心底，如今的不期而遇，让痛苦无限放大，直至将他吞没。1156 年，唐琬再次来到沈园，无意间发现了陆游的题词，千言万语也化为一首《钗头凤》。不久后，她香消玉殒，抑郁而终，弥留之际，念念不忘的便是陆游。

如果真的有命运一说，只愿你我能够不被命运驱使，爱而不得、郁郁寡欢。

是有情皆满愿，更从何处著思量——《邶风·式微》

式微，式微，胡不归？微君之故，胡为乎中露。

式微，式微，胡不归？微君之躬，胡为乎泥中。

天黑了，天黑了，为什么还不回家？若不是因为君主，为何还在露水中！

天黑了，天黑了，为什么还不回家？若不是因为君主，为何还在泥浆中！

忙忙碌碌中，总忍不住想到《式微》，劳作的奴役不堪重负，唱出了生活的艰辛。“式微，式微，胡不归？”自问自答，自言自语，宣泄着丈夫久久不回家的哀怨。

封建社会，人一出生就注定三六九等，有人高高在上，有人则卑贱如蝼蚁。达官显贵不知生活的苦，他们舞琴弄墨附庸风雅，底层人民则小心翼翼地过活。每一位“微君之躬，胡为乎泥中”的男人背后，都有一个翘首以盼丈夫归家的妻子，她们忙里忙外地操持家务，悉心准备饭菜，在昏暗的灯光下等着筋疲力尽的丈夫。

如今不再是封建社会，早就摒弃了吃人的封建礼教，平凡的人们也依旧为生活奔波劳累，除了最简单的温饱，还要承受诸多重压。现代人不受阶级的欺凌，但同样要不辞辛苦地应对工作，或许所受的苦与累并不亚于早出晚归的奴役。

文字的力量不容小觑，它所承载的不单是一种情绪，也是一种生活状态，是千千万万人所形成的氛围，以至传承至今，冲破了时空的界限，相隔遥远的时代之间，竟也能对“式微，式微，胡不归”感同身受。

繁杂的工作没有变，爱人的守候也没有变，同样是一众为丈夫洗手做羹汤的妻子，摆好碗筷后，念着丈夫早些回来。千年的光阴，让心中柔软的等待更添柔情，同时，也多了份坚定，他在外为家打拼，她便在内打理得井井有条。不停流转的时光，退去《式微》的哀怨之感，如今读来，展现在脑海的画面是温馨的守候，有热气腾腾的饭菜，有浅笑着的妻子。

当一天的工作结束后，伴着满天星光赶在回家的路上，车水马龙中，多的是父母的儿女、儿女的父母以及妻子的丈夫、丈夫的妻子，在万家灯火中，有一盏灯是为他们而点亮。念及家人，不自觉地便会加快了脚步，从他们迈入家门的那一刻起，白日中的烦恼苦闷都被挡在门外了。

纵使再辛劳，心知有人在等候着他，苦与累也就一并受了。有人等你回家吃饭，再平凡不过的话语，却携有强大的力量，无论你是在露水中不停穿梭，还是在泥浆中埋头前行，满身的疲惫都得到了缓解。

《式微》很短，情意却绵延不绝。式微，思归，思念着你、待你归来。她倚门而立，望向丈夫归家的方向，等了又等，与丈夫相守，就是她生存的意义。这一生之中，不知会有多少次沉默的等待，他用宽厚的肩膀撑起一个家，她用勤劳的双手打理着家中的繁杂，一天的劳累结束后，夫妻二人才得以围坐在饭桌旁，唠叨些家常，最后熄灯、入眠。

人生在世，苦乐相伴，没有一个人不是如此。

浪漫多情的诗人徐志摩，与陆小曼成婚后，也在为了生活而尽心竭力。

1926 年 5 月，北伐战争开始。动荡不安下，徐志摩和陆小曼新婚宴尔的生活被迫中止，不得不移居上海。起初，住在上海环龙路（今南昌路）花园别墅11号，后又迁到福熙路（今延安中路）四明村923号，一幢上海滩老式石库门洋房，陆小曼租了一幢，每月的租金是银洋一百圆左右。这对徐志摩而言，是不小的负担，但他仍旧努力着。

婚姻的本质，就是两个人一起过生活，生活是什么？就是为了活着而衍生出的全部琐事。可是，难免会有矛盾和争执，所以才会有人说“婚姻是爱情的坟墓”，热恋时的甜蜜消失不见了，爱情被生活所累，变得无滋无味。

陆小曼对徐志摩爱得热烈，义无反顾与之结合，为了他甘愿背弃所有，但婚后却陷入了迷茫之中。她曾向好友王映霞倾倒苦水：“照理讲，婚后生活应过得比过去甜蜜而幸福，实则不然，结婚成了爱情的坟墓。”徐志摩是浪漫主义诗人，他所憧憬的爱，最好处于可望而不可即的境地，是一种虚无缥缈的爱。一旦与心爱的女友结了婚，幻想泯灭了，热情没有了，生活便变成白开水，淡而无味。

徐志摩也有同感，越发厌倦婚后的生活，他说：“我想在冬至节独自到一个偏僻的教堂去听几折圣诞的和歌，但我却穿上了臃肿的戏袍登上台去客串不自在的腐戏。我想在霜浓月淡的冬夜独自写几行从性灵暖处来的诗句，但我却跟着人们到涂蜡的舞厅去艳羡仕女们发金光的鞋袜。”

爱情教会他们勇敢地迈入婚姻，可真的走进了这座“围城”，却又深感乏味苦涩。《式微》中的夫妻二人，只求温饱而已，能够回家相聚就足够满足，或许就是志摩与小曼都不懂得惜福。

后来，雪上加霜的是，徐志摩的父亲徐申如对陆小曼的忍耐达到极限，不再为他们提供经济支持，失去了父亲的经济来源，徐志摩不得不身兼数职，来维持妻子所中意的生活。他同时在光华大学、东吴大学、上海法学院、南京中央大学以至北平北京大学等到处兼课，偶有闲暇还要写诗文赚稿费。上海、南京两地来回奔波，顾不得片刻休息。

1930年秋，徐志摩受胡適之邀，任北京大学教授，兼北京女子师范大学教授，他希望陆小曼与他一同北上，奈何她执意不肯，只好作罢。夫妻二人分居两地，徐志摩只能不停往返于上海、北京两地，为了节约时间和路费，他常常会选择乘坐别人的免费飞机。陆小曼担忧安全性，徐志摩宽慰道：“你也知道我们的经济条件，你不让我坐免费飞机，坐火车可是要钱的啊，我一个穷教授，又要管家，哪来那么多钱去坐火车呢？”

始料未及的是，陆小曼的担忧竟成了真正的悲剧。1931年11月18日，徐志摩本来打算乘张学良的福特式飞机回北京，但临行前接到张学良的通知，说因事改期。当晚，林徽因在北京协和小礼堂有一场关于中国古代建筑的讲演，徐志摩为了能不耽误，便搭乘了一架邮政机飞往北京。

因大雾影响，飞机于中午12时半在济南党家庄附近触山爆炸。据《新闻报》报道：“该机于上午十时十分飞抵徐州，十时二十分继续北行，是时天气甚佳。想不到该机飞抵济南五十里党家村附近，忽遇漫天大雾，进退俱属不能，致触山顶倾覆，机身着火，机油四溢，遂熊熊，不能遏止。飞机师王贯一、梁壁堂及乘客徐志摩，遂同时遇难。死者三人皆三十六，亦奇事也。”机上连徐志摩共三人，全部遇难。

对陆小曼而言，无异于晴天霹雳，她的悲伤看在郁达夫的眼里，他说：“悲哀的最大表示，是自然的目瞪口呆，僵若木鸡的那一种样子，这我在陆小曼夫人当初接到徐志摩凶耗的时候曾经亲眼见到过。其次是抚棺一哭，这我在万国殡仪馆中，当日来吊的许多徐志摩的亲友之间曾经看到过。陆小曼清醒后，便坚持要去山东党家庄接徐志摩的遗体，被朋友们和家里人死命劝住了。最后决定派徐志摩的儿子徐积锴（张幼仪所生）去山东接回。”

在徐志摩去世的一个多月后，陆小曼写下《哭摩》，来悼念自己挚爱的人，没有哭声却更感悲哀："我深信世界上怕没有可以描写得出我现在心中如何悲痛的一支笔。不要说我自己这支轻易也不能动的一支。可是除此我更无可以泄我满怀伤怨的心的机会了，我希望摩的灵魂也来帮我一帮，苍天给我这一霹雳直打得我满身麻木得连哭都哭不出来，浑身只是一阵阵的麻木。几日的昏沉直到今天才醒过来，知道你是真的与我永别了。摩！慢说是你，就怕是苍天也不能知道我现在心中是如何地疼痛，如何地悲伤！从前听人说起'心痛'我老笑他们虚伪，我想人的心怎么觉得痛，这不过说说好玩而已，谁知道我今天才真的尝着这一阵阵心中绞痛似的味儿了。你知道吗？曾记得当初我只要稍有不适即有你声声地在旁慰问，咳，如今我即使是痛死也再没有你来低声下气地慰问了。摩，你是不是真的忍心永远地抛弃我了吗？你从前不是说你我最后的呼吸也须要连在一起才不负你我相爱之情吗？你为什么不早些告诉我是要飞去呢？直到如今我还是不信你真的是飞了，我还是在这儿天天盼着你回来陪我呢，你快点将未了的事情办一下，来同我一同去到云外优游去吧，你不要一个人在外逍遥，忘记了闺中还有我等着呢！"

天色渐暗，他依旧在外为国君的事四处奔波着，心一旦有了归属和寄托，便有了继续前行的勇气。

随时随地在等待，等一个人回来，等爱情变得完整。

天涯地角有穷时，只有相思无尽处——《邶风·匏有苦叶》

匏有苦叶，济有深涉。深则厉，浅则揭。

有弥济盈，有鷕雉鸣。济盈不濡轨，雉鸣求其牡。

雝雝鸣雁，旭日始旦。士如归妻，迨冰未泮。

招招舟子，人涉卬否。人涉卬否，卬须我友。

葫芦藤上的叶子有苦涩的味道，济水不知深浅。水深的话就走慢一些，水浅的话就走快些。济水浩荡，上涨得很满，河岸两旁的丛野中雉叫个不停。水涨到一定程度，车轴浸不到，野雉求偶的鸣声此起彼伏。男子如果要迎娶新娘，要趁着河面尚未结冰的时候。船夫挥手招呼人们渡河，别人陆续上了船，我不争不抢，静静等待着恋人。

渡口旁，一位资色秀丽的姑娘静静地站着，出神地望向远方。她来此处不是为了渡河，而是等要娶她过门的心上人。微风袭来，裙角飞扬，她的心儿也飘向了心上人。等待，似乎是爱情中不可或缺的构成，静默之中，等一个人来许诺天长地久。

情深似海，如磐石坚定不移，即便是要跨过千山万水，也在所不惜。眼前的济水，浩浩荡荡，想要到达对面并不容易，而爱情也是如此，想要修成正果，终归是要经历一番磨难。姑娘等着、盼着，憧憬着未来的婚姻生活，他们会有一所属于自己的茅草屋，一起劳作，为生活操劳，不久的以后，还会孕育自己的孩子，一家人相伴相守，过着美满的生活。

姑娘立于河畔，她想了许许多多关于未来生活的画面，她会和心爱的人并肩到白头，子孙环绕在他们的膝下，直到他们年老体衰，平平淡淡地过一辈子。可是，她从年少想到年老，都没能盼来他的身影，他为何还没有出现？是什么耽搁了他的脚步？渡船来来往往，接送着渡河的男女老少，他们的步履不停，她的等待也不停。

想必每个姑娘都怀揣着一个出嫁的美梦，人生不过几十载的时光，婚姻生活占据了其中一大部分，所以嫁给谁就注定了生活的模样。姑娘的意中人一定是英俊挺拔的少年郎，他有宽厚的臂膀，温暖的手掌，以及一颗包容、宠爱她的心。

河水淙淙，姑娘望向对岸的人群，搜索着心上人的身影。她已经在这里站了许久，撑船的船夫问了又问，以为她要渡河。为了掩饰自己的本意，她蹲下身，假装在河边洗手。她等的时间越久，内心深处就越不安，因为他若是再晚些来，济水一旦封河，他们的婚事也就不得不向后拖延，这是她最不想要的结局。

婚事在即，她满心喜悦，可新郎迟迟不来，这让她又满心忧愁。就在焦急的等待中，她一边幻想着未来的生活，一边盼望着他早些来迎娶她，心中的情感矛盾地交织在一起。她恨不得乘船到对岸，直接去催促他快些，可她不能这样做，毕竟是女方，怎么能这么心急，让婆家如何看待自己。

甜蜜之中，亦有苦涩，这就是爱情，让人甘之如饴。她等了又等，在她等待的同时，不知有多少人乘着船来到了爱人的身边，而她只能眼巴巴地望着河的对岸，内心充满希望，可一次又一次换来的是失望。结婚自然要讲究仪式，姑娘恨嫁的心情可以理解。

民国结婚证书上的一段话："两姓联姻，一堂缔约，良缘永结，匹配同称。看此日桃花灼灼，宜室宜家，卜他年瓜瓞绵绵，尔昌尔炽。谨以白头之约，书向鸿笺，好将红叶之盟，载明鸳谱。"如此美好的爱情和婚姻，也就难怪姑娘会迫不及待。

爱情的模样千姿百态，有必经的坎坷周折，也有水到渠成的稳妥。

钱锺书与杨绛是在清华园内结识的，彼此一见钟情，第二年便举办了订婚仪式。杨绛回忆说："默存和我的订婚，说来更是滑稽。明明是我们自己认识的，明明是我把默存介绍给我爸爸，爸爸很赏识他，不就是肯定了吗？可是我们还颠颠倒倒遵循'父母之命，媒妁之言'，默存由他父亲带来见我爸爸，正式求亲，然后请出男女两家都熟识的亲友做男家女家的媒人，然后在苏州某饭馆摆酒宴，请两家的至亲好友，男女分席。因为我爸爸生病，诸事从简。"

这对天作之合，一切都进行得顺理成章。不用等待，没有焦虑，就是准备妥当好，接着开始新阶段。钱锺书和杨绛由情侣转变为夫妻的道路，平坦顺畅。而沈从文和张兆和的爱情，则多了些磨难。

沈从文文采斐然，但口才不佳，以至于他的课不受学生的欢迎。可就是这样一个不被学生喜爱的老师，却倾心于自己的学生张兆和。他深知自己言辞不佳，便以信传情，一天一封情书，风雨无阻。张兆和起初对沈从文提不起半点兴趣，对他的满腔热火也丝毫不关心，甚至受其所扰，便带着他的情书直奔校长室，向校长胡適告状："老师就这样对我。"胡適直言："他非常顽固地爱你。"张兆和更是坦诚说道："我非常顽固地不爱他。"

胡適惜才，愿意为沈从文和张兆和牵个红线。有了胡適的帮衬，沈从文的勇气更加足了。张兆和毕业后，便回到了自己的老家苏州，她前脚回去，沈从文后脚便跟了去，也没空着手，带了一大包文学名著。他壮起胆子，向张兆和告白："如果你爸爸同意，就早点让我知道，让我这个乡下人喝杯甜酒吧。"张兆和的父亲对沈从文印象不错，很是满意女儿与他的婚事。张兆和随后给沈从文发了一封简短的电报——“乡下人喝杯甜酒吧”，寥寥八个字，却让沈从文欣喜若狂。

沈从文爱得专一钟情：“我行过许多地方的桥，看过许多次数的云，喝过许多种类的酒，却只爱过一个正当最好年龄的人。”

可见，没有人能够对爱情免疫，无人能抵挡爱情的诱惑，一旦有情丝缠绕，就免不了有悲有喜。《匏有苦叶》中左顾右盼的姑娘，若是与沈从文相识、熟知彼此的故事，大概会相对一笑，原来你也被一个人迷得神魂颠倒。

狄更斯的《爱情高出一切尘世的考虑》，道出了爱情的真谛：

爱情高出一切尘世的考虑，
满意的小屋胜于无情的宫殿，
爱情所在，一切俱足。
爱人离开他心爱的对象便不能生活，
他过着既是两个人的，
又是半个人的生活。
爱人的心，
一定全部装着他心爱的那个人。
爱比恨更强而有力得多。
爱情能持之以恒才是一件好事；
可是，如果在别的方面没有恒心，
那么爱情的恒心也就一文不值了。
真爱究竟是什么？
是——盲目的忠诚，

死心塌地的低首，
绝对的唯命是从，
不顾自己，不顾一切，
无言不听，无言不信，
把整个心、肝、灵都交给你去主宰！
你是我灵魂的最后之梦！
爱假使过于强烈，就不会天长地久。

莎士比亚对爱情，也有深刻的见解：

不爱自己，怎么能爱别人?
婚姻是青春的结束，
人生的开始。
爱是温柔的吗?
它太粗暴、太专横、太野蛮了；
它像荆棘一样刺人。
真诚的爱情永远不是一条平坦的大道。
吻是恋爱生活上的一首诗。
爱的黑夜有中午的阳光。
如果说喜欢不需要理由的话，
那么憎恨也就不需要什么依据。
最甜的蜜糖可以使味觉麻木；
不太热烈的爱情才会维持久远；
太快和太慢，结果都不会圆满。

悲哀是爱情的证据。

但是，

深深的悲哀是判断力不足的证据。

日月轮回、春秋交替，过了一年又一年，为爱痴狂的男男女女数不胜数，他们前仆后继，为爱沉沦，或是惶恐不安地等待着，或是心安理得地享受着，或悲或喜。

为伊消得人憔悴——《周南·卷耳》

采采卷耳，不盈顷筐。嗟我怀人，寘彼周行。

陟彼崔嵬，我马虺隤。我姑酌彼金罍，维以不永怀。

陟彼高冈，我马玄黄。我姑酌彼兕觥，维以不永伤。

陟彼砠矣，我马瘏矣。我仆痡矣，云何吁矣！

卷耳采了又采，不出半天的工夫就已经装满了一小筐。我惦念着心上人，无心再继续劳作，将小筐置于路边而不顾。

攀上陡峭的土石山，马儿已经累得精疲力竭。姑且先斟满金斛酒，来纾解分离的忧伤。

登上高高的山冈，马儿已经累得四肢无力。姑且先斟满酒杯，来纾解分离的悲伤。

艰难地行走在乱石冈上，马儿已经累得无法站立。仆人也身心俱疲，相思之愁满怀。

心中纵然有解不开的离愁别绪，他却依旧不得不继续远行，现实的不容反驳和内心的挣扎激烈地斗争着。《周南·卷耳》道出了一位女子对出门在外的丈夫悠长的想念。

先前，有“后妃怀文王”“文王怀贤”“妻子怀念征夫”“征夫怀念妻子”等说法，共同的一点就是单向地抒发感情。其实，换个角度来看，《周南·卷耳》四章中，第一章是以妻子的口吻抒发对丈夫的想念之情，后三章则是以丈夫的口吻来描述旅途的艰辛以及对妻子的思念。

妻子在劳作之时，念念不忘远行的丈夫，她将自己一天的战利品置之不顾，抑制不住满心的思念，身在此处，心儿却早就飞到了丈夫的身边，随他跨越千山万水。丈夫在旅途中倍感疲惫，想念守候在家中的妻子，愁上心头，只能借酒消愁。

朱熹《诗集传》云：“后妃以君子不在而思念之，故赋此诗。托言方采卷耳，未满顷筐，而心适念其君子，故不能复采，而置之大道之旁也。”

方玉润《诗经原始》云：“故愚谓此诗当是妇人念夫行役而悯其劳苦之作。圣人编之《葛覃》之后，一以见女工之勤，一以见妇情之笃。”“（一章眉批）因采卷耳而动怀人念，故未盈筐而‘置彼周行’，已有一往情深之概。”“（二三四章眉批）下三章皆从对面着笔，历想其劳苦之状，强自宽而不能宽。未乃极意摹写，有急管繁弦之意。后世杜甫‘今夜鄜州月’一首脱胎于此。”

世间万物，唯有感情可以超越生死，成为永恒的话题。后世的怀人之作，皆是承接着《周南·卷耳》而来，不为叙事，只为抒情。徐陵《关山月》：“关山三五月，客子忆秦川。思妇高楼上，当窗应未眠。星旗映疏勒，云阵上祁连。战气今如此，从军复几年。”张仲素《春归思》：“袅袅城边的垂柳，青青路旁的柔桑。提篮忘了把桑采，凝思昨夜梦渔阳。”杜甫《月夜》：“今夜鄜州月，闺中只独看。遥怜小儿女，未解忆长安。香雾云鬟湿，清辉玉臂寒。何时倚虚幌，双照泪痕干。”

有一种痛苦叫作想见却不能见，原本可以朝夕相伴、耳鬓厮磨，如今他正在旅途中颠簸，久久没有音信，叫人如何放心得下？知其风餐露宿，不知其身体可好，担忧之情、相思之苦在不断积聚。妻子自是不愿丈夫远行，可这岂是丈夫的决定，他也不过是听命于国家，纵然是有百般不情愿，也不得不顺从。

战火弥漫，他的安危得不到保障，她在后方日夜祈祷上天的眷顾。对于国家而言，他不过是渺小的一个人，但对于她而言，他就是全世界，是她活着的信仰。一旦他遭遇不测，还会有人顶替他的岗位，接替他的工作，而他所在的家庭则会支离破碎，多么残酷的现实。

动乱之中，有一对小夫妻，相隔两地，却心意相通，思念着彼此。此时此刻，妻子的内心独白是：我正在野外劳作，采摘了满满一筐的卷耳，天空正蓝，阳光也明媚，可我的心却无法不想你。与此同时，丈夫的内心独白是：我正在行军赶路，道路坎坷曲折，周身疲惫不堪，烽烟四起，危险重重，可我的心却被思念占据。

泰戈尔有一首《敬礼佛陀的人》，揭露了日本侵略军在中国土地上所犯下的滔天罪行，战争的残酷令人不寒而栗：

战鼓敲起了。
人们勉强把自己面容扭成可怕的样子
咬起自己的牙齿；
在人们跑去为“死亡”的肉库
收集人肉以前，
他们整队到佛陀，那大慈大悲者的庙宇里，
祈求他的祝福，
战鼓正在隆隆地敲
大地颤抖着。
他们祈求成功；

因为他们在割断爱结，
把旗子插在荒凉的家园的灰烬上，
蹂躏了文化中心
和“美”的龛座，
把他们走过的绿野和闹市的
道路用鲜血染红了之后，
必定会引起哭泣与哀号，
因此他们整队到佛陀，那大慈大悲者的庙宇里，
祈求他的祝福，
战鼓正在隆隆地敲
大地颤抖着。
他们要以凯旋的号角来标点
每一千个被杀害的人数，
来引起魔鬼的笑乐，当他看到
妇孺的血肉淋漓的肢体；
他们祈求他们能以“不真”
来蒙蔽人们的心灵
来毒害神明的甜柔呼吸的气息，
因此他们整队到佛陀，那大慈大悲者的庙宇里，
祈求他的祝福，
战鼓正在隆隆地敲，
大地颤抖着。

远在千里之外的丈夫，身处险境，作为妻子要如何才能安心。纵观古今，

战争从未远离人们的视线。一位普通的美国妇女，原本拥有幸福美满的婚姻生活，他们走过热恋步入婚姻，平淡之中，安稳且有趣。

直到有一天，她的丈夫应征入伍，跟随军队前往越南战场，自此便再也没能回来。她无法接受丈夫阵亡的事实，直到年老病逝，守着他们的爱孤独终老。在她去世后，女儿整理她的遗物时，偶然发现了她写给亡夫的一首短诗——《但是，你没有……》："记得那天，我借用你的新车，我撞凹了它，我以为你一定会杀了我的，但是你没有。记得那天，我拖你去海滩，而它真如你所说的下了雨，我以为你会说'我告诉过你'，但是你没有。记得那天，我和所有的男人调情好让你嫉妒，而你真的嫉妒了，我以为你一定会离开我，但是你没有。记得那天，我在你的新地毯上吐了满地的草莓饼，我以为你一定会厌恶我的，但是你没有。记得那天，我忘了告诉你那个舞会是要穿礼服的，而你却穿了牛仔裤，我以为你一定要抛弃我了，但是你没有。是的，有许多的事你都没有做，而你容忍我钟爱我保护我，有许多许多的事情我要回报你，等你从越南回来，但是你没有。"

但是，他没有。读来不禁让人潸然泪下，他做了许许多多爱护她的事，兑现了钟爱于她的承诺，可是，他却没能按照答应过她的那样，从战场上回来。

无论是黄皮肤、黑眼睛的中国妇女，还是白皮肤、蓝眼睛的美国妇女，在爱情这件事上，并没有不同。

"我寄愁心与明月"，就让皎洁的明月捎去我的思念，当你举头望明月的时候，明月会代我向你诉说我的满腹相思。情深似海敌不过命运，造化弄人，偏偏就让他们分离。

汉乐府《饮马长城窟行》，道出了丈夫远行在外的惦念，反复叮咛着妻子："客从远方来，遗我双鲤鱼。呼儿烹鲤鱼，中有尺素书。长跪读素书，书中竟何如？上言加餐食，下言长相忆。"

晁补之《御街行待命护国院，不得入国门，寄内》，"锦城乐事，不关愁眼，何似还家早”，有任务在身，无奈只好辜负这良辰美景，人生的一大乐事便是能够早早回家与妻子团聚。

唐代苏颋《春晚紫微省直寄内》，作为当朝重臣高官，晚上有公务在身，不能回家：“别离不惯无穷忆，莫误卿卿学太常。”

唐代权德舆《祗役江西路上以诗代书寄内》，“辛苦事行役”，还不忘写长诗给妻子，细数羁旅情状，末尾叮咛“春江足鱼雁，彼此勤尺素。早晚到中闺，怡然两相顾”，常常写信，我很快就回来啊！

宋代刘兼《江楼望乡寄内》，“蜀笺都有三千幅，总写离情寄孟光”，月夜望乡，思念贤妻。唐崔融《塞上寄内》，“春风若可寄，暂为绕兰闺”。唐彭伉《寄妻》，“不须化作山头石，待我堂前折桂枝”，你不用化作望夫石，我很快回来陪你赏花了。唐代孟郊《别妻家》，才离开妻子，就开始思念，“鸳鸯卷新赠，遥恋东床空”“孤云目虽断，明月心相通”。

拿破仑是法国革命的领袖，他残酷无情，以铁腕横扫千军。然而，他也并非铁石心肠，对妻子约瑟芬也有柔情似水的一面。新婚不久后，拿破仑就被迫离开家，重回战场，前往前线指挥部队。几个月的别离中，他不断以书信传情，用薄薄的信纸承载着他深深的思念，送到妻子的手上。

1796 年 7 月 17 日，他在信中写道：“自从与你分别，我时常郁郁寡欢。我的幸福就是能与你相依。我不断在记忆里重温你的爱抚、你的泪水、你深情的挂念。世上没有人能同你相比，你的魅力总会在我心中燃起熊熊烈火。我何时才能摆脱所有挂虑、所有恼人的担忧，和你共度生命中的每分每秒，向你证明，我只需要爱你，只需要想着向你诉说爱意时的幸福之感。”

“世纪伟人”爱因斯坦，对于科学有着严谨的精神，看似呆板木讷，实则也有动情之处。他致信玛加丽塔：“我收不到你的来信，了解不到你的近况，我一直在苦苦地思索，如何才能解决这个棘手的问题。尽管人们都说我聪明无比，可是，我对此百般无奈。最近，我给自己洗了一次头发，但不是很成功。我没有你那么细心。这里的一切都让我想起你：‘阿尔玛加’披肩、字典、精美的烟斗——我们曾认为它已经丢失了。这个隐居小屋，我的寂寞巢穴的一切小事物，都让我想起你。”

汤显祖《牡丹亭·第一出·蝶恋花》中：“忙处抛人闲处住，百计思量，没个为欢处。白日消磨肠断句，世间只有情难诉。玉茗堂前朝复暮，红烛迎人，俊得江山助。但是相思莫相负，牡丹亭上三生路。”

慌乱不安的年代，总让爱情受委屈。有人等，有人念，就是最大的幸福，切记好好珍惜。

情人怨遥夜，竟夕起相思——《郑风·东门之墠》

东门之墠，茹藘在阪。其室则迩，其人甚远。

东门之栗，有践家室。岂不尔思？子不我即。

东门附近有一个广场，山坡长满茜草。他家离我近在咫尺，他人却与我遥不可及。

东门附近种有板栗，房屋毗邻又整齐。我岂会不想你？只是你不肯与我亲近。

“衣带渐宽终不悔，为伊消得人憔悴。”为了一个人，竟苦了自己。

皇甫松《采莲子》：“船动湖光滟滟秋，贪看年少信船流。无端隔水抛莲子，遥被人知半日羞。”姑娘看到心仪的男子，激动不已，忘了矜持为何物，直接抓起一捧莲子扔向他，被人发觉后，害羞了半天。

古来就不乏直率的姑娘，不管你对我的态度如何，我都要表明我的态度。明恋或是暗恋，两情相悦或是一厢情愿，都没关系，就是无缘无故地喜欢他。

单相思是最折磨人的，愉快是因他而起，痛苦也是因他而起。“你要往哪走，把我灵魂也带走，她为你着了魔”，接受我或者拒绝我，全由你做主，但放弃你还是继续爱你，则是由我做主，苦和甜我一并承担。

天大地广，却偏偏爱上了一个不爱自己的人。武侠小说虽说只是虚构，但艺术来源于生活。比如《笑傲江湖》中，令狐冲对小师妹，仪琳对令狐冲，总有一个人爱而不得；比如《射雕英雄传》中，对郭靖一往情深的华筝，微笑着说：“郭靖，你去找她罢，只要我活着，我总是在这草原上等你！”对他百般包容，对自己却万分残忍，这就是单相思。

林燕妮写的一篇散文名叫《一见杨过误终身》，其中有一段讲得甚好：“遇上一个很有魅力、令自己魂牵梦萦的人，是毕生的安慰，然而，得不到他，却是毕生的遗憾，除却巫山不是云，没有人比他更好，可是，他却永远不能属于自己，那唯有拥着他的记忆过一生了！”

来来往往，本就要遇见许多人，形形色色，脾气秉性迥然不同的人，可谁知道遇到了他，却有如此大的魔力，潜移默化中改变了她的人生。

西贝的《路人》，单相思的人读罢，怕是要泪流满面：

不知为何，明明想和你说话。
却骗你说，风雨正好，
该去写点诗句。

不必嘲讽我，你笑出声来，
我也当是天籁。
不必怀有敌意，你所有心计，
我都当是你对我的心意。

我的宿命分为两段，
未遇见你时，和遇见你以后。

你治好我的忧郁，而后赐我悲伤。

忧郁和悲伤之间的片刻欢喜，

透支了我生命全部的热情储蓄。

想饮一些酒，让灵魂失重，好被风吹走。

可一想到终将是你的路人，

便觉得，沦为整个世界的路人。

风虽大，都绕过我灵魂。

“多情总被无情恼”，可只是自己闷着，对她实在恼不起来。《射雕英雄传》中，嚣张跋扈的欧阳克，诡计多端，总是找郭靖麻烦，可他也是真的钟情于黄蓉。

欧阳克低声道：“黄姑娘，多谢你相救。我是活不成的了，但见到你出力救我，我是死也欢喜。”黄蓉心中忽感歉疚，说道：“你不用谢我。这是我布下的机关，你知道吗？”欧阳克低声道：“别这么大声，给叔叔听到了，他可放不过你。我早知道啦，死在你的手里，我一点也不怨。”

“一点也不怨”，就是你在我的世界里，可以蛮横无理、胡作非为。可惜啊，落花有意，流水却无情，更残忍的是黄蓉对欧阳克无情，对心上人靖哥哥是一百个多情。

姑娘与心上人毗邻而居，明明相隔不远，却又好似隔着天涯。他的身影时常出现在她的视线中，时不时还能听到他与其他人交谈，如此真切地出现在面前，可他不接受她的爱，就如同王母娘娘的金簪一划，他们之间就隔着难以逾越的银河。她不怪他，被爱的人何须道歉？从未真正拥有过他一秒钟，可为什么，心中却承受了无数次失去他的痛苦和悲伤？

郭沫若曾翻译过一首《红玫瑰》，诗中写了一个人爱得那么热烈，其实他的心上人也同样如此，只是没有回应的热烈，到头来只落得满身伤痕罢了：

吾爱吾爱玫瑰红，
六月初开韵晓风；
吾爱吾爱如管弦，
其声悠扬而玲珑。
吾爱吾爱美而姝，
我心爱你永不渝，
我心爱你永不渝，
直到四海海水枯；
直到四海海水枯，
岩石融化变成泥，
只要我还有口气，
我心爱你永不渝。
暂时告别我心肝，
请你不要把心耽！
纵使相隔十万里，
踏穿地皮也要还。

茨威格《一个陌生女人的来信》中有一段独白："我的心紧张得像根琴弦，你一出现，它就颤个不停。我的心始终为你而紧张，为你而颤动；可你对此毫无感觉，就像你口袋里装了怀表，你对它绷紧的发条没有感觉一样。这根发条在暗中耐心地数着你的钟点，计算着你的时间，以它听不见的心跳陪着你东奔西走，而你在它那嘀嗒不停的几百万秒当中，只有一次向它匆匆瞥了一眼。”

一个人只有一颗心脏，也只能装下一个人，一旦爱上了某人，其他所有人就成了摆设，变得无关紧要。

川端康成的《伊豆的舞女》，文中少年对舞女的暗恋，刻画得如此细腻，原来爱情就在细碎的情景之中埋下了伏笔。

“我就这样和舞女面对面地靠近在一起，慌忙从衣袖里取出了香烟，舞女把摆在她同伙女人面前的烟灰缸拿过来，放在我的近边。我还是没有开口。”

“我在楼梯半当中坐下来，一心一意地观看那舞女在大门口的走廊上跳舞。我盘算着：当天在修善寺，今天夜里到汤岛，明天越过天城山往南，大概要到汤野温泉去，在二十多公里的天城山山道上准能追上她们。我这么空想着匆忙赶来，恰好在避雨的茶馆里碰上了，我心里扑通扑通地跳。”

“五子棋我下得很好，一般人下我不过。跟她下，用不着特意让一手，心里很愉快。因为只我们两个人，起初她老远地伸手落子，可是渐渐她忘了形，专心地俯身到棋盘上。她那头美得有些不自然的黑发都要碰到我的胸部了，突然她脸一红。”

“舞女规规矩矩地坐在饭馆的二楼上，敲着鼓。从这里看去，她的背影好像就在隔壁的厅房里。鼓声使我的心明朗地跃动了。”

正如张爱玲所说，暗恋一个人，会卑微到尘埃里。她迫不及待想要给他一切，后来才发觉，自己或许什么都可以给，偏偏他什么都不想要。

斯人若彩虹，遇上方知有。

多情总被无情恼——《郑风·遵大路》

遵大路兮，掺执子之祛兮，无我恶兮，不寁故也！

遵大路兮，掺执子之手兮，无我魗兮，不寁好也！

沿着大路向前走，拉扯着他的衣袖，可不可以不要生我的气，不要抛弃情分而与我分手。

沿着大路向前走，紧紧握着他的手，可不可以不要嫌弃我，不要抛弃往日的恩爱。

《遵大路》简单明了，他不爱了，要就此分手。至于缘由，诗中没有直言，但明显是心意已决，甚至不顾她的苦苦哀求。聚散终有时，爱情也不能避免。

清代陈震《读诗识小录》评曰："上二句有风萧水寒之气，下二句见倾心吐胆之情，音曼而悲，此《离骚》之开山也。"牛运震《诗志》评曰："恩怨缠绵，意态中千回百折""相送还成泣，只三四语抵过江淹一篇《别赋》"，都对这首诗给予了极高的评价。

一条大路蜿蜒向远方，一男一女出现在画面中，男子自顾自向前走，姑娘则是拼了命地拉扯，恳求他留下来，哀求他不要分手。他的决然和她的无助构成了整首诗的感情基调，她悲怆的哭泣声，穿透千百年的光阴，让我们也为之动容。

想要留住一个决心要走的人、一颗决意要走的心，谈何容易。曾经的浓情蜜意不假，如今的狠心决然也是真，爱着爱着就走散了，往日的热情不再，即便留下来也是一种折磨。

她不管不顾地哭诉着，泪水模糊了视线，却不肯松开手放他走，求他回心转意留下来，多年的情分岂能说断就断，她还深爱着，他怎能置她于不顾。痛苦、挣扎，淹没了她，秀丽的脸庞挂满泪珠，头发凌乱着，全然不顾自己的形象。

“不要嫌弃我，不要丢下我”，一句话反反复复，她渴望能够打动他、说服他，只要他肯重归于好，她愿意收敛自己的坏脾气，以后和和美美、安安稳稳地过日子。只要他能给她一次机会，她一定不会再让他失望，这是她目前唯一想要达成的心愿。

全诗停留在姑娘的哭诉声中，他们是否和好如初，是否过上了惬意美满的日子，后续的故事一概不得而知。或许他狠下心，甩开她紧握的手，大步流星地走远了，结束了这段感情，一切定格在她孤单的身影上。又或许他心软了，本意就是吓唬一下她，惩罚一下她，既然她知道错了，那就没必要再强硬下去，望着她哭红的双眼，他痛在心上。

商子秦写了一首《唱给失恋者的歌》，权当是对失恋之人的慰藉吧：

哦，不要弹泪，不要哀伤，
让分手和相识一样自然……
也许，本来是两条溪流，
偶尔相逢在一道上山涧。

相逢未必相互情愿，
两岸紧逼的，是崖、是山。
并肩冲出幽长的山谷。
流上平原，地坦天宽。
你还要走，奔向大海，
她却要缓步，回流塘堰。
分手就分手吧，不要留恋。
也许，本来是两颗星星，
偶尔相逢在一个天文时间。
相逢并非相互吸引，
两条轨道，恰恰有一个交点。
相逢是因为运行的规律，
分手同样是生活的必然。
两条轨道都有各自的方向，
你向东北，她向东南……
分手就分手吧，不要遗憾。
也许，分手会给你留下痛苦，
理智毕竟不能代替情感。
愿那长长的失眠和短暂的哀叹，
不要像缆，系住你生命之帆
生活中不会只有分手，
就像大自然不会只有夜晚。
有分手就会有新的相逢，
只要你没有遗失生命的航帆。

如果感到孤独就唱起歌吧，

我的歌，永远是你忠实的伙伴。

恋人之所以会吵架，往往是由于彼此用情至深，但凡琐碎的小事都可能引发争执。两个人视彼此为最亲密的人，愈是重视对方，就愈是容易产生矛盾。人是奇怪的动物，对普通朋友格外宽容大度，对自己的恋人却吹毛求疵，处处挑剔。大概是因为确信彼此的感情，所以才会将自己最真实的情绪展现出来，无所顾忌，也就难免会伤人心。

世界上没有不吵架的爱情，面红耳赤很正常，但底线是不轻易说分手，相爱相知太难得，对彼此多一分宽容和忍让，别让爱你的人红了眼眶。

南宋徐照有一首《妾薄命》:“初与君相知，便欲肠肺倾。只拟君肺肠，与妾相似生。徘徊几言笑，始司非真情。妾情不可收，悔思泪盈盈。”可悲可叹，却无法挽回。

彭玉麟，是晚清赫赫有名的将领，是湘军的领袖，人称“雪帅”，中兴四大名臣之一，与曾国藩、左宗棠并称“大清三杰”。铁血之人，也不乏儿女情长。

幼时，彭玉麟居住在安徽老家，与一个名叫梅姑的姑娘是青梅竹马。梅姑本名竹宾，是彭玉麟外祖母的养女，按照辈分，彭玉麟要唤她姑姑。两个人自小一起长大，两小无猜，但彭玉麟的母亲王氏却不能容忍这段感情，以八字不合为由，生生拆散了这对有情人。梅姑被迫嫁给了一户姚姓人家，彭玉麟则娶了邹氏为妻。

经此一别，两个人陪伴在其他人身边，平静如水地各自生活。只是，伤口从未愈合，婚后的生活冷冷淡淡，彭玉麟“每谈家事为之叹息”。几年后，梅姑因难产亡，彭玉麟惊闻此事后，痛不欲生，可当时他征战疆场，无法抽身，便立誓等战事结束后，立即辞官返乡，用余生来祭奠她。四十余年的时光中，他画了上万幅梅花图，世称“兵家梅花”，与郑板桥的“墨竹”并称清代的“书画双绝”。

他在梅花图上的题诗，也与梅花有关：“三生石上因缘在，结得梅花当蹇修”“无补时艰深愧我，一腔心事托梅花”“颓然一醉狂无赖，乱写梅花十万枝”“我家小苑梅花树，岁岁相看雪蕊鲜。频向小窗供苦读，此情难忘二十年。一生知己是梅花，魂梦相依萼绿华。别有闲情逸韵在，水窗烟月影横斜。自从一别衡阳后，无限相思寄雪香。羌笛年年吹塞上，滞人旧梦到潇湘。”

光绪十六年，彭玉麟因病去世，生前不能与之相守，死后他也并不寂寞，因为有十万梅花陪葬，他该不会觉得孤独。

痴情的人何其多，阿尔弗雷德·德·缪塞也是其中之一。他是法国赫赫有名的诗人、小说家和戏剧家。他深爱着女作家乔治·桑，然而最终却被乔治·桑抛弃，他的心被痛苦撕裂，有感而发写下著名的“四夜组诗”，即《五月之夜》《十二月之夜》《八月之夜》和《十月之夜》，以及自传体小说《一个世纪儿的忏悔》，将痛失所爱的复杂情感落在了纸面上。

缪塞虽惨遭抛弃，却不记恨任何人，更无悔于爱过她，他在《回忆》里写道：

糊涂虫啊！你们的麻木不仁的心灵
能摆脱人间桎梏的就是在这一刹那，
这易逝的一刹那是你们整个生命；
根本不要恨它！
……

这可怜的爱情啊，当初在夜深人悄，

我们多么温柔地抚弄在我们心头！

它的幻灭岂仅是一个生命的勾销，

简直是一个宇宙！

普希金有一首《爱的尽头》，描写的

难道一切都无法挽留？

是否一切都到了尽头？

我们曾敞开心扉排解了彼此多少忧愁

而如今的争吵取代了交流

是我们彼此太了解

以至厌倦

还是我们彼此太陌生

以至疏远

这悬崖边不断破裂的爱呀

因为不忍停下的足步而坍塌

忘了她吧

眼泪只会弄湿翅膀

只要心灵足够宽广

其实随时都可以飞翔

即使这颗心早已坠落深伤

“自春来、惨绿愁红，芳心是事可可。日上花梢，莺穿柳带，犹压香衾卧。暖酥消，腻云亸。终日厌厌倦梳裹。无那。恨薄情一去，音书无个。

早知恁么。悔当初、不把雕鞍锁。向鸡窗、只与蛮笺象管，拘束教吟课。

镇相随，莫抛躲。针线闲拈伴伊坐。和我。免使年少，光阴虚过。”

所幸，就痛痛快快爱一场，莫教光阴虚度。可如果不得不分手，那就“一别两宽，各生欢喜”，揪着不放只会伤了彼此的情意。

第五章

我守你百岁无忧

直道相思了无益——《郑风·褰裳》

子惠思我，褰裳涉溱。子不我思，岂无他人？狂童之狂也且！

子惠思我，褰裳涉洧。子不我思，岂无他士？狂童之狂也且！

如果你爱我、想念我，那么就快提起衣服蹚过溱水来见我。如果你不想念我，难道就不会有别人中意于我了吗？你可真是个傻小子！

如果你爱我、想念我，那么就快提起衣服蹚过洧河来见我。如果你不想念我，难道就不会有别人钟情于我了吗？你可真是个傻小子！

男欢女爱，实力相当才好，彼此匹配，不会有人始终蛮横无理，也不会有人长久居于弱势。势均力敌的爱情，才更容易天长地久，也能尽量避免为了一个负心汉寻死觅活，哭断心肠。

女生向来患得患失，期盼地久天长，又唯恐中途变了心意，所以才会使尽浑身解数，去考验爱情。安全感，一部分来自于他，一部分则来自于本心的安稳和强大。你若爱我，我便一心一意，你若不爱我，那就一拍两散、一别两宽。

《郑风·褰裳》中的姑娘，绝非唯唯诺诺的弱女子，她在有意识地去主导感情，纵然心怀深情，但话也说得明明白白，她需要他的爱，却又并不完全指望着他。两情相悦最好，若是她一厢情愿，她宁可了断这份感情。

在溱洧之畔，她等待着爱人前来相会，她踱来踱去，迟迟没能见到他的身影，心生焦虑，唱和着“子惠思我，褰裳涉溱”，催促他快些来。较之《诗经》中其他等候多时的姑娘，她不是一味地伤心，幻想着她的情郎是否移情别恋等，而是骄傲地说：“子不我思，岂无他人？”你不爱我，岂会没有其他人来爱我？言外之意，我希望你同我爱你一般爱我，但是如果你做不到，那么我也可以撤回我的感情。

本就是你情我愿的事，何必苦苦纠缠？天地广大，何愁找不到一个真心真意的人好好爱一场？姑娘豁达通透，没有陷在爱情里挣扎，爱得起，也放得下。

爱他的同时，往往容易让自己自卑，越是自卑就越是不安，整个人的情绪也会受之影响而多心多疑，这是普天之下的常态。可并不值得推崇，女生也可以爱得洒脱不羁。

萧红，被誉为“20世纪30年代的文学洛神”，学者林贤治对她赞誉有加：“萧红确实是一个不折不扣的理想主义者。在中国现代文学史上，萧红是继鲁迅之后的一位伟大的平民作家。她的《呼兰河传》和《生死场》，为中国大地立传，其深厚的悲剧内容，以及富于天才创造的自由的诗性风格，我以为是唯一的。”

萧红审视自身时，坦言：“我一生最大的痛苦和不幸，都是因为我是一个女人。”毫不夸张地说，她的一生充斥着悲伤。在她三十一年的人生中，与三个男人有过感情的纠葛，可没有一个人爱她始终如一。我妄自认为，薄情的男人固然可恨，但终归到底，是自己的选择，好在她能及时止损，小心翼翼地保护着自己已经伤痕累累的心。

女人就是如此，为爱而生，为爱沉醉。他欢喜，她便欢喜；他忧愁，她便忧愁。一旦沾染爱情，她才深切领会到，原来自己的喜怒哀乐可以与他人捆绑在一起。

她对他可谓用情极深，“当他爱我的时候，我没有一点力量，连眼睛都张不开”。如果说小矛盾和小摩擦还是萧红能够忍受的曲折，那么萧军“爱便爱，不爱便丢开”，四处拈花惹草、旁逸斜出的弊病，是她难以容忍的。

女人可以凭着一颗红心对抗物质上的贫瘠，却无法原谅男人在感情上一而再、再而三的背叛和灵魂上的出走。我们爱着一个人，自然也希望这个嘴上说着深爱我们的男人，不是口是心非。

萧红与萧军同居五年多，有过欢天喜地，也有过痛到绝境，她的心在颤抖、在流血，他却置若罔闻，依旧我行我素，一时间脾气爆发，更是大打出手，将萧红打得鼻青脸肿，哪还有半点疼惜。若是一个男人真的爱你，怎会不心疼你？

1936 年，萧红为自己“悲哀的心”写下《苦杯》，“已经不爱我了吧！尚与我日日争吵，我的心潮破碎了，他分明知道，他又在我浸着毒一般痛苦的心上，时时踢打。往日的爱人，为我遮蔽暴风雨，而今他变成暴风雨了！让我怎来抵抗敌人的攻击，爱人的伤悼。”

萧军以四溢的热情给新欢写情诗，他抗拒不了少女的红唇，所以到头来，两个人的事情变成一个人的无可奈何，浓情蜜意变成她的凄风苦雨。往昔的蜜糖转眼变成了砒霜，杀得她措手不及。

绝望在她的胸口堆积，“我不是少女，我没有红唇了。我穿的是厨房带来油污的衣裳”。他曾经给予她的庇护是无可替代的，而如今带给她的伤害也是难以泯灭的，“我幼时有一个暴虐的父亲，他和我父亲一样了”。

感情的挫败需要时间来化解，她在努力从泥沼中摆脱出来。

由于鲁迅的关怀备至，来到上海的萧红和萧军，在文坛已算是小有声誉，衣食住行不可同日而语，生活上的富足却没能让感情更加稳固。

1935 年底，萧红在鲁迅的支持下，出版《生死场》，一时间声名鹊起，鲜花和掌声如潮水般涌来，可情劫依旧，面对感情中的心酸，再多文字都显得苍白无力。

她想要改变目前的不顺心，却有些力不从心。徘徊在冷清的街头，风的冷比不上她心头的寒意。除此之外，鲁迅就成了她诉苦的对象。胡风的妻子梅志在鲁迅家见过萧红，随后在《爱的悲剧——忆萧红》里回忆道，“形容憔悴，脸都像拉长了。颜色也苍白得发青”。

女人是感性至上的动物，萧红更是如此，敏感细腻的神经成就了她的文学素养，也带给她蚀骨的伤。她深知，感情里不存在感同身受，她的委屈和不甘心，即便说出来，也只是给自己多添一道伤疤而已，不断地重复，换不来久违的释怀，更换不来负心汉的浪子回头。

一个人跌跌撞撞地走在路上，免不了需要友情的宽慰，每每在爱里受了伤，都是朋友陪伴在身边，陪她一起吹冷空气。只是朋友总归不是万能的，那些淤积在心中的纠结，不是三言两语的吐槽抱怨之后就可以消散的。

她要挣脱，要改变。1936 年 7 月，不胜折磨的萧红决定与萧军暂时分开一段时间，她要去日本，放他自由，也让自己好好冷静一下，将游离在外的理智拉回来，无论如何，不要在盛怒之下做决定。

只身来到日本，一个人的寂寥大大加重了感情的苦闷，她仍旧念着远在国内的爱人，泛滥成灾的思念让她抓狂，她邮寄给他的信件仍布满牵挂和惦念，她问候他的健康和起居，即便分隔两地，她的爱意未减。

他呢？在她离开的间歇，与他俩共同的好友许粤华腻到了一起。能击溃女人防线的伤害，不是天崩地裂、日月无光，是爱人日积月累的细微变化，他的心已经在悄无声息间走远，留下她一个人暗尝落寞绝望，无处躲藏。

1937 年初，萧红带着未能痊愈的创伤回到上海，新仇旧怨让她的心绪反复跌到谷底，无谓的拉扯让两个人都耗尽力气。萧红在萧军眼里，与其他寻常女人早已没有区别，“她可以毁灭一切的同情”。

她爱得热烈奔放，恨起来同样可以毅然决然。可她拿得起放得下，爱恨不过是过眼云烟，当一个男人不顾你的款款深情时，离开他、重新开始，是对自己最好的交代。低到尘埃里的爱情是不牢靠的，谁愿意一直匍匐在爱人的脚下，做那随时可以被放弃的草芥。

不是天造地设的一对，却能够白头偕老的爱情，一定是愿意互相忍让、包容的两个人。

1937 年秋，萧红和萧军在武汉结识端木蕻良，据好友蒋锡金回忆，端木没有住处的时候，还曾跟萧红夫妇在一张小床上挤了一晚。端木蕻良曾就读于清华历史系，是斯文秀气的书生模样，与粗犷豪放的萧军形成鲜明的对比，更让萧红动心的是，他对她的仰慕是那样真诚。

"恨不相逢未嫁时。"她在端木的书桌上写下此句，并亲口念给他听。她的心有了新的归所。1938 年初，萧红竟然发现自己怀孕了，孩子的父亲是萧军，可她决定与萧军分手。她爱得太累、太痛，终于下定决心，让一切在此刻结束。1938 年春，萧红与端木蕻良回到武汉，开始同居生活，并将婚礼定于 5 月下旬。

女人向来优柔寡断，最深的牵绊是舍不得。当旧情不在，又有什么值得留恋的?

萧红是萧红，她的爱浓烈得化不开，外人如何指手画脚，如何品头论足，她皆不在乎，她是为了自己活在人世间。她爱，就全身心去爱。她不爱，就斩断情丝说再见。

如此果敢决然的女子，配得上她想要的幸福。

《简·爱》中，简·爱与罗彻斯特相爱，简·爱答应了他的求婚，原本是有情人终成眷属的美满，却不料在婚礼前夜，简·爱偶然发现一个陌生的女人正在披戴她的婚纱。

第二天，当婚礼在教堂有条不紊地进行时，突然有人站出来做证，罗彻斯特已经在十五年前就结婚了，发妻便是简·爱看到的那个女人，她被关在三楼的密室里。按照法律规定，简·爱与罗彻斯特是无法结婚的，遗留的历史问题让简·爱痛苦，最终她决心与罗彻斯特一刀两断。在一个狂风暴雨的夜晚，简·爱离开了自己的爱人。

当简·爱在误会罗彻斯特喜欢一位美貌且多金的女士时，坦言："你以为我会无足轻重地留在这里吗？你以为我是一架没有感情的机器人吗？你以为我贫穷、低微、不美、渺小，我就没有灵魂、没有心吗？你想错了，我和你有同样的灵魂、一样充实的心。如果上帝赐予我一点美、富足的财产，我就要你难以离开我，就像我现在难以离开你一样。我现在不是以社会生活和习俗的准则和你说话，甚至也不是通过血肉之躯同你说话，而是我的灵魂同你的灵魂在对话，就仿佛我们两人穿过坟墓，站在上帝脚下，彼此平等——本来就如此！"

简·爱同《褰裳》中的姑娘一样，才不是一味隐忍、只懂得抹眼泪的傻姑娘。

冯延巳有《长命女》云："春日宴，绿酒一杯歌一遍。再拜陈三愿：一愿郎君千岁，二愿妾身常健，三愿如同梁上燕，岁岁长相见。"长相厮守，钟爱一生，是每个姑娘的渴求，正如雨果所说"真爱的表现，在男孩身上是胆怯，在女孩身上是大胆"，为了爱情，女人往往比男人更大胆。

爱情千姿百态，可最令人向往的是舒婷《致橡树》中所渴望的状态：

我如果爱你——
绝不像攀援的凌霄花，
借你的高枝炫耀自己；
我如果爱你——
绝不学痴情的鸟儿，
为绿荫重复单调的歌曲；

也不止像泉源，
常年送来清凉的慰藉；
也不止像险峰，
增加你的高度，衬托你的威仪。
甚至日光。
甚至春雨。
不，这些都还不够！
我必须是你近旁的一株木棉，
作为树的形象和你站在一起。
根，紧握在地下；
叶，相触在云里。
每一阵风吹过，
我们都相互致意，
但没有人，
听懂我们的言语。
你有你的铜枝铁干，
像刀、像剑，也像戟；
我有我红硕的花朵，
像沉重的叹息，
又像英勇的火炬。
我们分担寒潮、风雷、霹雳；
我们共享雾霭、流岚、虹霓。
仿佛永远分离，
却又终身相依。

这才是伟大的爱情，

坚贞就在这里：

爱——不仅爱你伟岸的身躯，

也爱你坚持的位置，足下的土地。

并肩而立的爱情，以独立的人格、健全的心智去爱，有能力相互扶持，无论是思想还是灵魂，都扎根在一处，一同奋发向上，同甘共苦、荣辱与共，这才是理想的爱情，亦是伟大的爱情。

深情却不纠缠，是她留给自己和爱情的尊严。

给你的爱一尘不染——《邶风·静女》

静女其姝，俟我于城隅。爱而不见，搔首踟蹰。

静女其娈，贻我彤管。彤管有炜，说怿女美。

自牧归荑，洵美且异。匪女之为美，美人之贻。

娴雅的姑娘风姿绰约，在城上的角楼中等着与我相约。故意躲藏起来，我来回寻她的身影却怎么也找不到，急得直挠头。娴雅的姑娘千娇百媚，赠我一支红艳艳的笔。笔身明亮有光泽，我喜欢明眸皓齿的你。在郊外放牧时，她曾送我白茅草，散发着独特的美。不是白茅草自身美，而是因为赠送给我的人是她。

《静女》是《诗经》中典型的一首情诗，青年以真挚的口吻歌颂了心上人的美貌与德行，半叙事半抒情，穿插着温馨甜蜜的回忆，明快简洁，不拖泥带水。

莎士比亚《十四行诗》中坦言："请让我的诗篇做我的辩士，替我把缠绵的衷曲默默诉说，它为爱情申诉，并希求着赏赐，多于那对你絮絮不休的嚼舌：请学会去读缄默的爱的情书。""一想起你的爱使我那么富有，和帝王换位我也不屑于屈就。"爱上一个人，就是甘愿付出一切去换她的欢喜。

众人仰慕着她，他们争先恐后地献殷勤，只为博得她的欢心。试问，谁能躲过她的明媚？在宁静的郊外，她亭亭玉立，浅笑着将白茅草放在他的手中，木讷的他还没反应过来，她已经飘然而去，衣裙摆动宛若仙子。刚刚所发生的一切，让他如同身在梦境之中，他回过神来，才肯定这就是现实，他竟是女神的心上人。

那日，他们约好在城上的角楼中相见，他一路赶过来，恨不能生出一对翅膀，快些来到她身边。她可真是个古灵精怪的姑娘，故意躲在暗处，悄悄打探他的行踪，故意让他找不到自己。姑娘哪，看他心慌着急的样子，就不要再躲躲藏藏了，快些出来吧！

白茅草并不稀有，若要去寻，漫山遍野。她送来的这一根白茅草，还带着她手心的温度，是她赠予他的定情之物，是她心意的载体。他暗下决心，哪怕要背弃天下人，也绝不辜负她一片情深。那一根白茅草，是他们爱情的开始，她主动向前走了一步，那么剩下的距离就由他来完成吧，坚定地走向她，保护她、呵护她。

自古以来，先人们就好以信物定情，比如“江南无所有，聊赠一枝春”，一枝柳叶便可寄托情谊。正如“千里送鹅毛，礼轻情意重”，不要去在意贵重与否，应该珍视的是隐藏在信物中的情意。

梁武帝萧衍诗有“腰中双绮带，梦为同心结”，同心结是古代常见的信物。《诗源》中记载，文胄与邻妇姜氏相爱，文胄将一枚百炼水晶针作为信物送给姜氏，姜氏从履箱中取出连理线，贯双针，精心织成同心结，回赠予文胄。线有丝丝缕缕，凝结着连绵不绝的思恋。

宋代林逋有诗云“君泪盈、妾泪盈，罗带同心结未成，江头潮已平”；北宋诗人张先的《千秋岁》云“天不老，情难绝，心似双丝网，中有千千结”。一个“结”字，织成了“不舍心怀、情用牢结”的网，有情人甘愿被情网所束缚，安心继续自己的痴心故事。

唐代长孙佐转妻子作诗一首《答外》，她为戍边在外的丈夫编织了一个同心结，以寄托相思之情："征人去年戍边水，夜得边书字盈纸。挥刀就烛裁红绮，结作同心答千里。君寄边书书莫绝，妾答同心心自结。同心再解不心离，离字频看字愁灭。结成一衣和泪封，封书只在怀袖中。莫如书故字难久，愿学同心长可同。"

西汉班婕妤《团扇诗》云"新裂齐纨素，鲜洁如霜雪。裁为合欢扇，团团似明月"，团扇也常受人之托，承载着浓烈的感情。越国大夫范蠡为寻治国良臣，特来到诸暨城南苎萝山，贤良未见，却邂逅了正在浣纱的西施，四目相对之间清波流转，二人彼此倾心，并私定终身。西施用麦草编织成扇，并用一针一线将自己的容貌绣在扇芯上，并将此作为定情信物送给范蠡。西汉时期，人们将团扇视作纯洁爱情的象征，它如同一轮明月，指引着相隔万里的有情人前来欢聚、团圆。

戒指是从古至今一直沿用的定情物，用一个小指环轻轻套住你的心。南朝刘敬叔《异苑》中，沛郡人秦树在冢墓中与一女子婚合，临别之际，"女泣曰：与君一睹，后面无期，以指环一双赠之，结置衣带，相送出门"，以指环相托，睹物思人。古时，戒指作为定亲或定情信物，是不能随便戴的，尤其是未婚女子是不允许的。可见，文中的女子用情至深。

《太平广记》中，书生李章武与华州王氏子妇相爱，分别前，王氏子妇将白玉指环赠予李章武，并赋诗一首曰："捻指环相思，见环重相忆。愿君永持玩，循环无终极。"后来，李章武来到华州，却不见王氏子妇前来相聚，她变心了吗？不，她是太过想念爱人，在思念的折磨下，抑郁而终。她的魂不肯离去，与他神会于宅中。

他轻轻将戒指戴在爱人的手上，此刻是庄严而神圣的，这个小小的动作就是相守一生的承诺。可惜，有些人不懂，爱的时候义无反顾，不爱的时候便不顾一切。

《山海经》“青宜之山宜女，其神小腰白齿，穿耳以鐻”，是最早记录中国女性用耳饰装扮自己的爱美之举。《三国志》中诸葛恪认为：“穿耳贯珠，盖古尚也。”穿耳之举纵贯古今。耳饰有多种样式，比如耳丁、耳珰、耳环、耳坠等。

清初李笠翁的《闲情偶寄·生容》称“一簪一珥，便可相伴一生”，他将小巧精致的耳环称之为“丁香”，将繁复华丽的耳坠称之为“络索”。唐代张籍《节妇吟》诗云“还君明珠双泪垂，恨不相逢未嫁时”，虽有耳环作为信物，却哀叹着“恨不相逢未嫁时”，没能在对的时间、地点遇到对的人，终归还是错过了。

在中国汉族传统服饰中，人们会随身佩戴荷包，既可作为装饰，又可装些零碎的小物件。荷包的造型多种多样，有比较中规中矩的圆形、椭圆形、方形、长方形，也有独特的桃形、如意形、石榴形等；图样也多姿多彩，鸟兽鱼虫一应俱全，也有花卉、山水、人物、诗词文字。心灵手巧的姑娘们，常会在荷包上绣上一对鸳鸯，将其作为定情之物送给情郎。

辛弃疾词《祝英台近·晚春》中“宝钗分，桃叶渡，烟柳暗南浦”，纳兰性德词中“宝钗拢各两分心，定缘何事湿兰襟”都提到了宝钗，这也是古时常见的信物之选。那时，路远车慢，一别或许就是永远，所以常有赠别。姑娘会将头上佩戴的钗分为两半，一半赠给爱人，一半自己保留，到了重逢之日，再拼凑在一起。

《鼓吹曲词·有所思》中，姑娘与意中人分隔两地，为了以寄相思，她亲手打磨了一支玳瑁簪子，加上双珠、玉饰装饰它，一支簪子承载着她的整颗心。可惜的是，人心易变，“闻君有他心”，她没有试图去挽回一个已经变心的人，而是亲手毁了那支簪子，“拉杂催烧之，当风扬其灰。从今以往，勿复相思，相思与君绝”。既然你已不爱，那我也不会纠缠。

元代诗人姚燧有诗《虞美人·玉梳赠内子》，云“新妆又得水苍梳。人道秋风何物不琼踞”。他以玉梳为礼，赠予挚爱的妻子。古时有梳头的习俗，女子出嫁前，家人会为她悉心梳头，并念叨着“一梳梳到底，二梳白发齐眉，三梳子孙满堂”，每一梳都蕴含着美好的祝愿。

感情注于信物之中，一样样，一件件，都是解不开的情丝。

大诗人王维的四言绝句《相思》云：“红豆生南国，春来发几枝。愿君多采撷，此物最相思。”安史之乱，李龟年流落江南，王维将此诗赠予他，寄托了对友人深深的眷念之情。

郎有情，妾有意，以信物相托，结百年之好。

和你私奔到未来——《王风·大车》

大车槛槛，毳衣如菼。岂不尔思？畏子不敢。

大车哼哼，毳衣如璊。岂不尔思？畏子不奔。

穀则异室，死则同穴。谓予不信，有如皦日！

大车行走起来发出槛槛的声响，青色毛衣像嫩菼。难道是我不想你吗？怕的是你不敢。大车行走起来发出哼哼的声响，红色毛衣色如璊。难道是我不想你吗？怕的是你不敢同我私奔。生不能同床共枕，死便埋在一起。如果你不相信我说的话，有太阳为我做证。

门当户对，到底是不是爱情重要的前提？

《大车》中的姑娘，所爱之人拥有的社会地位，是她无法比拟的，换句话说，他们很难以对等的身份并肩而立。俊朗潇洒，尊贵威仪，天下何处再寻这样的男子来相爱。一个是高高在上的王子，一个是卑微到尘埃中的农家姑娘，看似平行的两条直线却有了交集。

《现代汉语词典》中，这样解释“私奔”一词：“旧时指女子私下投奔所爱的人，或跟他一起逃走。”主语单指女子，行为是私下，也就是偷偷地进行的。与司马相如私奔的卓文君，可谓中国女子与情郎私奔的第一人。

两颗心灵的对等才最重要，她固然身份低微，但并不能阻拦她爱与被爱。抛开名利，她也是拥有独立人格的人，有权与任何人相爱。

敬仰他的人品和学识，爱慕他的英俊和潇洒，她的爱是有理由的，也是毫无杂念的，与他的身世门第无关，与他的声名财富也无关。他不介意她贫贱，只要感情是对等的，便无关其他。但他的包容没能打动他的家人，父母之命尤为重要，若是没有父母的支持，就意味着会有重重阻碍。她不怕，她愿意为他忘记自己的姓名，甚至舍弃自己的性命，只要他敢于为了她放下一切，那么她就义无反顾，两个人私奔到一个陌生的地方，开始新生活。

他身着锦衣玉服，脸庞棱角分明，散发着英气。他的臂膀宽厚，抱她在怀里，给了她足够的安全感。

自古有“红颜祸水”一说，实际上，男人的帅也是会招来是非的，比如《世说新语笺疏》中记载的美男子潘安的故事：“潘岳妙有姿容，好神情。少时挟弹出洛阳道，妇人遇者，莫不连手共萦之。左太冲绝丑，亦复效岳游遨，于是群妪齐共乱唾之，委顿而返。”可见，千百年之前，人们就会“以貌取人”，对美与丑区别对待。

要怎么形容他带来的感觉呢？汪国真的《感谢》给出了答案：

让我怎样感谢你
当我走向你的时候
我原想收获一缕春风
你却给了我整个春天
让我怎样感谢你
当我走向你的时候
我原想捧起一簇浪花

你却给了我整个海洋
让我怎样感谢你
当我走向你的时候
我原想撷取一枚红叶
你却给了我整个枫林
让我怎样感谢你
当我走向你的时候
我原想亲吻一朵雪花
你却给了我银色的世界
让我怎样感谢你
当我走向你的时候
我原想收获一缕春风
你却给了我整个春天

原本，远远望着他就已经是无比幸福的事情，更幸福的是，他以爱回应了她的爱慕。灰姑娘穿上水晶鞋，乘坐着南瓜马车，参加了王子的舞会，他们翩翩起舞，互诉衷肠，这样的故事不单单是童话，也发生在现实中。

他没有因为自己的地位而自傲，相反，他谦逊有礼，对她爱护有加。她仰慕他的一切，而他还之以爱与尊重。他保护着她，免她悲伤，免她委屈，可万万没想到的是，最大的痛苦终究是要她来承受，而他竟是痛苦的根源。他的家庭拒绝接纳她，父母端出家长的威严禁止他们继续来往，云泥有别，岂能相伴。

对她来说，他是蜜糖亦是砒霜，爱恨皆由他而生。她心知彼此地位悬殊，可她甘愿冒着风险去爱他，她的勇气一半来源于自己，一半则来源于他。

《左传·文公十六年》记载，公子鲍“美而艳”，可见他的相貌是多么迷人。王姬已到中年，守寡多年，深宫之中，耸立的宫墙将她所生活的地方围成了牢狱一般，可想而知，该是多么寂寞孤独。王姬一见公子鲍，便心生欢喜，“欲通之”，但公子鲍却实在不想领这份情。

王姬听闻公子鲍素来喜好布施恩惠于国人，便投其所好，也跟着广施恩惠。公子鲍仍旧不买账，王姬心有不甘，一心想着讨他的欢心，反复思量后，决心将宋国的大好河山拱手相让。常听说英雄难过美人关的故事，英雄好汉为了美人而舍弃江山，王姬着实与众不同，魄力非凡，为了心仪的男子大可以连江山都舍弃了。昭公九年，宋昭公外出打猎，王姬趁机派人置宋昭公于死地，随后便直接立昭公的弟弟公子鲍登上王位。

有些人爱到无法无天。

张出尘原本只是隋朝权臣杨素的侍妓，常执红拂立于杨素身旁，因此得名“红拂妓”“红拂女”。李靖是唐朝的开国元勋，得封卫国公。天资聪颖，年少时便被赞“文武才略”，他的舅舅韩擒虎是赫赫有名的大将，闲暇之余常与李靖切磋兵法，甚至称赞李靖是唯一一个可以与他谈论孙武兵法的人。

唐太宗李世民赞扬李靖的武功乃“古今所未有”，李靖出则为将、入则为相，位高权重，颇受皇上器重，但他仍处处小心谨慎，时时谦恭低调。

张出尘与李靖相识时，李靖尚且是一个默默无闻的年轻人。当时执掌朝政的人是杨素，前来拜访他的人络绎不绝，来往的宾客皆是达官显贵，也不乏英雄豪杰。李靖身着布衣，来到杨素府中，就天下大势高谈阔论，就在他滔滔不绝的时候，站在杨素一旁的张出尘，已是芳心暗许。李靖身材健硕挺拔，玉树临风，言谈举止不俗，这等男子怎叫人不心动。

张出尘绝非忸怩的小女人，她对李靖一见倾心，既然没有机会当场表明自己的态度，便四处打听姓甚名谁、家住何处，问清楚后，张出尘直奔李靖暂住的旅馆，以身相许，决心与之私奔。只要和他在一起，天涯海角都不算远。

私奔，是伤风败俗之举吗？为了爱背负骂名，值得吗？对张出尘而言，和李靖在一起，就是她今生所愿，为了能够达成心愿，在所不惜。一个是“姿貌瑰伟”的美男子，一个是倾国倾城的美娇娘，英雄与美人心心相惜，可谓美谈。

唐贞观十四年（640），张出尘因病去世，这一年，李靖已到古稀之年，丧妻之痛难以承受，在痛不欲生中，他的身体也渐渐大不如先前。夫妻二人从偶然相识到结伴私奔，直至成家立业，相守几十年，人到晚年本就多愁善感，爱妻的去世让他情绪低落，始终难以从悲痛中抽身。贞观二十三年（649）春，李靖病危，四月，便与世长辞，享年七十九岁。

甘愿为爱浪迹天涯，他在哪里，心就在哪里安家。

《茶花女》是享誉中外的世界名著，女主人公玛格丽特出身农家，上帝赋予她美貌，她来到巴黎谋生，走投无路之下，沦落为一名妓女。她生病期间，阿尔芒每日都会前来询问她的病情，对她甚是关心，却不愿透露自己的姓名，只是默默地守护着她。直到玛格丽特在一次舞会上突然发作，阿尔芒再也按捺不住担心，不忍责怪她的粗心，却还是关切地叮嘱她要爱护自己的身体，并且坦白了对她的爱意。

玛格丽特尝遍人间冷暖，一颗心早就冷漠了下来，而阿尔芒让她重新拾起真情。在爱情的督促下，玛格丽特开始审视自己的生活，决心摆脱如今错乱的生活，与他一同回到乡下，享受清净自在的时光。玛格丽特对阿尔芒倾述“你是我在烦乱的孤寂生活中所呼唤的一个人”。

玛格丽特和阿尔芒租下了巴黎郊外的一所房子，为了筹备生活费用，玛格丽特私下典当了自己的金银首饰和马车，阿尔芒知道后，便将母亲留给他的一笔遗产转让，想要借此还清玛格丽特所欠下的债务。经纪人来信称需要他的亲笔签名，他便暂且离开玛格丽特重返巴黎。

原来是阿尔芒父亲迪瓦尔先生的调虎离山之计。他找到玛格丽特，让她不要耽误阿尔芒的大好前程，玛格丽特为了爱人，甘愿与他断绝关系。爱之深，最后宁愿牺牲自己，也要成全他更好的人生。

玛格丽特给阿尔芒写了封绝交信，随后回到巴黎，重操旧业。不明真相的阿尔芒，怀着满腔的愤懑与失落，随父亲回到家乡。

阿尔芒对玛格丽特由爱生恨，他又回到巴黎，准备报复玛格丽特。他找到玛格丽特，想方设法羞辱她，故意让她难堪，他辱骂她是没有良心、无情无义的娼妇，言语极尽不堪。玛格丽特明知是他误会了自己，却无法为自己辩解，只能劝他忘了他们的曾经，此生此世不要再见面。

阿尔芒终是抑制不住想要爱她的心，央求她与自己一同前往巴黎，去到一个陌生的地方，谁也无法找到他们，也就无法打扰他们，大可以安安静静地守护着爱情。玛格丽特违心地拒绝了他的提议，这让阿尔芒伤心欲绝。

“阿尔芒，不要再来折磨我了，你派人送来羞辱我的信我不会再看了。我在咳嗽，我发烧了。我想念你，想得要命，我想如果你在我的身边我一定会好起来的，但是，不可能有这一天了，我活着又有什么乐趣呢？”

“阿尔芒，自从与你分别，我便投入在炼狱中生活了。这炼狱终日黑暗无边、寒冷死寂。失去了你充满温暖与爱的阳光来照亮我的生命，我开始枯萎了。我失去了爱人、埋葬了自己的心，我不用再爱惜自己，那是完全没有必要的了，没有你，我活下去失去了意义！”

“我乞求上帝的怜悯，如果能让我在最后时刻再次见到你，抚摸到你的脸颊，亲吻到你的嘴唇，把眼泪最后一次滴在你的手上，如果能再次听到你热切痛惜和爱的呼唤，我最终将含笑而满足地在你的怀里闭上双眼，我多想带着你的体温上路，那样就不会成为一个孤魂。呵，阿尔芒，给你留下我的心吧，我把它留给你，我会尽力让我的灵魂多停驻一秒来注视你、祝福你，我的阿尔芒！”

“阿尔芒，生命可以结束，但我对你的爱是永不会结束的，我爱你！”

爱情如蜜糖，滋润人的心窝；爱情也如砒霜，能够让人生不如死。就这样私奔吧，既然选择相爱，那就别怕风雨兼程。

满身风雨来见你——《郑风·风雨》

风雨凄凄，鸡鸣喈喈。既见君子，云胡不夷。

风雨潇潇，鸡鸣胶胶。既见君子，云胡不瘳。

风雨如晦，鸡鸣不已。既见君子，云胡不喜。

风雨凄凄，鸡鸣不已。终于见到朝思暮想的君子，心绪烦乱如何停止。

风雨潇潇，鸡鸣不已。终于见到朝思暮想的君子，相思之意如何消退。

风雨如晦，鸡鸣不已。终于见到朝思暮想的君子，喜悦之情溢于言表。

狂风席卷着乌云呼啸而来，一个妇人独自在家，望着窗外的电闪雷鸣，她满心念着出门在外的丈夫，在这凄冷的雨夜，相思更平添了几分苦涩。忽然，鸡鸣不已，扰乱了妇人的心绪。

就在她不明所以的时候，挟裹满身风雨的丈夫推门而入，还没等妇人回过神来，丈夫已大步来到床前，宠溺地注视着妻子，四目相对间，流转着脉脉温情。如果相思是一种病，那么他就是解药。

前一刻，还是冷冷清清的雨夜；下一刻，就有了温馨的重逢。反复读来，心也跟着暖起来，在风雨中摇摆的茅草屋，为这对夫妻遮风挡雨，屋外与屋内完全是两种不同的光景，仿佛变幻了天地。他的归来，让她安稳舒心，狂风还是暴雨，忽然都变得可爱起来。

梁实秋在写给爱人韩菁清的信中，宽慰着她：“我恨上天，我恨命运，不让我们早几十年相遇！不过，你想想，人生苦短，几十年的时间总会匆匆过去，迟早还不是一样？眼前的一刹那，如果我们能完全切实地享受，那就是永恒，复有何憾。”他说得很对，若能切身感受到这一刻的温存，片刻也是永恒。

“倚遍栏杆，只是无情绪。人何处？连天芳草，望断归来路”，望眼欲穿，只为等一个人。望穿秋水的等待，像极了电影《胭脂扣》中的桥段，梅艳芳饰演的如花与张国荣饰演的十二少本约好要以死殉情，可阴差阳错的是，如花死了，十二少却还活着。

肉身已死，魂魄却仍念着共赴黄泉的誓言，她在尘世间孤独地徘徊着，一心等待着十二少如约而至。她笃信自己的爱人，不是背叛她，而是身不由己，或者只是没能及时找到她。等啊，等啊，半个世纪之久的岁月中，她一边等一边寻，只为与他重逢。功夫不负有心人，终于见到了魂牵梦萦的十二少时，一阵喜悦过后，如梦初醒，她心心念念着的爱人，背弃了他们的爱情，背弃了她。

她无畏死亡，不惧等待，但现实如此残酷，就算她已经成了孤魂野鬼，也难以接受。她已经等得足够久，久到人间都换了一番光景，她也被伤得足够深。思量许久，她终归是认头了，坚守换来的痛苦让她变得分外清醒，她将定情信物还给他，轻轻地说“谢谢你，我不想再等了”，放过他，也放过自己。

从生到死，倏忽之间，不过悠悠几十载，能用来痴痴等待的光阴并不长，况且有多少人不负等待？《风雨》中的女子，比如花多了几分幸运，同样是望断天涯路的等待，结局却迥然不同，一喜一悲，令人唏嘘感叹。

张九龄曾望月怀远，“海上生明月，天涯共此时。情人怨遥夜，竟夕起相思。灭烛怜光满，披衣觉露滋。不堪盈手赠，还寝梦佳期”。

宋代晁端礼《清平乐》:“朦胧月午。点滴梨花雨。青翼欺人多谩语。消息知他真否。兽炉鸳被重熏。故将灯火挑昏。最恨细风摇幕，误人几度迎门。”喜鹊站在树梢上叽叽喳喳叫个不停，久盼丈夫归家的妻子对灵雀报喜并不确信，虽然心知消息并不确切，但仍满怀期待。轻风吹过，门帷也随之摆动，声响惊扰了独处深闺的人，以为是远行的丈夫回来了，雀跃着走向门口，谁知只是一阵风动。落寞萦绕在心头，忍不住怪罪那“误人几度迎门”的“细风”。

唐代施肩吾的《望夫词》，与晁端礼的《清平乐》有异曲同工之妙，诗云:“自家夫婿无消息，却恨桥头卖卜人。”卜中说了归期，可归期已过，仍是许久没能听到丈夫归家的消息，失落之余，反而怨恨起桥头算卦的人。

温庭筠《望江南·梳洗罢》诗云:“梳洗罢，独倚望江楼。过尽千帆皆不是，斜晖脉脉水悠悠。肠断白蘋洲。”胡適曾说:“也想不相思，可免相思苦。几次细思量，情愿相思苦！”

白薇致杨骚的信中，恳切道:“你来！我们同游奇山，去洗温泉不好吗？早晚一块儿往群芳竞放的原野，在黄莺回啭的密林下散步不好吗？无论如何请来吧！我在等你。”

吴越王钱镠，寄给夫人的信中云:“陌上花开，可缓缓归矣。”字数不多，意境却深远悠长。吴越王钱镠的原配夫人是戴氏，横溪郎碧村是她生长的地方，虽出身农家，乡里乡亲却皆称赞其贤良淑德。嫁给钱镠后，追随丈夫南征北战，在担惊受怕中度日，风餐露宿是常有之事，她却无怨无尤。

最终，钱镠不负众望，成为一国之君，戴氏也就成为王妃。她在年少时便离家远行，饱受旅途坎坷之苦，但她心中始终惦念着父母亲朋，生活安稳下来之后，每年的春暖花开之际，她便返回家乡，与父母同住些时日，以弥补先前不能侍奉父母的遗憾。

钱镠坐拥江山，却不思美人，唯独钟情于年老色衰的发妻，始终将她放在心上。但凡戴氏在家待久了，他就忍不住写信给她聊表相思之情，不知她过得可好，也不知她何时归来，甚是想念。

从临安到郎碧，道路坎坷曲折，有一座必经的山岭，横亘在山峰和溪流之间，钱镠担忧夫人在此经过时的安危，便特意命人铺石修路，并且加设栏杆，这座山岭也因此而得名“栏杆岭”。人生能得一人如此爱护，夫复何求？

一年，又到了戴氏返乡探亲的日子，多日之后，远在杭州的钱镠忙于政务，闲暇之余；来到宫门外，望着凤凰山脚的西湖堤岸湖光春色、桃红柳绿，对夫人的相思之情油然而生。回宫后，便给夫人写了一封书信——“陌上花开，可缓缓归矣”，田间阡陌上的花开了，你可以一边赏花，一边慢慢地回来。

九个字而已，平实之中，满是厚意浓情。清代学者王士禛评价道：“‘陌上花开，可缓缓归矣’，二语艳称千古。”

后来，乡亲们将其编成山歌，名为《陌上花》，广为传唱。北宋熙宁年间，苏东坡任杭州通判，对钱镠敬佩有加，常来临安游玩，听到《陌上花》这首山歌后，有感而发，作了三首《陌上花》，其（一）云：“陌上花开蝴蝶飞，江山犹似昔人非。遗民几度垂垂老，游女长歌缓缓归。”其（二）云：“陌上山花无数开，路人争看翠軿来。若为留得堂堂在，且更从教缓缓归。”其（三）云：“生前富贵草头露，身后风流陌上花。已作迟迟君去鲁，犹教缓缓妾还家。”时光流转至今，钱镠与夫人的尸骨早已化为泥土，他们的爱情却历久弥新。

伏尔泰遭到监禁，他向爱人杜诺耶承诺“他们可以夺走我的生命，却无法夺走我对你的爱”。他致信杜诺耶，要与她在傍晚相见，“月亮一出来，你就要准备妥当，我将化装离开旅店，雇一辆马车或便车。我们会快速赶往斯赫维宁根，我会随身带好纸张和墨水，以备写信之用”。

“如果你爱我，那么就要沉下气。要鼓起你全部的勇气，保持绝对的冷静。小心别让你母亲有所察觉，带上你的画像。请你相信，即使他们用最可怕的刑罚来威胁我，也不能阻止我为你效劳。不，什么都不能使我们分离，我们的爱情建立在道德的基础上，它将与我们的生命共存。再见，为了你，我什么风险都愿去冒，你的价值比这要大得多。再见，我亲爱的心。”

如果有幸遇到一个甘愿为你忍受等待之苦，在爱你这件事上全力以赴的人，请你念及这份感情可贵，不要辜负了她。怀揣着情深意切的人，不该受凄风冷雨之苦。愿天下被人等待之人，速速归。

别去听说——《郑风·将仲子》

将仲子兮，无踰我里，无折我树杞。岂敢爱之？畏我父母。仲可怀也，父母之言，亦可畏也。

将仲子兮，无踰我墙，无折我树桑。岂敢爱之？畏我诸兄。仲可怀也，诸兄之言，亦可畏也。

将仲子兮，无踰我园，无折我树檀。岂敢爱之？畏人之多言。仲可怀也，人之多言，亦可畏也。

我的仲子哥，你别翻过我家大门，别折断我家柳枝。难道是我心疼柳枝？是畏惧我的父母，担心他们责备于我。我心心念念着你，但父母的话，我心有畏惧，不得不听。

我的仲子哥，你别翻过我家墙头，别折断我家桑树。难道是我心疼桑树？是畏惧我的兄长，担心他们责备于我。我心心念念着你，但兄长的话，我心有畏惧，不得不听。

我的仲子哥，你别翻过我家菜园，别折断我家檀树。难道是我心疼檀树？是畏惧我的邻里，担心他们责备于我。我心心念念着你，但邻里的话，我心有畏惧，不得不听。

原来千百年前，就已经有“人言可畏”，流言蜚语足以令人畏惧。姑娘的情意，再直白不过了，她有心与情郎相会，奈何人多口杂，无论是父母、兄长还是邻里，都对她有震慑作用，她身不由己，也不能由心。

姑娘的语气中带着小小的哀怨，但按捺不住“仲可怀也”的相思。她的举止受一众人的监督，但她的言语却大胆地表露了心声：“我天天想你念你，只不过担心被父母兄长责备，所以才不能与你相会，你要明白我的苦衷，体谅我的难处……我很想你。”她痴情一片，但却有满心的顾虑，大环境不允许她光明正大地去恋爱约会，可爱情在她的心中发了芽，只好偷偷地想念。

爱情是无法遭到禁锢的，它流淌在人们的血脉中，遇到命中注定的那个人，灵魂便会觉醒。仲子是姑娘的情郎，他们情意相投，可许久不见心爱的姑娘，他耐不住相思情深，便悄悄爬上墙头，只为向她望一望。

姑娘发现了蹑手蹑脚的情郎，嗔怪他翻越墙头、踩坏了菜园，然而这轻声细语分明不是责怪，她不在乎桑树和檀树，她担心的是家中的父母兄长严厉的斥责，以及邻里邻居的闲言闲语。她何尝不想他，她盼望着能走出家门和他相会，只要和他在一起，何时都是良辰，何地都有美景。但是，她无法忽视别人的指责，所以不得不小心翼翼地隐藏着心事，不敢轻易迈出大门一步，更没胆量与他私会。

谨慎对待爱情，这是值得推崇的，正因为珍视感情，才理应慎而又慎，不是儿戏，所以时刻保持着理性。然而，姑娘目前所处的环境，过于理性。当人们刚刚走出部落社会，尚且不懂礼教为何物，人们相亲相爱全凭个人心意，从被称为“淫奔之词”的《诗经·郑风》中便可探究一二。

对于婚恋，人们无拘无束，可春秋战国时期，对待婚恋的态度则明显有了转变，孟子曰：“不待父母之命，媒妁之言，钻穴隙相窥，逾墙相从，则父母、国人皆贱之。”可见，“父母之命，媒妁之言”开始干预择偶，严加看管子女，新的婚恋观也由此逐渐形成。在一家之中，父母好比天地，他们的话一言九鼎，女儿无权反抗，少了多少自由，也就多了多少悲剧。

东汉末年建安年间，一位妻子的血泪哭诉道：“十三能织素，十四学裁衣。十五弹箜篌，十六诵诗书。十七为君妇，心中常苦悲。君既为府吏，守节情不移。贱妾留空房，相见常日稀。鸡鸣入机织，夜夜不得息。三日断五匹，大人故嫌迟。非为织作迟，君家妇难为！妾不堪驱使，徒留无所施。便可白公姥，及时相遣归。”

她就是庐江府小吏焦仲卿的妻子刘氏，因始终没能讨得婆婆的欢心，被赶回娘家，对丈夫一往情深，立誓孤身终老，但娘家人一再相逼，让她再嫁与他人。她反抗不得，被逼无奈下，只好投水自尽。丈夫焦仲卿听闻妻子的死讯后，万念俱灰，“徘徊庭树下，自挂东南枝”，他也选择了死亡。

在刘氏返回娘家之前，丈夫向她许下诺言：“贺卿得高迁！磐石方且厚，可以卒千年；蒲苇一时纫，便作旦夕间。卿当日胜贵，吾独向黄泉！”她心中怆然，回应道：“何意出此言！同是被逼迫，君尔妾亦然。黄泉下相见，勿违今日言！”既然生不能相守，那么就同赴黄泉，在地下做长久的夫妻吧。

他们生前，没能得到家人的理解和支持，死后终是感动了双方父母，“两家求合葬，合葬华山傍。东西植松柏，左右种梧桐。枝枝相覆盖，叶叶相交通。中有双飞鸟，自名为鸳鸯。仰头相向鸣，夜夜达五更”。

尽管《将仲子》没有表明结局是喜是忧，但所受到的阻挠却同样来自于外界。父母兄长本是最亲近的人，却一再横加干涉，他们自以为正确，顽固地恪守着礼教，殊不知，在此之前，爱情没有这般复杂。或许，父母是出于对子女的关爱，为子女计深远，然而正是这种以爱之名毁了多少爱情，拆散了多少有情人，又有多少对夫妻是由于父母的摆布而陷入困境。

父母、诸兄、人之多言，亦可畏也。一句话，道出了她的担忧和害怕，她不愿爱情面临两难的境地，她是真的害怕。在礼教的约束下，人性遭到扼杀，想爱而不能爱，可爱情岂会受人的控制，一旦埋下爱情的种子，就无法阻止爱情的生长。当爱情不可得的时候，便是碰撞及毁灭。

朱丽叶和罗密欧的故事说出来都是眼泪。以朱丽叶父亲为首的卡普雷提家族和以罗密欧父亲为首的蒙特家族，是意大利维罗那互相敌对的家庭，父辈之间的恩怨却牵扯到两个相爱的年轻人身上，他们的爱在死亡中得以永恒。

莎士比亚不惜笔墨大力描绘了一对有情人的缠绵悱恻，直率而真挚。

夜深人静之时，朱丽叶望着天上的明月，忍不住自言自语道："罗密欧啊，罗密欧！为什么你偏偏是罗密欧呢？否认你的父亲，抛弃你的姓名吧；也许你不愿意这样做，那么只要你宣誓做我的爱人，我也不愿再姓卡普雷提了。罗密欧，抛弃了你的姓名吧；我愿意把我整个的心魂，赔偿你这一个身外的空名。"

罗密欧的爱也不甘示弱："那么我就听你的话，你只要把我叫作爱，我就有了一个新的名字；从今以后，永远不再叫罗密欧了。"

朱丽叶的表白："俊秀的蒙太古啊，我真的太痴心了，所以也许你会觉得我的举动有点轻浮；可是相信我，朋友，总有一天你会知道我的忠心远胜过那些善于矜持作态的人。"爱让娇羞的姑娘卸下了防备，放下了矜持。

正如罗密欧离开前痛苦的独白："这是酷刑，不是恩典。朱丽叶所在的地方就是天堂；这儿的每一只猫、每一只狗、每一只小小的老鼠，都生活在天堂里，都可以瞻仰到她的容颜，可是罗密欧却看不见她。污秽的苍蝇都可以接触亲爱的朱丽叶的皎洁的玉手，从她的嘴唇上偷取天堂中的幸福，那两片嘴唇是这样的纯洁贞淑，永远含着娇羞，好像觉得它们自身的相吻也是一种罪恶；苍蝇可以这样做，我却必须远走高飞，它们是自由人，我却是一个放逐的流徙。"

"啊，朱丽叶，你就是我的太阳！"当阳光不再，他便也失去了活着的意义和勇气，所以以死殉情，用生命和鲜血谱写一篇真爱的乐章，是累世的仇恨葬送了他们的爱情，是至亲至爱的人亲手夺去了他们的生命。

有禅语：“夫士之生，斧在口中；所以斩身，由其恶言。”言虽轻，但句句可化作利刃。

阮玲玉死前，给人世间留下四个大字——“人言可畏”，人言夺去了她生的勇气，她生前活在流言蜚语的痛苦中，死后又有谁能真切体会她的挣扎和彷徨。不实的报道铺天盖地，人们选择随意相信虚假，却忽视了被报道所掩盖的真相。你听说了她的故事，你是做何感想，持何种态度？会不会相信她的清白？或许你会，但在她所生存的年代，人们用人言杀死了她。“人言可畏”，道出了她的绝望和无可奈何。

阮玲玉的绝望和《将仲子》中姑娘的焦虑同出一辙，她们畏惧流言，却总有人在恶意中伤。说三道四的人，从她的痛苦中获得满足，的确很可怕。

但是，唱和着“仲可怀也”的姑娘，多了几分执着，她思念着自己的情郎，明知父母会反对，仍大胆地表白心意。她不是舍不得那树木，也不是对他毫无念想，只是担心父母的责骂和训斥，害怕邻居在背后多言多语。一半是在安慰他，一半是在说服自己，怕归怕，爱归爱，她还不想早早放弃。

但丁《神曲》中说：“你为什么要停下来呢？他们的窃窃私语与你何干？你要跟紧我的步伐，让人们去谈论吧！你要坚定自己的信念如一座高塔，不因暴风而倾斜才对，一个人若因他人的想法而远离所追求的目标是最可惜的，你懂吗？”

是啊，他人说三道四又如何？人言可畏，畏的是天理与人情，若是没有做伤天害理之事，就该堂堂正正地去追求自己的归属。

岁岁花开一忆君——《小雅·菁菁者莪》

菁菁者莪，在彼中阿，既见君子，乐且有仪。

菁菁者莪，在彼中沚，既见君子，我心则喜。

菁菁者莪，在彼中陵，既见君子，锡我百朋。

汎汎杨舟，载沉载浮，既见君子，我心则休。

我蒿郁郁葱葱，生长在山坳中。已经与君子相见，仪表堂堂。

我蒿郁郁葱葱，生长在小洲中。已经与君子相见，心中喜不自胜。

我蒿郁郁葱葱，生长在丘陵中。已经与君子相见，赐我千百朋贝币。

杨木舟在水面荡漾，随着波涛自由自在地漂流着。已经与君子相见，我的心里乐无忧。

菁菁的萝蒿是他们感情起承转合的见证者。在山坳中，与他初次相遇，他从容淡然，没有多余的情绪。回到最初相识的时刻，她尚未留意内心的悸动，而再次相遇，则唤醒了她的身心，无意或是刻意，总之彻底改变了她的命运。

我蒿肆无忌惮地生长着，连同她丝丝缕缕的情意，在不经意间已然占据了她的心扉。正统礼教约束着她，对他有意却不敢言明，在静默处独自欢喜。后来，他与她相约相见，追随着他的脚步，心乱如麻，言语不多，却满心欢喜。一次次的相见后，他们的关系更进一步，不再只是普通朋友。

情到深处，再短暂的分别都会叫人如坐针毡。

菁菁的莪蒿，在岁月中生长着，古往今来，依旧能勾起情人的回忆。《诗经》之中，有最纯粹朴实的爱情。

清代袁枚著有一部诗歌美学和诗歌理论著作——《随园诗话》，其中记载着这样一件小事："晖远寄家信，误封白纸。妻答诗曰：'碧纱窗下启缄封，尺纸从头彻尾空。应是仙郎怀别恨，忆人全在不言中。'"意为郭晖远从远方给爱妻寄来一封家书，凑巧错放了一张白纸进去，纸面上空无一字。妻子看罢，便知晓了丈夫的心意，取笔在素笺上写道："碧纱窗下启缄封，尺纸从头彻尾空。应是仙郎怀别恨，忆人全在不言中。"

戴望舒《烦忧》，忧从何来，是因为一个爱而不得的人：

说是寂寞的秋的清愁，
说是辽远的海的相思；
假如有人问我的烦忧，
我不敢说出你的名字。
我不敢说出你的名字：
假如有人问我的烦忧，
说是辽远的海的相思，
说是寂寞的秋的清愁。

晋干宝《搜神记》："战国宋国韩凭夫妻殉情而死，两冢相望，宿昔之间，便有大梓木生于二冢之端，旬日而大盈抱，屈体相就，根交于下，枝错于上。又有鸳鸯雌雄各一，恒栖树上，晨夕不去，交颈悲鸣，音声感人。宋人哀之，遂号其木曰‘相思树’。相思之名，起于此也。”

清屈大均《广东新语》：“红豆本名相思子，其叶如槐，荚如豆。子夏熟，珊瑚色，大若芡实，微扁。其可以饲鹦鹉者，乃蔬属藤蔓子，细如绿豆，而朱裳黑啄，结实甚繁，乃篱落间物，无足贵也。其木本者，树大数围。结子肥硕可玩。”

明徐霞客《徐霞客游记·粤西游日记四》：“思豆树高三四丈，有荚如皂荚而细，每枝四五荚，如攒一处，长一寸而大仅如指。子三四粒缀荚中，冬间荚老裂为两片，盘缩如花朵，子犹不落。其子如豆之细者而扁，色如点朱，珊瑚不能比其彩也。余索的合许。”

王维有诗云：“红豆生南国，春来发几枝。愿君多采撷，此物最相思。”

“井底点灯深烛伊，共郎长行莫围棋。玲珑骰子安红豆，入骨相思知不知。”

“罗带惹香，犹系别时红豆。泪痕新，金缕旧，断离肠。”

“江南红豆相思苦，岁岁花开一忆君。”

凝聚了千百年的相思之情也蹁跹而至，点点滴滴，深深浅浅，因漫长岁月的打磨和沉静时光的沉淀，那原本铁马冰河般激烈的情感渐渐变得温和而细腻，思念的细水长久地流淌，安安静静，温温柔柔，宛若清晨摇曳着树丫的枝干，黄昏吹拂的玫瑰色的风。

林淑华是封建家庭中的千金小姐，而徐惠民出身贫寒，在给林淑华做家庭教师时，两人深深地相爱了。然而横亘在他们之间的除了贫富的差距，还有吃人的封建礼教。

心高气傲的徐惠民在林淑华家人的侮辱和林淑华的爱中痛苦地挣扎，最终决定一定要在上海出人头地，他选择了在圣约翰大学读医科，一路走来分外艰辛，而林淑华为了爱的承诺苦苦地等待了八年，却只换来两年的相守。

徐惠民的离世留给林淑华一生的追忆，她用手中的笔记下了他们爱情的点点滴滴，于是《生死恋》的结集出版，既是对他们爱情的纪念，也实实在在是民国时期绝版的爱情白皮书。

获得爱情后的冰心写下了她生平难得一见的爱情诗：躲开相思 / 披上裘儿 / 走出灯明人静的屋子 / 小径里明月相窥 / 枯枝——/ 在雪地上 / 又纵横地写遍了相思。

你永远不知道会在哪个不经意的时刻，与谁偶遇，然后命运也随之改写。爱情没有事先准备好的剧本，只有随缘、随心。

守不住的爱——《陈风·月出》

月出皎兮，佼人僚兮。舒窈纠兮，劳心悄兮。

月出皓兮，佼人懰兮。舒忧受兮，劳心慅兮。

月出照兮，佼人燎兮。舒夭绍兮，劳心惨兮。

明亮的月光洒在地上，映照着你秀丽的脸庞。你婀娜多姿的身影，牵动着我的愁绪！

皎洁的月光洒在地上，映照着你秀丽的脸庞。你娴雅舒缓的身影，牵动着我的忧愁！

月光普照大地，映照着你秀丽的脸庞。你优雅的身影，牵动着我的忧愁！

日月与天地同寿，它们高悬于空中，亘古不变。是谁从默默无语的月光中，发现了千头万绪？

焦竑《焦氏笔乘》认为：“《月出》见月怀人，能道意中事。太白《送祝八》‘若见天涯思故人，浣溪石上窥明月’，子美《梦太白》‘落月满屋梁，犹疑照颜色’，常建《宿王昌龄隐处》‘松际露微月，清光犹为君’，王昌龄《送冯六元二）‘山月出华阴，开此河渚雾，清光比故人，豁然展心悟’，此类甚多，大抵出自《陈风》也。”姚舜牧《重订诗经疑问》也认为：“宋玉《神女赋》云：‘其始进也，皎若明月舒其光'，正用此诗也。”

可见，是《月出》的诗人率先发现了月亮的含情脉脉，月光清冷，却蕴含着无限的情意。后世之人，追寻着先人的脚步，产生强烈的感情共鸣，月光常在，历久弥新。

千言万语的情愫，皆可说与月亮听，它不说话，却知晓一切。

薛涛《月》：“魄依钩样小，扇逐汉机团。细影将圆质，人间几处看。”一位弃妇的相思，酿成苦涩的酒，伴着月光，一饮而尽。

张九龄《望月怀远》诗云：“海上生明月，天涯共此时。情人怨遥夜，竟夕起相思。”遥望同一轮明月，是否能够感知同样的相思？

牛希济《生查子》诗云：“新月曲如眉，未有团圆意。红豆不堪看，满眼相思泪。终日劈桃瓤，仁儿在心里。两朵隔墙花，早晚成连理。”兜兜转转，总是脱不开相思，明月相思，红豆也相思。

李冶《明月夜留别》诗云：“离人无语月无声，明月有光人有情。别后相思人似月，云间水上到层城。”明月默默无语，望着大地上的离人，丝丝缕缕的月光映衬着离人的惆怅。月亮从来不说话，铺满大地的月光就是它的话语，诉说着它的情思。

《古诗·明月何皎皎》诗云：“明月何皎皎，照我罗床帏。忧愁不能寐，揽衣起徘徊。客行虽云乐，不如早旋归。出户独彷徨，愁思当告谁！引领还入房，泪下沾裳衣。”爱人不在，月光则守护着每一个被相思折磨的人，可清冷的月光更是平添了几分伤感，该如何说、如何做？

千丝万缕的相思成了铺满大地的月光，那些无人可诉的思念，大可以说与月亮听，它虽然沉默着，一言不发，却以温柔的月光拥抱着饱受相思之苦的人们。

我将情意寄予明月，正如邓丽君的《月亮代表我的心》，一首小情歌唱出了恋人的缠绵："你问我爱你有多深，我爱你有几分，我的情也真，我的爱也真，你问我爱你有多深，我爱你有几分，我的情不移，我的爱不变，月亮代表我的心，轻轻的一个吻，已经打动我的心，深深的一段情，叫我思念到如今，你问我爱你有多深，我爱你有几分，你去想一想，你去看一看，月亮代表我的心。"

相思之外，思乡盼团圆，羁旅生涯的惆怅，月亮也懂。

孟浩然《宿建德江》诗云："移舟泊烟渚，日暮客愁新。野旷天低树，江清月近人。"

吕本中《采桑子》词云："恨君不似江楼月，南北东西，南北东西，只有相随无别离。恨君却似江楼月，暂满还亏，暂满还亏，待得团圆是几时？"

王建《十五夜望月》诗云："中庭地白树栖鸦，冷露无声湿桂花。今夜月明人尽望，不知秋思落谁家？"

惆怅无处排解的时候，抬头望一望明月，孤独寂寞便得到了安抚。一轮明月，承载着游子和军旅之人的思乡之情。

月亮属于全人类，月亮所承载的绵绵情意也相同，无论古今中外。

夏尔·皮埃尔·波德莱尔，法国19世纪最著名的现代派诗人，象征派诗歌的先驱者，他有一首《月亮的哀愁》，情浓意浓，缠绵悱恻：

今夜，月亮进入无限慵懒的梦中，
像在重叠的垫褥上躺着的美人，
在入寐以前，用她的手，漫不经心
轻轻将自己乳房的轮廓抚弄，
在雪崩似的绵软的缎子背上，
月亮奄奄一息地耽于昏厥状态，
她的眼睛眺望那如同百花盛开

向蓝天里袅袅上升的白色幻象。
有时，当她感到懒洋洋无事可为，
给地球上滴下一滴悄悄的眼泪，
一位虔诚的诗人，厌恶睡眠之士，
就把这一滴像猫眼石碎片一样
闪着红光的苍白眼泪收进手掌，
放进远离太阳眼睛的他的心里。

世间的人们将相思哀愁一股脑儿寄托在月亮身上，那么，月亮的愁思又该如何排遣呢？

台湾地区诗人舒兰，曾有一首《乡色酒》，浓浓的相思，淡淡的乡愁：

三十年前
你从柳树梢头望我
我正年少
你圆
人也圆
三十年后
我从椰树梢头望你
你是一杯
乡色酒
你满
乡愁也满

“举杯邀明月”，共饮一杯酒，带着乡愁的味道。

在佛教中，将新月和满月出现之时，认作充满力量和神威的时刻，许多节日便与此相关，用来纪念佛在满月时的觉悟。

《大乘理趣六波罗蜜多经》卷第八：“复观此定犹如满月，一切妄想犹若浮云，又此正定如清凉风，能除虚空一切云翳，朗然清净光明照曜，一切有情见皆生喜。如是满月光明庄严，能施有情清凉安乐。如是静虑清凉之风，能除性空妄想云翳。正定满月出现世间大悲光明，能除有情诸烦恼热，使得清净安乐涅槃。”

印度学者认为，月亮之神是位男性，他长有四只手臂，一只手持权杖，一只手持长生不老的仙露，一只手拿着莲花，一只手始终处于防御状态。他所驾驭的三轮战车，由羚羊或十匹白得像茉莉花的马拉动。

日本的月亮，则是美丽的月亮公主，她有一个唯美的名字——“辉夜姬”，她在月亮上诞生，随后落入凡间。

在古希腊神话影响下，欧洲形成了独特的月亮文化。传说中，月亮女神阿耳忒弥斯是希腊奥林帕斯十二主神之一，她爱上了人间的一个凡人男子，彼此两情相悦。她心知其他神会提出反对，为了避人耳目，便把这个男子藏在一个山洞里。

浓烈的爱让月亮女神阿耳忒弥斯疯狂，为了永恒地独占他，甚至让爱人陷入长眠，如此一来，世间的万千女人就不会知晓他的存在，也就无法与她夺爱。因此，在欧洲人眼中，月亮代表“永远占有”，是自私、索取的象征。

在俄罗斯民间传说中，太阳和月亮是一对夫妻，而月亮是丈夫。每逢冰天雪地的寒冬，万物在皑皑白雪中沉睡，月亮神与太阳神不得不就此分别，直到来年夏天才能相见。

伊万诺夫日（6 月 24 日或者 7 月 7 日），即万物复苏之日，夫妻二人才得以团聚，为了庆祝这一时刻，太阳神会穿上节日彩裙，戴上盾形头饰，迎接挚爱的丈夫月亮神。久别重逢，有说不尽的蜜语甜言，夫妻二人光辉相映，照耀着大地。好景不长，当离别的忧愁散尽，月亮神和太阳神便时常会闹矛盾，一天到晚争执不休。在他们吵架的时候，晴空万里就会转变成乌云密布，一时间狂风呼啸、电闪雷鸣，甚至吵到激烈处，还会引发地震和海啸。

普希金也有一首关于月亮的诗，题目就直接点题——《月亮》：

孤独、凄怆的月亮，
你为什么从云端里出现，
透过窗户，向我的枕上
投下清辉一片？
你的忧郁的脸容
引起我悲伤的浮想，
和爱情的无益的哀痛；
骄傲的理智难以抑制的愿望
又在我的心头重新激荡。
飞走吧，往事的回忆，
不行的爱情啊，请你安息！
已不会再有那样的月夜，
当你以神迷的光线
穿过幽暗的椤树林
将静谧的光辉倾泻，
淡淡地，隐约地
照出我恋人的美丽。

情欲的欢快啊，你算什么？
怎能比真正的爱情和幸福，
那种内在的美的欢乐？
已逝的喜悦怎能再往回奔？
光阴啊，那秒秒分分
为什么如此飞快地消失？
当那朝霞突然升起
轻盈的夜色为何就淡去？
月亮啊，你为什么要逃走，
沉没在那明朗的蓝天里？
为什么天上要闪出晨曦？
为什么我和恋人要别离？

说不清相思，道不尽离愁，离人哭断心肠，月亮依旧不说话，散发着光芒，于静默之中拥抱着人们。

为君憔悴尽，百花时——《小雅·采绿》

终朝采绿，不盈一匊。予发曲局，薄言归沐。

终朝采蓝，不盈一襜。五日为期，六日不詹。

之子于狩，言韔其弓。之子于钓，言纶之绳。

其钓维何？维鲂及鱮。维鲂及鱮，薄言观者。

整天在外面采摘荩草，还是没能采到一捧。我的头发乱作一团，想着赶快回家洗漱。

整天在外面采摘蓼蓝，还是没能采满一衣兜。本来说好五天后便回来，可已过了六天仍不见踪影。

他外出狩猎，我就为他装满弓箭。他外出垂钓，我就为他理好线。

他钓的是什么？鳊鱼鲢鱼真不错。鳊鱼鲢鱼真不错，竟然钓到这么多。

《诗经》中的爱情，总与野外、野草分不开。在遥远的过去，没有高楼大厦，也没有车水马龙，人们过着质朴安详的生活，封建礼教尚未完备，民心还未受到约束，爱与恨都来得随心随性。

习惯了灯红酒绿的迷乱，就无比向往纯真的旧时光，田野中到处弥漫着芳草的气息，在一个寻常的日子，走在一条寻常的田间小路上，就有机会邂逅一段寻常却纯粹的爱情。现代无法退回到古代，而我们也无法再如先人那般纯粹明朗。边得到，边失去，总是保持着平衡。

《采绿》是《诗经》中又一首相思诗，散发着淡淡的哀愁。一位妇人早早便出了门，来到野外采摘染草，时间从她的指尖溜走，可过了许久，却依旧没能将围裙装满。她拖着疲惫的身体，继续忙碌着，思念却不知不觉占据了她的心房，当初丈夫临别前，说好五天后就会回来，可如今五天已过，却仍不见他的身影，对于他的失信，妇人又急又恼。

或许，在丈夫还没踏出家门的时候，妇人就不知已经问了多少遍归期，确认归期之后，便是一日又一日的等待，他不在家的日子里，她的生活变得无滋无味，无心梳洗打扮，无心操持家务，念着他即将归家，早早就开始期待。“一日不见如隔三秋”，况且是五日。

《南朝乐府·西洲曲》诗云：“采莲南塘秋，莲花过人头。低头弄莲子，莲子清如水。置莲怀袖中，莲心彻底红。忆郎郎不至，仰首望飞鸿。飞鸿满西洲，望郎上青楼。楼高望不见，尽日栏杆头。”相思总是雷同，心情如出一辙，只是采莲少女的忧愁好过妇人，她的忧愁之中透着丝丝甜蜜，而妇人则是多了几分哀怨。

只怕思念太浓，白白惹人烦忧，竟如同丢了魂魄，一心念着他，幻想着他归家时的场景。她痴痴想着，等他回来之后，就再也不要和他分开。不管他走到哪里，她都会一路相随，再也不愿独守空房，周身被寂寞缠绕，却无能为力。无论是他去打猎还是钓鱼，都要与他形影不离，思念的苦太厚重，她真的是怕了。

她憧憬了团聚后的生活，陪他去钓鱼，一番屏息凝神后，白鲢和鳊鱼上了钩，她围着丈夫欢呼雀跃，虽已是成家立业之人，却一如少女般欢愉。寻常小夫妻的生活，如此温暖人心，让千百年后的人们读后，不自觉地上扬了嘴角。

就这样平淡却温馨地共度余生，没有大风大浪的艰险，也没有移情别恋的痛苦，就是两个相爱的人安安稳稳地过着自己的生活。

爱情是情书的灵魂，情书是爱情动人的篇章。

15 岁时，伊丽莎白·巴莱特意外坠马导致下肢瘫痪。1845 年，已瘫痪在床多年的伊丽莎白·巴莱特成为英国诗坛赫赫有名的女诗人，甚至取代年老的华兹华斯，可与丁尼生比肩。

罗伯特·布朗宁对她倾慕已久，致书信一封，吐露了自己的心声："我爱极了你的诗篇——而我也同时爱着你……"伊丽莎白展信后，以同样热情的口吻复信，自此两个人以书信联络。原本，她从不与陌生人见面，这是多年来的坚持，但却没能敌得过布朗宁的坚持，两个人见了面。

出人意料的是，就在三天后，布朗宁竟向伊丽莎白求婚。这一年，伊丽莎白 39 岁，在床上度过了 24 年一动不能动的日子。碍于身体的原因，她从未期待过婚姻，这是距离她太遥远的事。况且，她比布朗宁年长 6 岁，种种复杂的原因夹杂在一起，所以拒绝了。之后，两个人持续了许久"友谊之上、恋人未满"的状态。感情在岁月中不断累加，他们二人的命运早已重合。

如果真的有奇迹，那么爱情绝对是其中之一。伊丽莎白在爱情的滋养下，竟在某一日能够下地行走。上帝曾夺走她行走的能力，如今，她收获所爱，上帝便将夺走的还了回来，以此成全她的爱情。可是，她的父亲竭力反对他们的婚事，这一次，谁也无法将他们分开，她选择与爱人私奔到意大利，去享受爱情的甜蜜。

爱情给了她勇气和力量，为她的生命注入了活力，他们婚后育有一个孩子。是爱情战胜了苦难，甚至是死亡，将她于阴影处拉回阳光中。她或许早已对死亡不屑一顾，可布朗宁让她重拾生活的热情。

原本孱弱的她，与爱人相守 15 年。1861 年 6 月 29 日，布朗宁夫人与丈夫永久地分别了。临终前，她没有受到病痛的折磨，只是平静地离开了。那是一个寻常的晚上，她与丈夫商量着如何消夏，温声细语，脉脉温情。不多时，她有些乏了，便倚靠在丈夫的胸前闭目休息，她睡了一会儿，头突然一垂，布朗宁以为她一时有些头晕，谁知她再也没有醒来。

沉睡在爱人的怀抱中，与他共度生命最后一刻的温存，了无遗憾。

布朗宁夫人的情诗集共收录44首十四行诗，称为《葡萄牙十四行诗集》，至于为何会出现“葡萄牙人”的字样，有人解释说是以匿名的形式，写给丈夫的情诗；也有人猜测是根据勃朗宁夫人*Catarina to Camoens*这首诗，“my little Portuguese”或许是布朗宁给夫人的爱称。

《我是怎样地爱你》是其中最为重要的一首诗，爱意无须隐藏，我直白地告诉你：

我是怎样地爱你？让我逐一细算。
我爱你尽我的心灵所能及的
深邃、宽广和高度——正像我探求
玄冥中上帝的存在和深厚的神恩。
我爱你的程度，就像日光和烛焰下
那每天不用说的需要。我不加思虑地
爱你，就像男子们为正义而斗争；
我纯洁地爱你，像他们在赞美前低头。
以满怀热情，就像往日满腔的辛酸；
我爱你以我童年的信仰；我爱你
我爱你，抵得上那似乎随着消失的圣者
而消逝的爱慕。我爱你以我终生的

呼吸，微笑和泪珠——假使是上帝的
意旨，那么，我死了我还要更加爱你！

还有《请再说一遍我爱你》，“我爱你”，即便要重复无数遍，都心甘情愿。而这句话，将在与你共度的每一个晨昏，用行动说给你听：

请说了一遍，再向我说一遍，
说“我爱你！”即使那样一遍遍重复，
你会把它看成一支“布谷鸟的歌曲”；
可是记着，在那青山和绿林间，
那山谷和田野中，纵使清新的春天
披着全身绿装降临，也不算完美无缺，
要是她缺少了那串布谷鸟的音节。
爱，四周那么黑暗，耳边只听见
惊悸的心声，处于那痛苦的不安中，
我嚷道：“再说一遍：我爱你！”谁嫌
太多的星，即使每颗都在太空转动；
太多的花，即使每朵洋溢着春意？
说你爱我，你爱我，一声声敲着银钟！
只是记住，还得用灵魂爱我，在默默里。

人为什么总要分离？爱为什么总要等待？大概“天下没有不散的宴席”。

第六章

人生自是有情痴

今生缘起缘灭——《陈风·东门之池》

东门之池，可以沤麻。彼美淑姬，可与晤歌。

东门之池，可以沤纻。彼美淑姬，可与晤语。

东门之池，可以沤菅。彼美淑姬，可与晤言。

东门外有一条护城河，可以浸泡麻葛。贤惠温柔的姑娘，与她相会，同她唱歌。

东门外有一条护城河，可以浸泡纻麻。贤惠温柔的姑娘，与她相会，同她交谈。

东门外有一条护城河，可以浸泡菅草。贤惠温柔的姑娘，与她相会，同她交谈。

万里无云的好天气，微风徐徐，男男女女三五成群，结伴同行，来到护城河旁浸麻、洗麻、漂麻。天空正蓝，阳光正好，一群人有说有笑，嬉戏打闹，情到浓处，就对着心上人唱起了情歌。这首《东门之池》，就是一首唱给爱人听的小情歌。

古时，劳动是纯粹的体力活，就像《东门之池》中写到的，要将麻浸泡许久后，从水中捞出来，再仔细洗去泡出的浆液，随后将麻皮剥离，工序烦琐而且劳心劳力。然而，劳动纵然艰苦，但是因为和心爱的姑娘一起劳作，反而平添了许多乐趣。与往日没有分别的劳作，如今因为她的到来而变得轻松起来，与其说是付出劳累，不如说是与心爱的姑娘约会。

《小槽情歌》是男女对唱的情歌，你唱我和，情意绵绵：

女：太阳出来照山坡，妹在河边喊哥哥。哥哥哥哥等等我，我要与哥爬山坡。

男：太阳出来照山岩，哥哥等着妹妹来。妹妹妹妹快点走，我要与妹翻过岩。

女：太阳落土不落坡，妹在山上追哥哥。哥哥哥哥等等我，天要黑了妹想哥。

男：太阳落土不落岩，哥哥望着妹妹来。妹妹妹妹莫心急，天黑尽了我才来。

男：太阳出来辣焦焦，情妹出来薅海椒。情哥看见心不忍，你来歇凉我来薅。

女：情哥情哥莫心焦，来帮小妹薅海椒。妹可是个辣性子，情哥不要怕海椒。

男：太阳出来喜洋洋，情妹出来洗衣裳。情哥忙把衣服脱，小妹给我洗衣裳。

女：情哥不要狠心肠，快帮小妹洗衣裳。洗完衣裳陪哥耍，柳荫树下去歇凉。

劳动累的是身体，但却挡不住快乐，哥哥妹妹一同劳作挥洒汗水，你一言我一语，边劳作边唱歌，早就将疲惫忘得一干二净。

有情饮水饱，虽说有些夸张，但足以证明爱情对于人们的重要性，也看得出人们渴望爱情。有了爱情的滋润，就无惧所有。

既然爱情有如此魔力，自然要歌颂爱情，在莎士比亚的笔下，诞生过无数悲喜交加的爱情故事，他以一首《爱情的礼赞》推崇爱情：

如果是爱情使我赌咒发誓，

我又何能誓绝爱情？

啊，一切誓言都是空话，

只除了对美人的誓词；
虽然我仿佛言而无信，
我对你却永远是一片真心；
那一切，
对我是不移的橡树，
对你却是柔软的柳枝。
我要把他当一本书来仔细阅读，
研究其中的字句，
那里贮藏着一切具有深意的、
人世少有的欢愉，
如果说学问重要，
我要求的学问就是完全了解你；
没有学问的舌头，
就根本不可能有赞颂你的能力；
只有冥顽无知的人，
有缘见到你会全然无动于心；
我是这样从心里崇拜你，
为此我感到无比骄傲。
你的眼神是宙斯的闪电，
你的声音是他的雷霆，
但如果你声音里不带怒气，
它却又比音乐更美妙。
可是，你是天人，
当然不会喜爱这人世间的浮词，

这尘俗的词句，

不管多美，

也不配用来赞颂天使。

爱一个人，就意味着向爱人交出了身心的支配权，喜怒哀乐全权由她决定。罗伊克里夫特的《爱》，证明了这一点：“我爱你，因为你将我的生活化腐朽为神奇。因为有你，我的生命，不再是平凡的旅店，而成了恢宏的庙宇，我日复一日的工作里，不再充满抱怨，而是美妙的旋律。”《东门之池》中的小伙子，在不停忙活着，可他的心情却格外愉悦，就是因为有她在，所以才让原本枯燥乏味又累人的事情变得轻松起来。

雨果说：“人生是花，而爱便是花之蜜。”罗曼·罗兰则认为：“爱是生命的火焰，没有它，人生犹如无尽黑夜。”对此，我表示强烈的认同。

宋朝文学家司马光，在宴会上邂逅一位舞伎，被她的美姿所倾倒，写下一首《西江月》：“宝髻松松挽就，铅华淡淡妆成。青烟翠雾罩轻盈，飞絮游丝无定。相见争如不见，有情何似无情。笙歌散后酒初醒，深院月斜人静。”

熟悉司马光的人都知道，他是一个严肃的人，以往的诗作皆有大情怀，鲜有如《西江月》这般带有艳情的诗作，有人甚至挖苦他说“此公风情亦不薄”。实际上，司马光已经足够克制，“相见争如不见，有情何似无情”，事先不知道相思如此煎熬，若是早些知道的话，不如不见，也好免去了诸多烦恼。与晏殊《玉楼春》中“无情不似多情苦，一寸还成千万缕”，杜牧《赠别二首》中“多情却似总无情，唯觉樽前笑不成。蜡烛有心还惜别，替人垂泪到天明”有异曲同工之妙。

在一天的劳作结束后，小伙子与心爱的姑娘各自返回家中，小伙子会不会翻来覆去地回忆着白日里的快乐，尤其是夜阑人静之时，万物归于宁静，热闹了一天过后，他独自躺在床上，她的音容笑貌反复出现在他的脑海中，久念便成了相思。届时，他便会体会到司马光“相见争如不见，有情何似无情”的惆怅。

小伙子辗转反侧，幻想着明日还能同她一起劳作，或者与她相约去野外游玩，她会不会应允他的邀请，她是不是对他也有些许情意？

无论是“花明月暗笼轻雾，今宵好向郎边去。刬袜步香阶，手提金缕鞋。画堂南畔见，一晌偎人颤。奴为出来难，教君恣意怜”的春宵一刻，还是“恼烟撩露，留我须臾住。携手藕花湖上路，一霎黄梅细雨。娇痴不怕人猜，和衣睡倒人怀。最是分携时候，归来懒傍妆台”的良辰美景，总之，与爱人幽会的时光最美、最宝贵。

正如席慕蓉深情地写下《与你同行》，今生相伴，一路随行：

我一直想要　和你一起　走上那条美丽的山路
有柔风　有白云　有你在我身旁
倾听我快乐和感激的心
我的要求其实很微小　只要有过那样的一个夏日
只要走过　那样的一次
而朝我迎来的　日复以夜　却都是一些不被料到的安排
还有那么多琐碎的错误　将我们慢慢地慢慢地隔开
让今夜的我　终于明白
所有的悲欢都已成灰烬　任世间哪一条路我都不能与你同行

祝愿天下有情人，在兜兜转转之后，能够克服彼此的狭隘和自私，认定彼此不放手。

爱恨两难全——《陈风·防有鹊巢》

防有鹊巢，邛有旨苕。谁侜予美？心焉忉忉。

中唐有甓，邛有旨鹝。谁侜予美？心焉惕惕。

堤坝上怎么可能会有鹊巢？土丘上怎么会长出美苕？到底是谁在挑拨离间我的爱人？让我忧心忡忡。

庭中怎么会用房瓦？土丘上怎么会长出美绶？到底是谁在挑拨离间我的爱人？让我焦躁不安。

大千世界，没有什么绝对的不可能。可是，往往最难揣测的是人心，偏偏不愿相信事实，而接纳谎言。孤独，或许是对爱情的一项考验，由此学会珍视爱情。只有在考验中幸存下来的感情，才是真正的爱情。也只有不惧怕猜忌怀疑的爱情，才牢靠。

猜忌，是爱情中的陷阱，信任是祛除猜忌的法宝。但人与人之间不会凭空产生信任，值得信任才是根本。爱情中容不得欺骗，一旦起疑，感情随时都会有坍塌的危险。

不要冷落自己的爱人，让她独自经受孤独的折磨。不要轻信闲言碎语，虽然谎言可以不攻自破，但受了伤的心是难以修补的。

孙楠唱的："不必烦恼，是你的想跑也跑不了；不必徒劳，不是你的想得也得不到……"

爱离不开信任，当恋人之间出现猜疑的时候，就说明感情已经出现信任危机，原本亲密无间的两颗心，在互相猜忌下，变得渐行渐远，不复当初的甜蜜。缺乏信任的爱情，是不健全的，也是不稳固的，会让爱情蒙上难以磨灭的阴影。

信任需要两颗心真诚相待，世界上不存在无条件的信任，即便会有人一心一意地去相信，如果得不到回应，那么也只是短暂的信任罢了。

彼此坦诚，互相信任，是爱情牢不可破的基石。信任是千辛万苦才建立起来的，切莫任性为之，破坏了彼此的这份信任，要加倍珍惜，用心去维系，绝非一劳永逸。不要轻易做些容易引起猜疑的举动，这对爱情百害而无一益。不要用谎言去验证谎言，不要用谎言去测验爱情。

没有信任谈何爱情。爱情是一种不受控制的感觉，是精神层面的契合。信任需要日积月累，在时间中不断加以磨砺，才能产生信任。

爱情最好的状态是："我是爱你的，你是自由的"。一味地想要去占有恋人，是不可取的状态。"我是爱你的，你是我的"，语气中就带着自我和自私。如若固执己见地去追求"你是我的"，就会在不知不觉中产生怀疑、猜忌、不安、嫉妒、歇斯底里。

对每个人而言，爱情的稳固绝非被压迫、捆绑的结果，而是发自内心的认同。不要到最后，感动天、感动地、感动自己，却怎么也感动不了他。

斯科特·派克在《少有人走的路》一文中，对爱如此定义："爱，是为了促进自我和他人心智成熟，而具有的一种自我完善的意愿。"

费孝通的《乡土中国》，认为恋爱是在好奇心的推动下所产生的，男女双方本质上存在根本的差异，所以彼此之间有一种持续性求同的探索。他认为："在相异的基础上去求充分了解，是困难的，是阻碍重重的，是需要不断地在创造中求统一，是浮士德式的企图。浮士德是感情的象征，是把感情的激动，不断地变，作为生命的主脉。浮士德式的企图也是无穷止的，因为最后的统一是永远不会完成的，这不过是一个求同的过程。不但这样，男女的共同生活，愈向着深处发展，相异的程序也愈是深，求同的阻碍也愈是强大，用来克服这阻碍的创造力也更需强大，在浮士德的立场说，生命力也因之愈强，生活的意义也因之愈深。”

的确，正如他所说，恋爱就如同一项探险，是“对未知的摸索”。较之“可以停止在某种程度上的了解”的友谊，恋爱是“不停止的，是追求”，这场探险之中，人们在对未知的摸索中前进，平坦会有，坎坷也会有。而猜忌怀疑，就是影响感情的不稳定因素，一旦彼此之间的信任荡然无存，甚至稍有猜忌，感情就会面临崩塌。

美国著名诗人桑德堡曾写下《也许》，不确定的因素如此多，随之而产生的安全感也就会变得越发稀薄：

也许他信任我，也许不，
也许我会嫁给他，也许不，
也许草原上的风，
海洋上的风，也许。
某个地方某个人，也许会说出。
我会把头搁在他肩上，
当他问我，我会说：好的。
也许。

智利诗人 Pablo Neruda 有一首《为爱争辩》，就是言明当爱情受到闲言碎语的诋毁时，作为爱情的共同体，双方都该直白地表明自己的心意。谣言不可怕，可怕的是彼此不信任：

不仅在二人柔情蜜意中需要，
更是在别人闲言碎语时需要。
有人将荆棘强加于
我的胸膛和你香软的身体之间，
我今天就要将它连根拔起。
他们所传言的我，
我的爱人，
不会比我所告诉你的更糟糕。
在认识你之前，
我曾经居住在大草原。
那时候我从未等待爱情，
玫瑰一经出现，我便热烈地追求。
他们还能告诉你什么？
我不好也不坏，就是个男人。
他们会提到我生活中的危险
这些危险你都知道
而且你以热情与我共同分担。
不错，这个危险
是爱的危险，是穷其一生
对我们的生活
完全热爱所带来的危险。

如果它带来
死亡或者牢狱，
我确信，你迷人的眼睛
当我亲吻它们的时候，
会在陶醉中紧闭。
你我内心双份的骄傲和爱
是它们陶醉的原因。
为了瓦解
我们之间甜蜜坚定的爱，
他们会在我耳边
唠叨说：
“你爱的这个女人
与你不般配，
你为什么要爱她?
你应该找个更美丽，
更认真，更深刻，
或者更什么的女人，你明白的。你看她多瘦弱，
多么愚昧，
多么不会着装，
等等，等等。”
我要郑重地宣告：
我如此地需要你，我的爱人，
我如此地爱你，我的爱人，
无论你如何着装，

无论你如何盘卷你的头发，
无论你如何微笑，
我的爱都如同泉水
滑过白石，
我是如此地爱你，我亲爱的。
我不需要面包让我明白什么
只是希望生活每天必不缺少。
我不知道光线
从何而来要到哪里去，
但我需要它带来的光明。
我不需要
黑夜的解释，
我只等待它将我笼罩。
你，就是我的面包，光线
和黑夜。
你带着你的真实
来到我生命当中，
是我期望的
光线，面包和黑夜。
我就爱这样的你，
如果有人想听我说这些
将来我不会再说，今天就听好，
而且我要让他们退到一边
因为与他们争论还为时尚早。

将来我们会让他们瞥见

我们爱情大树的一叶。

那叶子飘落大地，

如同一个深吻

自我们不可战胜的爱情高峰

飘然落地，

它将见证挚爱的火热和温柔。

不要被流言蜚语所打败，爱情的道路艰险曲折，信任是对抗外来侵入者的武器。不要吝惜自己的爱意和言语，让彼此放心。只要有信任在，即便敌人有千军万马，你只需一个眼神就够了。

不被知晓的爱——《小雅·隰桑》

隰桑有阿，其叶有难。既见君子，其乐如何。

隰桑有阿，其叶有沃。既见君子，云何不乐。

隰桑有阿，其叶有幽。既见君子，德音孔胶。

心乎爱矣，遐不谓矣？中心藏之，何日忘之！

在洼地生长着婀娜多姿的桑树，树叶茂盛。我与他相见，愉悦之情溢于言表。

在洼地生长着婀娜多姿的桑树，树叶茂盛。我与他相见，岂能不感到愉悦。

在洼地生长着婀娜多姿的桑树，树叶茂盛。我与他相见，说着甜言蜜语。

心中暗藏着对他深深的爱恋，欲言又止。心中暗藏的爱恋，哪天才能够忘记？

桑林的浓荫下，是恋人最中意的幽会之所，她幻想着和心上人偎依在树下，谈天说地。她沉浸在自己制造的幻象中，如痴如醉，似醒非醒。她想得入神，他的臂弯环绕着她，说着绵绵情话，他的气息就在她耳边。

感情汹涌，也只是她一个人的想象，如胶似漆是虚构的，甜言蜜语也并不存在，可即便一切都是虚妄的假象，她仍不能自已。“中心藏之，何日忘之”，一个“藏”字，蕴含着多少不能言说的心事。

当她醒悟这一切只是自己的痴心妄想后，甜蜜消退后的冷清，揉碎了她的心肠。她想要爱，却没有勇气和胆量，只能自我憧憬，怯弱让她无法开口言明自己的爱意。在角落默默爱着，却不敢直白地告诉他，苦恼折磨着她。

一旦扎了根，爱意就会肆无忌惮地生长，不可自控，无法抑制。一个人明了，一个人不知，酿成了一段苦涩的单相思。

天下有多少不被知道的爱，表面上一派云淡风轻，实则内心早已波涛汹涌。在爱他这件事上，可以忘乎所以，甚至可以不问将来，爱一分有一分的欢喜自在。

即便他就在面前，触手可及，但她心知肚明，因为他不爱她，所以明明就在身旁，却隔着万水千山。她憧憬着有朝一日，他或许能够觉察到她的好，尚未等她表白的时候，能牵起她的手，对她说一句“久等了”。或者，她能够说服自己，主动来到他的面前，将满腹心事一五一十地说给他听，直接向他坦白。

桑树繁茂的叶子，就如同她的情意，枝枝蔓蔓，层层叠叠。这一生，要怎么隐忍不发地度过？这一生，又要怎么勇敢一次、大胆一次？她不想认命，却又没有改变现状的魄力。她怪不得自己，又让她如何忍心责怪自己，相思的苦已经足够沉重，压得她喘不过气来。

世界很大，天阔地广；可世界又很小，小到似乎只剩下她与他。他的一言一行皆落入她的眼中，伴着他或喜或忧，可唯独在他心中，却容不下一个小小的她。归根结底，妾有意而郎无情，他爱的不是她，所以纵使她费尽周折，换来的结果也不过是一场伤心。在她的幻想中，她能感知他怀抱的温暖，可当她回到现实，如同从云端跌落至深渊。

《射雕英雄传》中，穆念慈钟情于杨康，有这样一段文字，将女儿家的心思描写得淋漓尽致。

“黄蓉先上了炕，偷眼看她以手支颐，在灯下呆呆出神，似是满腹心事，于是闭上了眼，假装睡着。过了一阵，只见她从随身的小包裹中取出一块东西来，轻轻在嘴边亲了亲，拿在手里怔怔地瞧着，满脸是温柔的神色。黄蓉从她背后望去，见是一块绣帕模样的缎子，上面用彩线绣着什么花样。突然间穆念慈急速转身，挥绣帕在空中一扬，黄蓉吓得连忙闭眼，心中突突乱跳。只听得房中微微风响，她眼睁一线，却见穆念慈在炕前回旋来去，虚拟出招，绣帕却已套在臂上，原来是半截撕下来的衣袖。她斗然而悟：‘那日她与小王爷比武，这是从他锦袍上扯下的。’但见穆念慈嘴角边带着微笑，想是在回思当日的情景，时而轻轻踢出一脚，隔了片刻又打出一拳，有时又眉毛上扬、衣袖轻拂，俨然是完颜康那副又轻薄又傲慢的神气。她这般陶醉了好一阵子，走向炕边。”

一个人独处时，会自编自导自演着与他有关的情节，憧憬着与他幸福美满的以后，以他的口吻对自己说着情话，一人分饰两角，演绎着理想中的爱情。

无意间得了一样属于他的物件，就成了你的宝贝，小心收藏。陈奕迅《你的背包》：“你借我而我不想归还，你的背包，背到现在还没烂，却成为我身体另一半。”

原来，天底下的相思都如出一辙，蕴藏着些许青涩回忆。

痴情的人，感动了天地和自己，唯独没能感动他。“穆念慈此时于这繁华景象自是无心观赏，找了个隐僻所在，先将完颜康嘱咐的那十三个字在腰带上细心刻好，抚摸腰带，想起不久之前，这金带还是围在那人腰间，只盼他平安无恙，又再将这金带围到身上；更盼他深明大义，自己得与他缔结鸳盟，亲手将这带子给他系上。痴痴地想了一会，将腰带系在自己衣衫之内，忍不住心中一荡：‘这条带子，便如是他手臂抱着我的腰一般。’霎时间红晕满脸，再也不敢多想。”

你爱得一往情深，他却无动于衷，对你的心意视若不见。最苦的滋味莫过于单相思，一个人的独角戏，从悸动演到绝望。你使出浑身解数，想要讨他的欢心，可他的眼中始终没有你，你自始至终都是白费心思。你将明月大江呈现在他的眼前，他却一心想着小桥流水，他不爱你，你就只能孤芳自赏。

此去经年，原来你们从来就没有真的有过交集。你知晓他的苦闷和欢喜，却只能在一旁默默守望，他的喜怒哀乐与你没有半点关系。于他而言，你不过是甲乙丙丁戊之中微不足道的一个。

“黄蓉径自奔向郊外，并未发觉有人跟随，跑了一阵，到了一条小溪之旁，坐在一株垂柳之下，从怀里摸出些东西，弯了腰玩弄。其时月光斜照，凉风吹拂柳丝，黄蓉衣衫的带子也是微微飘动，小溪流水，虫声唧唧，一片清幽，只听她说道：‘这个是靖哥哥，这个是蓉儿。你们两个乖乖地坐着，这么面对面的，是了，就是这样。’”

“她面前放着两个无锡所产的泥娃娃，一男一女，都是肥肥胖胖，憨态可掬。郭靖在归云庄上曾听黄蓉说过，无锡泥人天下驰誉，虽是玩物，却制作精绝，当地土语叫作‘大阿福’。她在桃花岛上就有好几个。这时郭靖觉得有趣，又再走近几步。见泥人面前摆着几只黏土捏成的小碗小盏，盛着些花草之类，她轻声说着：‘这碗靖哥哥吃，这碗蓉儿吃。这是蓉儿煮的啊，好不好吃啊？’郭靖接口道：‘好吃，好吃极啦！’”

可悲又可叹的是，你明明知道他不爱你，还是为他哭断了心肠，将相思揉碎咽下肚，给自己的人生多添了几抹无奈。可是你也没有办法自控，与他相处之时，是你最欢快的时刻，他的举手投足间，他那些无心的举动，都是你快乐的根源。你明知道他不爱你，想念他的心却无法停摆。

单相思是最累人的事。

俄罗斯诗人叶赛宁的一首《你不爱我也不怜悯我》，是多少人的心声：

你不爱我也不怜悯我，

莫非我不够英俊？

你的手搭在我的肩上，

情欲使你茫然失神。

年轻多情的姑娘，对你

我既不鲁莽也不温存。

请告诉我，你喜欢过多少人？

记得多少人的手臂？多少人的嘴唇？

我知道，那些已成为过眼云烟，

他们没触及过你的火焰，

你坐过许多人的膝头，

如今竟在我的身边。

你尽管眯起眼睛

去思念那一位情人，

须知我也沉浸在回忆里，

对你的爱并不算深。

不要把我们的关系视为命运，

它只不过是感情的冲动，

似我们这样萍水相逢，

微微一笑就各奔前程。

诚然，你将走自己的路，

消磨没有欢乐的时辰，

只是不要挑逗天真无邪的童男，

只是不要撩拨他们的春心。

当你同别人在小巷里逗留，

倾吐着甜蜜的话语，

也许我也会在那儿漫步，

重又与你街头相遇。

你会依偎着别人的肩头，

脸儿微微地倾在一旁，

你会小声对我说：“晚上好！”

我回答说：“晚上好，姑娘。”

什么也引不起心的不安，

什么也唤不醒心的流动，

爱情不可能去了又来，

灰烬不会再烈火熊熊。

直白热烈，蕴藉深沉。于静默之处爱着一个人，若是不言不语，则与爱着山川、河流没有不同，都同样没有回应，你的一往情深覆水难收，对他不构成任何影响，对你而言，却印刻在生命中。林宥嘉的《背影》唱道：“我怀里所有温暖的空气，变成风也不敢和你相遇。”

他的热情只给他所爱的姑娘，而他的冷漠则留给不心动的人。到头来，不过是“襄王有梦，神女无心”。

汪国真《默默的情怀》，在单相思的较量中也不甘示弱：

总有些这样的时候

正是为了爱

才悄悄躲开

躲开的是身影

躲不开的　却是那份

默默的情怀

月光下踯躅

睡梦里徘徊

感情上的事情

常常　说不明白

不是不想爱

不是不去爱

怕只怕

爱也是一种伤害

愈是沉默，愈是深爱。选择不说，是害怕自己的任性会成为他的负担。

或许，表白之后会被拒绝，会以失败告终，但是默默的爱是不会有收获的，与其一个人感动天地，不如直白地告诉他，既然如此有缘，既然我如此爱你，不如就不要做朋友了，做恋人可好？

埋首在静谧的时光中——《周南·葛覃》

葛之覃兮，施于中谷，维叶萋萋。黄鸟于飞，集于灌木，其鸣喈喈。

葛之覃兮，施于中谷，维叶莫莫。是刈是濩，为絺为绤，服之无斁。

言告师氏，言告言归。薄汙我私，薄澣我衣。害澣害否，归宁父母。

葛草长得长又长，漫山遍谷都有它，藤叶茂密又繁盛。黄鹂上下在飞翔，飞落栖息在灌木上，鸣叫婉转声清丽。

葛草长得长又长，漫山遍谷都有它，藤叶茂密又繁盛。割藤蒸煮织麻忙，织细布啊织粗布，做衣穿着不厌弃。告诉管家心里话，说我心想回娘家。快把内衣洗干净再洗外衣成整洁。洗和不洗分清楚，回娘家去看父母。

人类繁衍生息至今，早就深谙男人与女人的迥然有异，明明是相同的物种，却从生理到心理又如此之不同。男人和女人各司其职，扮演着各自最适合的角色，相互扶持，将岁月酿成诗篇。

男耕女织向来是古代社会固定的分工模式，鲜有人说女子负责耕地而男子在家洗衣做饭，织布、浣纱、操持家务、哺育儿女都是女人的分内之事，生来一双巧手、一颗慧心，温柔细心地照顾着一家老小，为这个家忙里忙外，打理得井井有条。

《孔雀东南飞》中，刘兰芝“十三能织素，十四学裁衣。十五弹箜篌，十六诵诗书”，女人无须身强力壮、孔武有力，贤惠体贴就足矣。如董小宛一般，嫁作人妇后，竭尽全力侍奉夫君的家人，不敢有丝毫怠慢：“幼姑长姊尤珍重相亲，谓其德行举止均非常人。而她之侍左右，服劳承旨，较婢妇有加无已。烹茗剥果，必手进；开眉解意，爬背搔痒。当大寒暑，折胶铄金时，必拱立座隅，强之坐饮食，旋坐旋饮食，旋起执役，拱立如初。余每课两儿文，不称意，加夏楚，姬必督之改削成章，庄书以进，至夜不懈。”

在中国的传统中，对女人有着诸多条条框框的束缚，比如要求“妇德、妇言、妇功、妇容”，这都是男人自认为女人应该做到的标准。女人就要有女人该有的样子，这是千百年来铁定的自然法则。时至今日，女人早就不再只是围着锅台转，她们拥有同男人一样施展自我的平台，她们的能力丝毫不逊色于男人，不过，即便是在外打拼的女强人，回到家中，依旧是温柔贤惠的小女人，家务活样样不得离手。

有些人或许会认为古时的女人不幸福，因为她们受制于社会和家庭，她们的地位是卑微的，安全是丈夫的所有物，她们没有独立的能力，更没有独立的意识，所以活得没滋没味。

依我看，实则不然，那时的妇女的确受压迫，“女子无才便是德”更是愚昧无知的枷锁，可细细想来，除了意识上的不作为，她们凭借勤劳的双手创造出自然平和的生活，她们知足常乐，守护着平淡的喜悦安稳度日，这何尝不是一种幸福?

做呼风唤雨的女王，固然值得称颂，但在大千世界安守着一个小角落，守护着心爱的人，为他忙忙碌碌，也值得向往。女强人和家庭主妇，同样应该受人敬仰，不仅是因为这是个人的选择，也因为无论哪种角色和身份，需要付出的努力是等量的，女强人闯荡江湖不易，家庭主妇操持家务也不易。

或者换句话来讲，生来为女人，本身就注定不易。抛开所要应对的复杂局面，单说离开养育自己的父母，千里迢迢奔赴一个新家庭，去做别人的女儿、妻子，不久的将来还会养育自己的女儿。她远嫁他乡，车马不便的年代，远行就意味着长久的分别，彼此无法互通音信，若是遇上胡搅蛮缠的婆家，想回娘家探望一下自己的父母，都会成为奢望。

父母年事已高，许久未见，不知他们一切安好。她虽然远嫁，可心中却始终惦记着父母，那是她的根，是她的守望。作为父母，何尝不是思念着自己的闺女，她嫁到一个陌生的地方，最怕她会受委屈。

最不舍的是父母，可为女儿开心的也是父母，最真挚、最深切的祝福："一梳梳到尾；二梳我的姑娘白发齐眉；三梳姑娘儿孙满地；四梳老爷行好运，出路相逢遇贵人；五梳五子登科来接契，五条银笋百样齐；六梳亲朋来助庆，香闺对镜染胭红；七梳七姐下凡配董永，鹊桥高架互轻平；八梳八仙来贺寿，宝鸭穿莲道外游；九梳九子连环样样有；十梳夫妻两老就到白头。"每一梳都寄托着父母深沉的爱，他们的心痛并快乐着。

有一首《哭嫁歌》流传至今，嫁给意中人自然是人生一大喜乐事，但同时，就意味着要离开父母，去向遥远的地方，心中的苦在临行前一刻被无止境地放大：

天上星多月不明，爹爹为我苦费心，
爹的恩情说不尽，提起话头言难尽。
一怕我们受饥饿，二怕我们生疾病；
三怕穿戴比人丑，披星戴月费苦心。
四怕我们无文化，送进学堂把书念，
把你女儿养成人，花钱费米恩情深。

一尺五寸把女盘，只差拿来口中衔；
艰苦岁月费时日，挨冻受饿费心肠！
女儿错为菜子命，枉自父母费苦心；
我今离别父母去，内心难过泪淋淋！
为女不得孝双亲，难把父母到终身；
水里点灯灯不明，空来世间枉为人！

有一首诗叫作《娘家》，诠释了“娘家”这个饱含深情的词语：

魂牵梦绕的处女地
生长着童真的传奇
以及当年
身披嫁衣
那一回眸的悲喜
出嫁时走的那条路
一生一世守在原地
只为出嫁的女人
受了委屈　有路可退
得了荣耀　有根可依
近些　娘家是一个村落
远些　娘家是一方圣地
再远些　娘家或许是地图上
一个国家的疆域
生命从哪里来

也将回到哪里去
走向枯萎的女人　常常
面对娘家的方向
眼含泪滴

女儿出嫁时，父母是何种心情？大概就是无法言说的悲喜交加：“一帆风雨路三千，把骨肉家园齐来抛闪。恐哭损残年，告爹娘休把儿悬念。自古穷通皆有定，离合岂无缘？从今分两地，各自保平安。奴去也，莫牵连。”“父母情深莫生女，生女莫养大，十五年掌珠护，一朝嫁为他人妇，生死在别家，纵有箱笼数百，金银万两并托，奈若何？”

父母难过是必然会有的心情，不过看着自己的女儿嫁了好人家，有一个知她心、识她意的男人去呵护她，父母也可以安心地送女儿出嫁。想他们百年之后，能有一个人，代替他们爱护她，也算是了却了他们的一桩心事。于别人，或许是团聚，而于父母，则是分别。

龙应台曾说：“我慢慢地、慢慢地了解到，所谓父女母子一场，只不过意味着，你和他的缘分就是今生今世不断地在目送他的背影渐行渐远。你站在小路的这一端，看着他逐渐消失在小路转弯的地方，而且，他用背影默默地告诉你，不用追。”

嫁作人妻许久，也与父母分别了许久，她想了想，打算收拾一下就启程回娘家。她的生活美满，丈夫对她疼爱有加，得知她想回家探亲，便欣然应允，还叮嘱她多待些时日，多陪陪父母。

这可爱的女人，念着赶快回娘家，不由自主的喜悦围绕着她。虽然准备回娘家，但她丝毫没有懈怠，该打理的家务活一样不差。而且，就她的生活水平来说，能够雇得起仆人，说明很是富足，丈夫也通情达理，日子过得十分顺心。

眼下，即将归宁，满心的话语要说给父母听，告诉他们自己的婚姻生活是多么愉快，他们的女儿长大了，早已可以独当一面，她没有辜负他们的期望，也无须他们担心。

回家的山路颠簸，她却无心在意，此时此刻，她的内心充斥着喜悦，面对着回家的方向，她情不自禁地唱起了歌谣。她不再只是一个女儿，几年的光景，她也成了妻子和母亲，身份的变化让她更能体会到父母的爱子之心。两个家庭，她都要守护，只是现实之中，她更偏向于自己的小家庭，与父母的距离阻隔了她的惦念，所以此次回娘家，她才格外珍惜。

“儿行千里母担忧”，女儿远嫁，最放心不下的就是父母。珍惜与父母相处的光阴吧，多一刻就多一刻的温暖。

想见不能见最痛——《陈风·泽陂》

> 彼泽之陂，有蒲与荷。有美一人，伤如之何？寤寐无为，涕泗滂沱。
>
> 彼泽之陂，有蒲与蕑。有美一人，硕大且卷。寤寐无为，中心悁悁。
>
> 彼泽之陂，有蒲菡萏。有美一人，硕大且俨。寤寐无为，辗转伏枕。

在清澈的池塘旁，静静生长着蒲草与荷花。有一个英俊潇洒的男子，让我一心地思念着他。朝思暮想却无可奈何，泪如雨下。

在清澈的池塘旁，静静生长着蒲草与莲花。有一个英俊潇洒的男子，身材健硕挺拔。朝思暮想却无可奈何，苦不堪言。

在清澈的池塘旁，静静生长着蒲草与荷花。有一个英俊潇洒的男子，身材健硕威严。朝思暮想却无可奈何，彻夜不成眠。

《泽陂》一诗，显然是一首相思诗，女子思念着心上人，辗转反侧，夜不能寐，思念到了极致。可惜，相思之情只是苦了人心，却不能换来重逢。

在池塘的堤岸旁，往日二人相会时的场景还历历在目，清脆的欢笑声还回荡在耳边，如今却要承受相隔两地的苦楚。许久未见，甚是想念，一颗愁心无处安放。

《泽陂》与《迢迢牵牛星》的意乱情迷颇有几分相似，“迢迢牵牛星，皎皎河汉女。纤纤擢素手，札札弄机杼。终日不成章，泣涕零如雨。河汉清且浅，相去复几许。盈盈一水间，脉脉不得语。”愁肠百结，解不开，绕不开。

情爱是她的在劫难逃，正如“世人谓我恋长安，其实只恋长安某”，柔情似水只是因为爱他罢了。

池塘旁的一景一物、一草一木，如此熟悉，她睹物思人，脑海中浮现出心上人的身影，他“硕大且卷”“硕大且俨”，让她魂牵梦绕，心甘情愿地芳心暗许，甘愿在感情中沉沦，哪怕为之生、为之死，都在所不惜。

生命不止，思念不绝，悠悠绵绵，萦绕在空气中。她备受相思的煎熬，想翻山越岭去见他，但考虑到自己是女儿家，只好作罢。无奈之下，只得日日夜夜盼望着他能够主动来与她相见，可久久没有他的消息，她反复思量，笃信他的坚定，定不会让她伤心。但是，分别了许久，他怎么迟迟不来?

爱情的神奇之处就在于此，甜蜜伴着苦涩，有怦然心动，也有相思之苦。但凡不在身边，就会忍不住想念，根本是不由自主，回忆着相会时的快乐，慰藉饱受孤独折磨的心灵。女人或许就是为爱情而生的，爱情是她生命中不可或缺的东西，而他则是她灵魂的指引。

相隔两地时，心中稍有埋怨，嗔怪他为何迟迟不来相见，可知她的相思无处安放。可一旦见了面，她定会把之前的怨气忘得一干二净。她并非真心要怪他，只是实在想念而已。

在池塘旁徘徊的身影，走走停停，这份难解难分的思念，直到千百年后依旧没有变了模样。“欲见回肠，断尽金炉小篆香。”“相去日已远，衣带日已缓。”“思君令人老，岁月忽已晚。”“彼狡童兮，不与我言兮。”“惟子之故，使我不得餐兮。”久别之下，寝食难安。有“似此星辰非昨夜，为谁风露立中宵”的执拗，不过是“人道海水深，不抵相思半”。

汤显祖《牡丹亭·第一出·蝶恋花》诗云：“忙处抛人闲处住，百计思量，没个为欢处。白日消磨肠断句，世间只有情难诉。玉茗堂前朝复暮，红烛迎人，俊得江山助。但是相思莫相负，牡丹亭上三生路。”

种种相思，写在字里行间，经过漫长的时光后，才能抵达。前有“鸡栖于埘，日之夕矣，羊牛下来。君子于役，如之何勿思”，后有张九龄“思君如满月，夜夜减清辉”，李易安“帘卷西风，人比黄花瘦”，柳永直抒“衣带渐宽终不悔，为伊消得人憔悴”，晏殊“昨夜西风凋碧树，独上高楼，望尽天涯路”“夫戍边关妾在吴，西风吹妾妾忧夫。一行书信千行泪，寒到君边衣到无”“欲寄君衣君不还，不寄君衣君又寒，寄与不寄间，妾身千万难”。岑参的“枕上片时春梦中，行尽江南数千里”。梦不得的有张潮之“妾梦不离江水上，人传郎在凤凰山”。

《倚天屠龙记》的这段话直戳心窝：“原来她真正所爱的，乃是她心中所想象的张无忌，是她记忆中在蝴蝶谷所遇上的张无忌，那个打她咬她、倔强凶狠的张无忌，却不是眼前这个真正的张无忌，不是这个长大了的、待人仁恕宽厚的张无忌。他心中三分伤感、三分留恋、又有三分宽慰，望着她的背影消失在黑暗之中。他知道殷离这一生，永远会记着蝴蝶谷中那个一身狠劲的少年，她是要去找寻他。她自然找不到，但也可以说，她早已寻到了，因为那个少年早就藏在她的心底。真正的人、真正的事，往往不及心中所想的那么好。”

怎么就莫名其妙地爱上了一个人呢？好端端的一个人，魂魄都被他勾走了，为了他茶不思饭不想，活脱脱变了一个人似的.“晓看天色，暮看云行，行也思君，坐也思君”，岁岁年年，时时刻刻，无处不想念，无时不想念。

陶渊明有一首《闲情赋》，平凡生活之中，爱情就是那抹亮丽的色彩：

愿在衣而为领，承华首之余芳；悲罗襟之宵离，怨秋夜之未央。

愿在裳而为带，束窈窕之纤身；嗟温凉之异气，或脱故而服新。

愿在发而为泽，刷玄鬓于颓肩；悲佳人之屡沐，从白水以枯煎。

愿在眉而为黛，随瞻视以闲扬；悲脂粉之尚鲜，或取毁于华妆。

愿在芜而为席，安弱体于三秋；悲文茵之代御，方经年而见求。

愿在丝而为履，附素足以周旋；悲行止之有节，空委弃于床前。

愿在昼而为影，常依形而西东；悲高树之多荫，慨有时而不同。

愿在夜而为烛，照玉容于两楹；悲扶桑之舒光，奄灭景而藏明。

愿在竹而为扇，含凄飙于柔握；悲白露之晨零，顾襟袖以缅邈。

愿在木而为桐，作膝上之鸣琴；悲乐极以哀来，终推我而辍音。

如果不爱了，就不必再忍受相思之苦，可谁会为相思之苦而放弃爱情呢？

爱情之中，有人悲，有人喜，爱而不得的故事比比皆是，可幸福美满的故事也不在少数。民国时期，有一批名人志士，有些人征战沙场，有些人埋头著述，他们能文能武，征服了各自的领域，外人将他们奉为真神，只有亲近的人才知晓，他们同样有温柔的心脏、细腻的情怀。

胡適的婚姻是听命于“父母之命、媒妁之言”的结果，一代先驱岂能接受江冬秀——一个裹着小脚的女人？在母亲的安排下，他不得不认命，高呼自由的胡適，也没能为自己争取到自由。

谁知，原本是迫不得已，最后竟然演变成真爱一场。蒋介石评价胡適是“新文化中旧道德的楷模，旧伦理中新思想的师表”，之所以这样说，其实是一种调侃。众所周知，胡適在外是精神领袖，回到家则是妻子的“忠仆”，夫妻二人照相的时候，基本都是胡適站着，而江冬秀坐着，谁的地位高低一眼便知，可胡適乐得如此。

胡適有个特殊的癖好，就是留心世界各地惧内的故事，也就是四处寻觅怕老婆的真人真事。后来，他发现只有德国、日本和苏联找不到惧内的故事，从而得出结论，认为德国、日本和苏联是专制独裁国家，因为这些国家没有怕老婆的故事。

古有“三从四德”，胡適则提出了“新三从四德”：“太太出门要跟从，太太命令要服从，太太说错了要盲从；太太化妆要等得，太太生日要记得，太太打骂要忍得，太太花钱要舍得。”幽默诙谐之中，蕴含一个男人对妻子的无限溺爱。

我想，《泽陂》中的姑娘，也渴望她的意中人能够如此爱护她，不要再惹她伤心流泪。“恨君不似江楼月，南北东西。南北东西，只有相随无别离。恨君却似江楼月，暂满还亏。暂满还亏，待得团圆是几时？”由爱可以生“惧”，由爱也能生恨。

《全唐诗》中，收录了一首《寄欧阳詹》，是太原妓所作，爱恨交织，裹挟着她的灵魂：“自从别后减容光，半是思郎半恨郎。欲识旧来云髻样，为奴开取缕金箱。”女儿家多愁善感，心思细腻，尤其是古代的女人，命运多由他人掌控，有太多身不由己的时候义无反顾地去爱人，一旦情郎心意改变，忧愁、思念就会如同洪水一般席卷而来，她们根本无法挣脱。

魏夫人是北宋优秀的女词人，朱熹对她赞誉有加：“本朝妇人能文者，唯魏夫人及李易安二人而已。”她是宰相曾布的妻子，衣食无忧，依旧是满腹愁思，一首《系裙腰》足以表明心迹：“灯花耿耿漏迟迟，人别后，夜凉时，西风潇洒梦初回。谁念我，就单枕，皱双眉？锦屏绣幌与秋期，肠欲断，泪偷垂，月明还到小楼西。我恨你，我忆你，你争知？”

“谁念我，就单枕，皱双眉？”独守空床的哀怨展现得淋漓尽致，而“我恨你，我忆你，你争知”，同样是爱恨交织，为什么爱情之中，总让人尝尽苦涩的滋味？

如一首《爱之风险》，一个“爱”字，只有简单的十笔，却需要穷尽一生的时间去写：

它是没有成本的礼物。
它占据你所有的思考和欲望，
占据你每一口的呼吸。
它是火，促使你
不至虚混度日；
它促使你真真正正地生活。
不论结果如何，一旦感受到爱，
你就不再一如往昔。
它也许会在你的心和灵魂里刻下伤疤，
并只给你留下永恒的回忆。
或者，它也许会耗尽你生命的每一天，
使你感觉明天没有存在的必要。
但，爱值得。它值得你去冒险……
因为在生命中，
爱真的是唯一值得冒的险。
我能否将你比作夏天？
你比夏天更美丽温婉。
狂风将五月的蓓蕾凋残，
夏日的勾留何其短暂？
休恋那丽日当空，
转眼会云雾迷蒙。
休叹那百花飘零，
摧折于无常的天命。
唯有你永恒的夏日常新，

你的美亦将毫发无损。

死神也无缘将你幽禁，

你在我永恒的诗中长存。

只要世间尚有人类，尚有能看的眼睛，

这诗就将流传，赋予你新的生命。

“愿得一心人，白头不相离。”多希望这一句美好的祝愿能够成真，《泽陂》中的姑娘不要再哭了，擦干眼泪，如往常那般开心可好？

人生自是有情痴——《秦风·晨风》

鴥彼晨风，郁彼北林。未见君子，忧心钦钦。如何如何，忘我实多！

山有苞栎，隰有六驳。未见君子，忧心靡乐。如何如何，忘我实多！

山有苞棣，隰有树檖。未见君子，忧心如醉。如何如何，忘我实多！

鹯鸟快速、匆忙地飞行，飞入了北边的茂密树林中。她日夜想念的人却没能见到，忧虑惆怅难以释怀。难道是他已经另有新欢，所以将我忘了吗？山上长着茂密的栎树，洼地上也有树木丛生。她日夜想念的人迟迟未来，一时不知该如何是好。

“人生自是有情痴，此恨不关风与月。”风花雪月，最是迷人心神，轮回之中，谁是谁的情深缘浅，都难以分辨，直到结局已定才能知晓。

《晨风》中的姑娘一心盼着能与心仪的君子相见，等待的时间越久，也就越绝望。殊不知，心心念念的君子早就忘记了她的存在。朱熹《诗集传》认为，诗中是一位妇人，担忧外出的丈夫会将她抛弃，还举证说：“此与《扊扅》之歌同意，盖秦俗也。”

《扊扅歌》讲的是百里奚经历一场逃亡后，位居秦相，宴席之上乐声悠扬。此时，有个洗衣女佣站出来声称自己通晓音乐，抚弦唱道：“百里奚，五羊皮。

忆别时，烹伏雌，炊扊扅。今富贵，忘我为！”百里奚不明所以，询问后才知道站在面前的女佣竟是失散多年的妻子，厅堂之上夫妻重逢。

方玉润《诗经原始》说：“男女情与君臣义原本相通，诗既不露其旨，人固难以臆测。”高亨《诗经今注》云：“这是女子被男子抛弃后所作的诗（也可能是臣见弃于君，士见弃于友，因作这首诗）。”虽说有“也可能”，但作者本身更倾向于括号之外的观点。

杜甫《望岳》中“荡胸生层云，决眦入归鸟”，《登高》中“风急天高猿啸哀，渚清沙白鸟飞回”，陶渊明《饮酒·其五》中“山气日夕佳，飞鸟相与还”，陶渊明《归园田居·其一》中“羁鸟恋旧林，池鱼思故渊”，倦鸟知返，人却不愿归家。

夜色苍茫，又耗尽了一天的光阴，可想见的人却依旧没来，忧从中来，惶惶终日。心之所想，便脱口而出，成了这首《晨风》，朴实无华，却真挚感人，每一个字都是她凌乱的心绪。

患得患失，似乎是恋爱中女人的通病，遇到大事小事难免胡思乱想，自己闷不作声，脑海中自编自导了无数出悲剧，她们怕失去所爱，所以才会用胡搅蛮缠的方式去证明爱情的坚定，念及她们的心情，似乎蛮横不讲理也情有可原。担心的同义词，其实就是挚爱，因为爱之深，所以无法承受失之痛。

常听人说男女对待爱情的态度理应有所不同，因为男女的思维方式不同，我却并不认同。无论男女，爱上了一个人，所思所想并没有不同，都愿倾尽心力去爱护那个人，不让那个人伤心，想和那个人长长久久、共度余生。

至于移情别恋，男女皆有，失恋的感受也一定相同。有些人痛失所爱，就任由自己在痛苦中沉沦，似乎万事万物都消失在眼前，只剩下痛彻心扉。没出息，可以有刻骨铭心，可以有撕心裂肺，也可以有痛不欲生，但若是迟迟走不出感情挫败的阴影，整日以泪洗面，真的是辜负了自己。

感激曾经拥有过的温暖，那些真实的感觉和记忆还如此清晰，可就是要下定决心，接受失去的事实，天大地大，岂会找不到新的爱人？也有些人爱怕了，自此以后躲在坚硬的壳中，不敢再去付出爱，似乎失去了再去爱人的能力。傻孩子，那个人已经离开了，可不该夺走你继续爱人的权利和能力。

布朗宁的《葡萄牙十四行诗集》是赠给她丈夫罗伯特·布朗宁的，《为爱而爱》是十四行诗的第十四首。为了爱而爱，至于其他，就不要多想、多虑了：

如果一定要爱我，就别为什么缘由
只为爱而爱吧。不要说，
“我爱她的微笑——她的容貌——她的
细语温存——爱她的心思灵慧
正与我的心意相契相投，在那样的日子里
曾带给我怡人的松弛——”
我亲爱的，因为这些东西
都可能因你而改变，而失去——而爱，
也许因此相遇，也许因此分离。也不要因为
怜悯而爱我，来拭去我脸上的泪滴：
长久地接受你的慰藉，那造物主捏出的东西
或许会忘却哭泣，但也会因此而丢弃你爱！
只为爱我而爱我吧，这样你就能
穿越那永恒的爱，永远永远地爱下去。

失去过，不该折磨自己，而是要更勇敢、更坚定。为了爱去爱。

古希腊有一个神话故事，说最早的人类是球形的，有四只胳膊、四条腿，有一个头、两张脸，分别朝向相反的方向，球形人类拥有超凡的智慧和力量，这引来神的嫉妒，所以在与诸神的战斗中，被砍成两半，大大削减了自身的力量。

人类从最初的球形一分为二，分别属于男性和女性，自此，最初的人类不断寻找彼此，期盼着能有一日重逢。当两部分相遇时，就会融化在爱、友谊和亲密当中，他们无法再离开彼此，相伴终老一生。或许，正是因为这样，才会有人找错了伴侣，从而导致悲剧结尾。

“有所思，乃在大海南。何用问遗君？双珠玳瑁簪，用玉绍缭之。闻君有他心，拉杂摧烧之。摧烧之，当风扬其灰。从今以往，勿复相思！相思与君绝！鸡鸣狗吠，兄嫂当知之。妃呼豨！秋风肃肃晨风飔，东方须臾高知之！”就到此为止吧，彼此珍重。

“人生若只如初见，何事秋风悲画扇。等闲变却故人心，却道故人心易变。”天气会变，季节会变，而人心也会变。

鲁迅向来以严肃示人，可他也有《我的失恋》一诗：

我的所爱在山腰；

想去寻她山太高，

低头无法泪沾袍。

爱人赠我百蝶巾；

回她什么：猫头鹰。

从此翻脸不理我，

不知何故兮使我心惊。

我的所爱在闹市；

想去寻她人拥挤，

仰头无法泪沾耳。

爱人赠我双燕图；

回她什么：冰糖葫芦。

从此翻脸不理我，

不知何故兮使我糊涂。

我的所爱在河滨；

想去寻她河水深，

歪头无法泪沾襟。

爱人赠我金表索；

回她什么：发汗药。

从此翻脸不理我，

不知何故兮使我神经衰弱。

我的所爱在豪家；

想去寻她兮没有汽车，

摇头无法泪如麻。

爱人赠我玫瑰花；

回她什么：赤练蛇。

从此翻脸不理我。

不知何故兮——由她去罢！

就由他去吧，何苦耗费大好青春去爱一个辜负了自己的人。明朝文学家冯梦龙刊行的民歌集《挂枝儿》卷二有一首歌《分离》与上面两首诗词有异曲同工之妙：

要分离，除非是天做了地；要分离，除非是东做了西；要分离，除非是官做了吏。你要分时分不得我，我要离时离不得你。就死在黄泉也，做不得分离鬼。

失恋的痛苦最是恼人，爱就爱了，还能如何？不如就潇洒走开吧，拽着旧回忆不放，只能是苦了自己，而那个变了心的人早就有了新的欢喜。

用天真去爱——《邶风·雄雉》

雄雉于飞，泄泄其羽。我之怀矣，自诒伊阻。

雄雉于飞，下上其音。展矣君子，实劳我心。

瞻彼日月，悠悠我思。道之云远，曷云能来？

百尔君子，不知德行。不忮不求，何用不臧。

雄野鸡飞向远方，缓缓扇动翅膀。我怀念在外远行的人，阻隔独自守空房。

雄野鸡飞向远方，四处响起叫欢唱。诚实可爱的亲人，思念悲苦我的心。

遥望太阳和月亮，思念悠悠天地长。路途漫漫多遥远，何时才能返故乡。

君子老爷多又多，不知什么是德行。不去害人不贪婪，为何没有好结果。

丈夫远行在外，妇人独守在家中，她用一天的光阴去想念他。丈夫就是她的天地，房屋遮住了外面的风雨，却挡不住绵绵不绝的思念。久经离别，让一整颗心惴惴不安。

“一重山，两重山，山远天高烟水寒，相思枫叶丹。菊花开，菊花残，塞雁高飞人未还，一帘风月闲。”千重山，万重水，迟迟不见归人。远行之人数不胜数，相思之情更是深似海，佛语曰“不可说、不可说，一说泪便落”，愁肠百转，敌不过相思。

婚姻就意味着两个人结成了命运共同体，尤其是在遥远的古代，妇人依附于丈夫，生是他的人、死是他的鬼，他就是生命的主宰者，左右着她的情绪。

古时，讲究“夫为妻纲”，言明丈夫在夫妻关系中的主导地位。丈夫作为一家之主，自然有他的威严，同时，他亦要成为妻子的靠山。长久以来，人们遵循男主外、女主内的思路，承担着各自不同的分工，正如《雄雉》中的一对夫妻，丈夫出门在外为家东奔西跑，他也贪恋与妻子耳鬓厮磨的温存，可是作为家庭的顶梁柱，他不得不风里来雨里去，不顾奔波劳累，只求许她一世安稳。

他在外风餐露宿，承受着奔波之苦，妇人能体谅丈夫的辛劳，她心知自己的清闲是丈夫用血汗换来的，心疼他的辛苦，但分离的苦更难挨。多少个日日夜夜，多少次孤枕难眠，她守着空荡荡的房屋，一个人忙里忙外。她不求大富大贵，比起锦衣玉食她更渴望夫妻之间的朝夕相伴，一天的忙碌结束后，能够有一个知冷知热的人，耳鬓厮磨，说些悄悄话。

遥想当初，嫁给他时，是因为爱情，可婚姻终归有别于恋爱，是柴米油盐的生活。正是有了爱情作为婚姻的基石，他们才能长长久久，才能在久别之后仍迷恋着他。婚姻是爱情的归宿，也是爱情的考验，鸡毛蒜皮的小事打磨着爱情，最终仍能坚守的婚姻，才是爱情的证明。

琐屑沉闷、平淡无奇，这就是婚姻生活的本来模样，但除此之外，也不乏浓情蜜意。妇人对丈夫的思念是如此厚重，长时间的分别让爱情变得棱角分明，往日的甜蜜、如今的苦涩，都越发清晰。清冷的空气刺痛了她的心，他们明明是同呼吸、共命运的伴侣，却要忍受分隔两地之苦。

《源氏物语》第二章的“雨夜品评”：“如此看来，还不如不讲门第高下，更不谈容貌美丑，但求其人性情不甚乖僻，为人忠厚诚实，稳重温和，便可信赖为终身伴侣。此外倘再添些精彩的才艺，高尚的趣致，更是可喜的额外收入。即使稍有不如人之处，也不会强求补充吧。只要是个忠诚可靠的贤内助，外表的风情趣致后来自会增添。”择一人相伴终老，到底该如何选择呢？

1818年，23岁的约翰·济慈与芬妮·布劳恩相遇，同年12月，二人订婚。1820年，济慈身患重病，由某种肺部疾病转变为肺结核，听从医生的叮嘱，他前往温暖的意大利进行休养，在前往意大利的途中，念及爱人的美好，写下了《最后的词句》一诗。

1821年，济慈与世长辞。芬妮痛不欲生，为济慈服丧7年，临终前仍戴着济慈送给她的订婚戒指。传记类电影《明亮的星》(*Bright Star*)便演绎了他们的爱情故事。《最后的词句》就是济慈献给爱情的一首情诗：

明亮的星！我愿和你一样坚定不移，
但也许比不上你的长夜独明，孤悬中天，
像一名大自然的坚忍不眠的隐士，
睁着一双永远不闭的眼帘，
瞭望那潮起潮落，尽着牧师的职责，
用圣水给世人居住的海岸沐浴；
或瞭望那轻轻飘飞的初雪，
给山峰和原野罩上一副面具；
可是，我不愿！我要坚定不移，
枕着我的爱人，永远感到她的温暖，
永远在甜蜜的动荡中保持清醒，
永远听她温柔呼吸的声音，
就这样永生，或者就这样死去。

叶芝是20世纪现代主义诗坛上最著名的诗人之一，与他同为现代派诗歌领袖的艾特略称他为“我们时代最伟大的诗人”，英国诗人奥登为其作诗称“疯狂的爱尔兰将你刺伤成诗”，的确，叶芝在爱而不得的煎熬中，用文字爱着茅德·冈。

茅德·冈是演员更是爱尔兰独立运动革命家，1889 年 1 月 30 日，两个人在巴黎相遇，诗人回忆说“她伫立窗畔，身旁盛开着一大团苹果花；她光彩夺目，仿佛自身就是洒满了阳光的花瓣”。他毫不掩饰自己对她的钟爱，那些华美的诗句即可做证，但当他一次又一次鼓起勇气向她求婚时，却遭到一次又一次的拒绝，她说“对不起，我不能嫁给你，但是希望能够和你做朋友”。

在叶芝第一次求婚被拒后，茅德·冈与一位志同道合的革命家成婚，这个消息让叶芝的心四分五裂，随后便远赴他乡，或许换一片天地，会缓解一下伤心。故事到这里还远没有结束，茅德的婚姻生活充满不幸，最终以离婚收场。叶芝对她依旧一往情深，再次向她求婚，得到了不变的答复。他爱上了一个不爱自己的人，可谓执迷不悟。世间的痴情怨女不少，可谁能发誓说今生只爱一人？可是人人都在渴望能够拥有这样一个痴情的恋人。

叶芝曾打算将自己的手臂伸进火炉中，让火毁坏他的手臂以表爱意，最终他没有付诸实践，他说“我没有这样做不是因为怕疼而是怕变疯”。

1917 年，叶芝再次向茅德求婚，结局依旧未变，她一点都不爱他，一点都不，所以拒绝的时候毫不含糊，直截了当戳穿了他的胸膛。茅德如此评价叶芝“他是一个女子气十足的男人”，她是革命家，抛头颅洒热血都在所不惜，自然不会中意于一个稍显软弱的诗人。全世界都在赞誉叶芝，而唯独茅德对他不屑一顾。叶芝被称为“爱尔兰的灵魂”，他让一个时代为之臣服，却没能让一个女人为之倾倒。

迟暮之时，他的思念仍在继续。就在去世的前几个月，他曾想要邀请她到家中喝茶，人人清楚，喝茶是其次，重要的是见她一面。他在信中写道：“我亲爱的茅德，我想请你和你的朋友来我这儿喝茶，星期五下午四点半，四点或稍晚些会有车去接你们的。我一直想见你，但——”破折号之后，是他想说却没有说的浓情厚谊，所有的无奈和苦涩都堆积在破折号之后。她没有来，拒绝了一次简单普通的相会。

1939 年 1 月 28 日，叶芝病逝于法国的快乐假日旅馆，受他钟爱一生的茅德 · 冈，却没有出现在悼念仪式的现场，决然如此，叶芝若是在天有灵，或许丝毫不会怪她，对于她的态度，这许多年来，他心知肚明，况且，爱她至此，怎忍心怪她。记得许多有关于她，那些微小的甚至不值一提的事情。

我曾爱过很多人，像小孩子一样用天真去爱。这么多年来，放弃过，也被放弃过。渐渐有所知晓，但凡涉及感情，总有诸多可能，无非是众生百态中的一种，根本无须怪异。

婚姻是爱情的归宿——《周南·桃夭》

桃之夭夭，灼灼其华。
之子于归，宜其室家。
桃之夭夭，有蕡其实。
之子于归，宜其家室。
桃之夭夭，其叶蓁蓁。
之子于归，宜其家人。

婚姻，是爱情的归宿。当两个人走过陌生，一见钟情或者日久生情，决心以一纸之约，承诺彼此相托，这个决定理应是慎重且无悔的。

一个心甘情愿嫁作人妻的女生，除了对婚姻生活的无限憧憬，一定也预见了未来要应对的生活琐事，正如她的母亲，做饭洗衣样样需要操心，她自然知道，这也将是她婚后生活的一部分，可她愿意为爱洗手做羹汤。

《诗经》中，不乏与爱情有关的佳作，时光流转，转眼已过千年，但爱人之心，却模样依旧，热烈且持久。《桃夭》是一首恭贺新婚的歌，由衷地赞美新娘，她的美就如同那灿灿桃花，而枝繁叶茂、硕果累累的桃树则寓意着新娘多子多福，让婆家人丁兴旺，家道昌盛。桃花、桃实、桃叶，都以美好的姿态出现在文中，以此寄托对新婚夫妻的恩爱甜蜜的祝愿。

全文以叠章、叠句的手法，营造出祥和喜悦的氛围，满是对新婚夫妇的祝福。简单又朴实，在平淡之中酝酿着细水长流的幸福，不去想天荒地老，只是将触手可及的一天又一天过得舒心。轰轰烈烈也好，平平淡淡也罢，无论爱情以何种形式存在，最终都要归于平静，而平静并不意味着淡漠和疏离，相反，是喧嚣过后，爱情融入血脉之中，一言一行皆深情。

最质朴真实，也就最动人。摒弃夸张，抛开浓墨重彩，用最朴实无华的言语表达最接近心意的感情，轻快自然，久久难以忘怀。

《诗序》曰："后妃之所致也。不妒忌，则男女以正，婚姻以时，国无鳏民也。"孔颖达道："后妃内修其化，赞助君子，致使天下有礼，婚娶不失其时，故曰'致也'。由后妃不妒忌，则令天下男女以正，年不过限，婚姻以时。行不逾月，故令周南之国皆无鳏独之民焉，皆后妃之所致也。此虽文王化使之然，亦由后妃内贤之致。"

结婚是两个情投意合的人，携手步入婚姻的"围城"。敦促他们结为夫妻的原因，是感情的需要，而非年岁。到了一定的年纪，成家立业固然重要，但求不得，也急不得。结婚，岂是礼数可以一言概之的。

孔疏曰："夭夭，言桃之少；灼灼，言华之盛。桃或少而不华，或华而不少，此诗夭夭灼灼并言之，则是少而有华者。故辨之言桃有华之盛者，由桃少故华盛。"即将成为妻子的少女，面色红润，堪比灿烂的桃花，而春天是桃花盛开的季节，同时也是男女成婚的大好时节。正如《易林》曰"春桃生花，季女宜家"，而朱熹在《诗集传》也说"周礼，仲春令会男女。然则桃之有华，正婚姻之时也"。

结为夫妻的喜悦，有"宝瑟弹连理，金尊号合欢。朝来描翠黛，喜色上眉端"的喜出望外；有"红潮镜底初生晕，彩胜钗头欲渡蝉。洛里兰汤双报共，月明高阁映蝉娟”的小情调；有“快婿如今喜乘龙，浓妆淡抹展花容。明年共庆麟儿获，美满夫妻唱阿侬”的美好期待；也有“自是传家彩笔真，择婚闺秀辩琴人。郎才女貌桃华宴，珍重同心达道身”的珍重。与心爱的人相伴一生，单是想一想，都觉得幸福。

希腊历史悠久，在斯巴达城，不但有适婚年龄，而且对求爱颇有讲究。每逢寒冬腊月，男青年才被准许向心仪的姑娘表达爱意，他要在凛冽的寒风中赤身而立，几个小时之内，不但要忍住严寒的侵袭，还要唱着动人的情歌，想要讨得美人的欢心，着实不容易。可见，对于爱情这件事，绝非儿戏，不是三言两语就能搞定的事。

古来与今时，在男女婚嫁方面，有所相同，又稍有不同。《周礼·媒氏》曰：“仲春之月，令会男女。于是时也，相奔不禁。若无故而不用令者，罚之。司男女之无夫家者而会之。”古来，若是没有爱情，亦可结为夫妻，男三十、女二十，就已经到了未婚的极限；今时，依旧有“大龄剩女”一说，意为超过了大众所期待的婚嫁年岁，却仍待字闺中，好似是一种落败。然而，越来越多的女性勇于被“剩下”，不外乎是因为未遇良人，何苦求那一点点快。

拜伦曾在一首诗中描绘爱情：“爱情对男人而言，只是生活的一部分。但对女人而言，却是一生的全部。初吻并不能当作永久相爱的保障，但它却是盖在生命史上的一个永久记忆印章。恋爱是艰苦的，不能期待它像梦一样美好。欢乐的回忆已不再是欢乐，而哀愁的回忆却还是哀愁。爱情可以而且应该永远和婚姻共存。”

因为爱情，所以洋溢着笑脸，奔赴婚姻。也是因为爱情，所以冷静地沉默，躲避不适宜的婚姻。

爱情很美，美得醉人。《西厢记》中，莺莺与张生“有情人终成眷属”的爱情故事，颇令人向往，即便过程坎坷，但得来了圆满的结局，也是一大幸事。

张生隔墙高声吟诗一首："月色溶溶夜，花荫寂寂春；如何临皓魄，不见月中人？"莺莺立即和诗一首："兰闺久寂寞，无事度芳春；料得行吟者，应怜长叹人。"一番唱和后，渐生情愫。

虽然遭到老夫人的阻挠，但所幸有红娘从中周旋，最终说服老夫人，但老夫人提出条件，张生若能蟾宫折桂成为状元，才能与莺莺成婚。就这样，张生带着爱人的期许奔赴京城，并如愿考中，后与莺莺结为夫妻，一对有情人终于在历尽磨难后收获了爱情。

威廉·巴特勒·叶芝是爱尔兰文艺复兴运动领袖，也是著名的爱尔兰诗人、剧作家，一首《当你老了》，道出了多少痴情男女对白头偕老的向往：

当你老了，头发白了，
睡意昏沉，炉火旁打盹，
请取下这部诗歌，慢慢读。
回想你过去眼神的柔和，
回想它们昔日浓重的阴影。
多少人爱你青春欢畅的时辰，
爱慕你的美丽，假意或真心，
只有一个人爱你那朝圣者的灵魂，
爱你衰老了的脸上痛苦的皱纹；
垂下头来，在红光闪耀的炉子旁，
凄然地轻轻诉说那爱情的消逝，
在头顶的山上它缓缓踱着步子，
在一群星星中间隐藏着脸庞。

婚姻，就意味你和我，变成了“我们”。

一生一世一双人，盼着星移物换中，与一个吾爱且爱吾之人相依相伴，抵抗世间的孤独。